新装版 大江健三郎同時代論集 8

未来の文学者

新装版

大江健三郎

同時代論集

8

未来の文学者

岩波書店

目次

未来の文学者

I

なぜ人間は文学をつくり出すか

1

言葉が人間のものとなり、言葉を書きしるす力が人間のものとなった時、ただちに人間は文学をつくり出していた。文字以前に、たとえ言葉を記録する方法がないにしてもなお、人間は文学をつくり出していただろう。様ざまな言葉による古代歌謡が、端的にその手がかりとなって、われわれに想像の根拠をあたえてくれる。

しかも古代歌謡は、古代の人間の言葉、文学についてわれわれが考古学的な考察をくりひろげるための、契機となるのではない。黒耀石の矢尻のように、確かにそれが古代の人間生活、社会についての考察をみちびきはするが、しかし人間の生きた活動の道具としてはすでに死んでいるものにすぎぬ、そのような単なる契機としてあるのではない。

われわれが古代歌謡を読む。かつては口承されたもの、そして永い年月の後に、言葉を書きしるす力をかちえた人間によって、文字に定着されたもの、それを十数世紀すらへだてて、今日の現在に生きて動いている個人の、われわれひとりひとりが読む。繰りかえして読む。われわれは自分の意識と肉体に、音楽に似たものが動きはじめるのを自覚する。言葉そのものが音楽であり、音楽そのものが言葉であるような境界での、ある音楽に似たもの。それは自分の肉体の内部で動いている生命の感覚、しかも血の運動のようにリズムのある動きをしている生命の感覚とも似たものである。

その古代歌謡のうちにわれわれの生命が投影して、そこに動きの場を見出すようであり、逆に古代歌謡が、われわれの意識と肉体のうちに、新しくもうひとつの生命の感覚を喚起しているようでもある。そしてそれらふたつの方向性をもった内部の感覚は、ついに同一のものであるようにも感じられる。

またわれわれは、古代歌謡を読むうちに、そこにある社会・世界・宇宙全体との根本的な交感に、時には深い一体感のうちに、自分がとりこまれるのを感じる。古代の人間が、その歌謡をつうじて、かれの意識と肉体の内外に社会・世界・宇宙全体と交感するものを、または一体感をかちとる。それも生きて動いている状態で。かれの意識と肉体の機能は動いており、星辰もまた大きくかれの頭上に動いている、という感受のしかたにおいて。われわれはいまこの現在に動いている自分の、意識と肉体と自分をふくみこんで大きく動いている宇宙・世界・社会全体との交感、一体感を感受するかたちで、しかも古代の人間の感受したものに鋭い正確さで共震しているとしかいいようがないかたちで、それがあるのを認める。

われわれはまた古代歌謡を読むうちに、生きて動いている意識と肉体のある一瞬の把握として、自分が人間であるとはどういうことか、他の人間たちとともにあることはどういうことか、という問いかけの答の、その全体をとらえているという自覚にうたれることがある。ほかならぬ古代の人間がかれらの歌謡をうたう一瞬に、動きのある認識としてそれを把握した、それと同じかたちでいまこの時間を生きている自分に独自のその把握がある、という自覚とともに。そこには自分が無あるいは存在の暗黒より生まれ、いままさにあらためての無あるいは存在の暗黒へ向ってたえまなく動いている、というわれわれ自身の生命の状況への、全体的な把握がかさなっているのでもまたあるだろう。

古代歌謡を読むこと、ただそのことのみによって、このように意識と肉体の動いている経験が、現在に生きているわれわれ自身に獲得されるのである。古代歌謡は、死んだ契機として矢尻のようにあるのではない。それとは逆に、もっとも新しい詩歌も、ただそれが紙に印刷されたまま机辺にあって、人間がかれの意識と肉体をそこに参加せしめぬ時、すなわちわれわれがそれを真に読まぬ時、それは発掘されず埋もれている矢尻よりも、もっと徹底的に死んだ遺物だ。

いうまでもなくそれぞれの共同体の古代歌謡を、かれら自身でつくり出した古代の人間たちの、その共同体のなかでのひとりひとりの、意識と肉体に生きて動いていた音楽、宇宙・世界・社会の感覚、生命感と自然な死への予感とが、現代に生きている人間の意識と肉体に、古代歌謡があらためて生動せしめる、それらと同一のものであるとする根拠はありはしない。

いちいちの古代歌謡が、それをつくり出した古代人によってどのようなリズム、抑揚、スピードで肉声化されたか？　われわれはそれを厳密に想像することができない。テレヴィ放映される御歌会始の短歌の肉声化すらが、一般に、自分の意識と肉体に生きて動くものとしてわれわれが確かめている短歌のリズム、抑揚、スピードとはまったく異質のものだ。

ある古代歌謡の言葉のいちいちの意味そのものも、われわれは自分が古代人のそれと同一の意味を、自分の意識と肉体に、いま現実化させうると自信をもっていうことはできない。柳田国男は日本人の色彩感覚の、相対的に短い期間における、徹底的な変化についてのべている。われわれの古代人が白という言葉の意味として現実化させたものの総体と、現在のわれわれが白という言葉によってよびおこされるものの全体とを、どうして同一のものとして重ねあわすことができようか。ましてや、その白という言葉が、古代人の想像力にたいしてどのような喚起力をもったかということを、同じ言葉がわれわれの想像力に喚起するものをつうじて、直接に把握することなど、いったいどの範囲まで可能だと、われわれにいいはれるものだろうか？

客観的に見れば（それも仮にということであって、古代人の意識と肉体を、われわれの意識と肉体につきあわせるようにして、同時にそれらを見きわめることのできる客観的な眼などというものがあるのではないが）、幸いにも遺っている、古代歌謡というような具体的な対象を前にしても、古代人の意識と肉体に生きて動いた音楽、宇宙・世界・社会への感覚、生命感と自然な死への予感とから、言葉としてはおなじものであるその古代歌謡が、われわれの現在もつ意識と肉体とに生動させるものに、直接的なひとつの大きい橋をかけるという試みは荒唐無稽ですらあるだろう。その認識を、われわれはつねに醒めつづけさせていなければならないだろう。ある共同体の古代歌謡を集めた一冊の本を前にして、ここに生きていた数知れぬ古代人たちは死んだのだと、巨大な寂しさの一閃におののく感慨をいだくことも、単に感傷的な思いつきにはとどまらないだろう。S・F映画でしばしばお眼にかかるシーンのひとつに、地球の人類滅亡後、異星からきた知的存在が、たまたま残っていた図書館に入って行って、そこにある、永遠に死んでしまった書物群を眺めながら、おそらくは宇宙的な感慨にふける情景がある。それはすでに文字から情報を得ることがなくなった未来世界の人類の、図書館における一般的な態度をあらわすシーンであったりもする。しかしあの異星の知性体、あるいは文盲の未来人の感慨は、古代歌謡を前にするわれわれのそれでもまたあるのだ。

しかもなお古代歌謡を読むことによって、われわれは自分の意識と肉体の動く経験を、現在のこの自分の生命の時のうちに見出すことができる。自分の意識と肉体に生きて動いている音楽、宇宙・世界・社会の感覚、生命感と自然な死への予感を経験し、それがほかならぬ眼の前の、古代歌謡によってのみ喚起された経験であることを認め、しかも自分の個としての経験のむこうに、ひとつの共同体をいとなむ古代人の、生きて動いていている経験への通路が、開いているのを実感する……

それも単にある古代歌謡を読んでいるわれわれの側の、恣意的な思いこみの投影とのみいうことはできぬのである。なぜならばわれわれの意識と肉体の動いている経験の質が、現に読んでいる古代歌謡の質によって、直接に決定されているのがあきらかなのであるから。そして、われわれが自分の経験の向うに通路を開いてつながっていると感得する、古代人の意識と肉体に生動する経験の質も、ほかならぬその古代歌謡の質によってことなってくるのであるから。もし古代人の経験へのわれわれの想像が、単にわれわれの思いこみの投影であるとするならば、われわれの意識と肉体に共震するようにしてあらわれる、古代人の意識と肉体は、どのような古代歌謡を契機としても、われわれにとってつねに同一のものであるはずではないか？

海《うみ》が行《ゆ》けば　腰泥《こしなづ》む
大河原《おほかはら》の　殖草《うゑぐさ》
海《うみ》がは　いさよふ

死んだ倭建の命が八《や》尋《ひろ》白智《しろち》鳥《とり》になって天に翔り、浜にむかう。后また御子たちが、哭くなく追ってゆく。その哭く声がそのまま歌となったようなこの歌謡をもって、もし記紀歌謡を代表させるとすれば、いうまでもなくそれは乱暴な話であろう。ただ僕は専門家でないひとりの現代の読み手として、この古代歌謡を読む。繰りかえし読む。そして自分の意識と肉体の動いている経験として、まことにつぐないがたい死への、憐れに小さい人間の、しかも大きい哀しみにひたされる経験をする。具体的な肉体の運動と魂の渇望の実感において、腰泥むという言葉は、僕の内部に生きてくる。大河原の殖草、それは比喩をこえて実際的に、眼の前に苦しげに揺らいで見え、かつその草はほかならぬ自分の意識と肉体のようである。そして海、一般の人間にはのりこえがたい極大の障壁としての海。そして僕が自分の意識と肉体の動いている経験の通路によって、想像力の領域に生きて動きはじめるのを見出す、この古代人の意識と肉体の経験としての海は、暗く凶々しく巨大であって、およそ人間的なものをすべて拒む海だ。しかもその海の前に小さく存在して哀しむ、人びとの哀しみ、またかれらによって哀しまれる死自体が、この海のありかたによって、より人間的に深いものときざみあげられてくる。そのような古代人の意識と肉体の、経験そのものとしての海。

　このように海を見、このように海をとらえた古代人は、たとえある日かれが海にすなどる人間の歓喜に燃えたって歌う声をあげたとしても、もうひとつ別の共同体の古代歌謡を歌う、あの古代人と同じ響きにおいて、海を歌いうることはなかったにちがいないと考えられ・感じられる。むしろ確実な経験にたってのように、それらの二つのことなった共同体の古代歌謡を読みつづけた後、僕はこのように考え・感じる。

一　神加那志《かみがなし》　神清《かみきよ》ら
煽《あお》る　漕《こ》がせや　もどる

雲《くも》は　来遣《きや》り
金島《こがねしま》　走《は》ちへおわちへ
又　のろ加那志《がなし》　のろ清《きよ》ら
又　朝凪《あさど》れが　し居《よ》れば
又　夕凪《ゆうど》れが　し居《よ》れば
又　板清《いたきよ》らは　押《お》し浮《う》けて
又　棚清《たなきよ》らは　押《お》し浮《う》けて
又　船子《ふなこ》　選《あら》で　乗《の》せて
又　手《て》楫《かぢ》　選《あら》で　乗《の》せて

日本思想大系本『おもろさうし』の注釈にみちびかれて、神加那志・のろ加那志が神女様ということであり、神清ら・のろ清らが、美しい神女ということであるのをまず理解しよう。もどる・板清ら・棚清らは、ともに船の美称であることも学ぼう。一、すなわち第一節に、又と冠せられた繰りかえしの一節がおきかえられてあらためて、二、三、四節へとつづくのが、おもろの歌いかたである。そしてこのおもろはあけしのいいが節という歌の節において歌われたのであるが、もとより僕はその歌の節を知ることができない。しかもなお、繰りかえしこの古代歌謡を読むことによって、僕の意識と肉体に動いている経験としてひろがってくる世界は、生きいきと清朗であり、ダイナミックであり、新鮮な歓喜にみちている。雲が動く、美しい島へせまる船の速さ、その実際に動く船の速さに身をたくしながら、美しい神女にむけて、海辺に生きる数多い人びとともに、声をかぎり唱和している感覚。それはそのまま、そのように唱和する古代人たちの意識と肉体をよみがえらせ、かれらのうちに生きて動いている音楽、宇宙・世界・社会への感覚、生命感と自然な死への予感を、自分もまたあわせ経験しているという、想像力的な確信にみちびいてゆくものだ。

いうまでもなく、僕はこの二例をひいたことによって、記紀歌謡と『おもろさうし』の両者の、それぞれの世界を比較したいとねがったのではなかった。この両者の世界を正当に比較するためには、両者からむしろ互いにもっとも似かよった二例を選びだして、しかもなおそこに劃然としているちがいを、あかしだてねばならない。ここで僕はただ、ふたつの共同体の、それぞれにことなったものとしての古代歌謡が、そのいちいちで僕の意識と肉体に生動させる経験の大きい差を示して、そこから想像力的によみがえる、ふたつのことなった共同体の古代人たちの、生きて動いている意識と肉体のタイプのちがいを示そうとしたのである。

しかし僕にもこのように二種の古代歌謡を読んだ後で、次のように自分の想像をすすめてみることは、やはり妥当にできるはずのものであろう。今日の沖縄で、沖縄が本来(歴史に根ざして、未来の可能性にむけて開いて)そこに位置しているのでなければならぬ、全アジア的な展望から、切りはなされ疎外されていることを意識している若い知識人たちは多かった。なにによって全アジア的な展望を拒まれているか? 政治、経済、文化すべてをくるみこむ日本的なものによって。そしてしばしば、沖縄に本来ありながら回復されていない自立的なものを、まず文化的な領域で、総合的・根本的にとらえかえそうとする試みがなされた。その多くが、なにものかが欠落している・欠如しているという意識を深め、その窪みをはねかえす力として、積極的なものへ自分を投げだすエネルギーをくみあげて。そこで僕は、このような意志にたつ今日の沖縄の若い知識人たちが『おもろさうし』の全体を読み、読みつづけることによって、かれら自身の意識と肉体に生きて動く経験としてかたちとるもの、しかもそこから開かれる通路の向うに、かれらが見きわめる古代琉球人の意識と肉体の生動する経験、音楽、宇宙・世界・社会への感覚、生命感と自然な死への予感、そのふたつの経験の共震を思うのである。

それが今日の沖縄の若い知識人の想像力を、具体的・積極的に励ます契機たることを僕は疑わない。このようにして実際的に鼓舞された現代琉球人の想像力の、多様な方向づけの発展のひとつに、新しい文学的創造がありうることをもまた、むしろ日本人全体の前に開かれた大きい可能性として、僕はそれを考えるものである。その時、古代琉球人はなぜ文学をつくり出したかという問いかけと、現代琉球人はなぜ文学をつくり出すかという問いかけは、ほとんど同一の方向にむけて発しうるものとして、整理されてあると思われる。それらは、なぜ人間は文学をつくり出すかという問いかけへむけて、おのおのの多様性はうしなうことなく収斂されてくる。

2

現代という時代そのものの構造を考えれば、そこに未来にむけて様ざまに突出しているところがあり、なかでも、その今日の世界の最先端にあるところで、というのはその場所がむしろ反・現代のおよそ反動的な力によって制覇されている、窪んだ場所でありながら、それゆえにこそ逆に、力をはねかえす意志に立つ人間たちの、未来にむけて突出した努力がなおくっきりと見えてくる所。そのような場所でも人間は文学をつくり出しつづけているのだが、ともあれそういう所で人間はなぜ文学をつくり出すのか？　具体的な強靱な力でこの問いかけに答ええている文学。今日の朝鮮の詩人、金芝河《キムジハ》の『苦行……１９７４』(鄭敬謨訳)は、現在アジアにおいてなぜ人間は文学をつくり出すか、という問いかけへむけて、詩人によってのみ可能な独自の総合性に立つ答をなしている。まず金芝河は、秀れた抒情をその民族的な大きい基盤の上にくりひろげる美しい抒情詩人であった。そしてまたほかならぬこの基盤に立つ、鋭く激しい諷刺詩人であった。その文学活動は、かれを朴ファシズム政権への、民主主義に根ざし、いつまでもその根を断ちきることのない現実的な抵抗者たるところへみちびいた。いわゆる「民青学連事件」のデッチあげは、かれをいったんは死刑の求刑にさらし、無期懲役の宣告のあと釈放されたかれは、いまあらためて捕えられて獄中にある。その再逮捕の条件のひとつと、強権がしたとみられるこの長篇詩は、朴ファシズム政権が詩人の口を封じえたと考えたものの、実はそうでなかった、短い釈放の期間に詩人が発したメッセージであり、かつ自立した文学としても、その優秀さを疑いえぬ作品である。その長詩の展開のうちに僕は、なぜ人間は文学をつくり出すか、という問いかけへ、もっとも切実な具体的回答を読みとるものなのである。まずこの詩を繰りかえし読むことによって、それが僕の意識と肉体に生きて動く経験となる、その経験の軌跡をあきらかにしよう。朝鮮語の音楽としての詩的実体にはふれえぬところの、翻訳をつうじての、一日本人たる意識と肉体への現実化なのではあるが。

詩人が手錠につながれて故郷木浦《モッポ》の港についた時の情況を、強靱な直截性につらぬかれた感情と、ただちに魯迅を思わせる、底の深い複雑さおよび論理性をもって展開するのが、この詩の導入部である。故郷の山、思い出、それに嗚咽をさそわれつつ船をおりる詩人を、魚売りのアジュモニ(中年の女性)たちは、窃盗か強盗かを見つめる表情で見つめる。

《しかしその表情こそは私を自分たちと同様に貧しく虐げられたもの、自分たちと同様に苛酷な運命《バルチャ》を担った、哀れな仲間だと思ってくれる、いわば深い共感のしるしでもあったのだ。その共感の表情の中に、はじめて私は、自分の帰りを迎えてくれる故郷の熱い挨拶を発見したのであった。そうだ。おれは故郷に帰ってきたのだ。

いまおれは、おれと血筋を共にするものたちの中に、誇らしく帰ってきたではないか。呪われた地、全羅道の息子にふさわしく手錠をはめられ、さげすまれて、このおれの故郷の詩人にふさわしく、燃えたぎる怒りにふるえつつ、一〇年前の昔と変わりなく土ぼこりにまみれたこの貧しい故郷の町に、かつてうだつの上がったことのない息子は帰ってきたのだ。帰ってきた安堵からであろうか、私は胸の中に春風のほほえみを感ずることができたのであった。》

詩人は中央情報部第六局に閉じこめられ、拷問の恐怖にさらされて、生命の身悶えを体験しなければならぬ。死を前にした格闘を強いられねばならぬ。

《帰れまい／立ち上がっても／壁に沁みついた血痕／戻ってきた死霊の悲鳴／驚きにふるえ／力んだ両脚で／立ち上がっても／帰れまい／ひとたびここで／まどろむならば／ああ、あの荒野の道に／旅人として、また再びは》

《はかなく　はかなく／消えうせた友ら／打ちのめされ　足で蹴られ／罵られ、辱かしめられ／そして眠りにつき／はかなく消えうせた友ら》

《ああ、帰れまい　帰れまい／あの部屋でもしまどろめば／青白く魂を燃やし／狂い叫び　もがかなければ／再びは／嵐吹く荒野の道に／いとしきものらと／

旅人として、また再びは》

そのように詩人は死と直面しながら《これに勝ち、闘うものとしての内的自由を守り通すか、あるいは屈伏し恥辱に埋もれたまま、むなしく消え去るか》、その苦闘をつづけるほかにない。《しかし死は自らこれを選びとることによって勝つことができるもの》、そのパラドックスをまさに自力でつかみとるための苦行が、詩人とまたかれとともに投獄されている者らの仕事である。死の監房で詩人は妻の出産を知った。男の子、《私はひざまずいた。神よ、私はいまあなたの御心を悟りました。》

しかも詩人は刑務所にあって、たとえ望んだにしても孤独であるわけにゆかない。叫び声が、またささやく声がいつもかれに呼びかけているから。詩人を、国家顛覆・北のスパイにデッチあげられた人革党事件被告の呼びかけが待っているのだ。

《血に染まり／鉄窓にかけられた／よれよれの下着
が／夜ごと　あの地下の部屋で／身もだえた白い亡霊
が／引き裂かれた／多くの肉体の悲鳴が／頭をもたげ
／そうだ　頭をもたげ／私を呼ぶ／沈黙の世界から／
私の血に呼びかける》

《拒めと／偽りは　拒めと／暗闇の中から／灰色の
空低く／降りしきる小雨に濡れた日／あの赤い　赤い
／肉体の暗闇の中で／見開いた／あの二つの執念の眼
が》

詩人は人革党の被告たちの直接の言葉から、すなわち拷問に屈して偽りを証言したために、自分のみならず他人までをデッチあげ事件にまきこんでしまったことを恥じている人間の言葉から、この事件全体が、ほかならぬ拷問でデッチあげた、幻のケースであることを確実に思う。怒りと苦しみに詩人はつぶやく。

《私の血は叫ぶ／拒めと／地の上の如何なる偽りも／それを拒めと》

詩人は死刑を求刑される。そしておなじく死刑を求刑された学生の《光栄です》という言葉が、かれの魂をゆさぶった。

《……その言葉の意味は何か。そうだ。ついにわれわれは勝ったのだ。死の恐怖にうち勝ったのだ。あの地獄の中で血にまみれて挑んだ闘い、その死との格闘にわれらは勝ったのだ。……死を受けいれることによってわれらは死にうち勝ち、自らが死を選びとることによって、われらは一つの集団として永生を手にしたのである。》

その認識の瞬間に、詩人は真の命の光りかがやく美しさを見たと思う。《すべての人間的価値と、すべての荘厳なものが渾然と一体化する、眼もくらむような瞬間。》

《そのときふと、一つの言葉、「政治的想像力」という言葉が私の脳裏にひらめいた。そして、この言葉が、赤く灼熱された烙印のように、私の深い胸の底におしつけられているのを感じた。……「政治的想像力!」、胸に焼きつけられたこの言葉は、真の意味における政治と芸術の統一を表現するものであった。……

統一!　これであったのだ。私はとうとう、あの長い年月の間私を苦しめてきた、自分の民衆運動、芸術創作の間の、あのもどかしい気が狂いそうな間隙を、ひとまたぎでのりこえたのであった。……不思議な、大きなやすらぎが、滔々として私の五体を満たしてくれた。私はひとりでつぶやいた、「ああ、よかった。ありがたい」。そして、何回も何回も同じ言葉をくり返した、「光栄です、光栄です」と。》

金芝河は、かれの芸術的資質として特にすぐれていると感じとられる、その型式についての大きく構造的な感覚にたって、無期懲役の刑務所に、はてしなく最後の日を待ちつづける自分を描く。あらゆる民衆と鎖と手錠につながれた者として一致しつつ、《共に解き放たれ勝利の旗がひるがえる日、嵐と怒濤の日》を待機する自分と、そして鮮烈な自由へのねがいと青春の思い出を、長詩の強く激しいコーダとして。

しかし実際にはそれでこの詩が終結しないのは、詩人が突然に監房から解きはなたれたからである。監房の外の詩人はつづけて書く。

《まだつながれたままの多くの友ら、はらわたが押し出されちぎれるほどの拷問をうけ、執念の眼を見開いたまま、あの暗がりの中にうずくまり、喘いでいるはずの彼。胸襟を開き熱い抱擁を交わした、心の友、強盗と人殺したち。別れぎわに声を上げて泣いたベトナム良民の虐殺犯。おれは即ち彼らであった。おれは自らの魂を刑務所に置いたまま出てきたのだ。……

行こう! おれの魂をさがし求めて行こう! 行き獄門を開いておれの魂を解き放とう。解き放ち、涙にまみれて抱き合いたい。一致、そして統一!

おれの魂に出逢うまで、おれの肉体は闘うだろう。それが打擲に打ち砕かれ、こなごなになった粉塵が風に吹かれて消え去るまで、おれの肉体は闘うのだ。》

さてどのようにこの長篇詩が、なぜ人間は文学をつくり出すか、という問いかけに、それ自体でもっとも現代アジアの人間を全体的にあらわす、答たりえているのか？

3

まずこの詩は、金芝河が真にかれ自身を総合的に解放する世界に、文学においてはいりこむ入門 initiation を描きだしていると僕はいう。この詩を繰りかえし読むことが、自分の意識と肉体にもたらした生きて動いている経験に立って。どのような奥儀へむけての initiation であるのか？　かれ自身が「政治的想像力」という言葉によって、その全体を表現しようとした、そのような人間的態度の世界へむけての initiation。これはかれに政治と芸術の、真の統一をさし示したという言葉なのであるが、この言葉による啓示にいたるまでの永い年月を、その民衆運動、政治行動と、芸術創作の間で、そこにまたぎこしえぬ深い溝を見出して苦しんできた、とかれはいう。

現実に、それまでの金芝河の民衆運動、政治運動とはどういうものであっただろう？　それはすくなくともその運動の線にそった動きを、海のこちら側で妨げないことを望んできた者の眼で見て、ある既成のイデオロギーから演繹されて出てくる性格の運動ではなかった。それは金芝河が、朴ファシズム体制の韓国でひとりの人間として自由に、全体的に生きることを望み、社会・世界ひいては宇宙を、そのなかで沸騰的に生きる者としての経験に立って見、考える、そしてその連続において未来へ眼をむけることから、自然にあらわれてくる民衆運動、政治運動であった。いうまでもなく、そのような基盤に立ちながらも、運動のただなかへ一歩踏み出す自由な決意は、ひとり金芝河自身によってなされたのであるが、そこまでかれを押し出した勢いは、一般的な根の深さとひろがりを持つものであろう。したがって金芝河にとって、かれの人間の一個の個としてのありようと、民衆運動、政治運動とのかかわりは、じつに自然なものであったように見える。

その金芝河にとって、芸術創作とはどういう行為であったか？　かれの実作を制作年代を追いながら見てゆく時、その詩および劇作は、やはりその作者を民衆運動、政治運動へとみちびき出さずにはおかぬ、現実への見かた、経験のしかたをしだいに色濃くあらわしている。それらのいちいちの局面に立って、朝鮮人の歴史と現在を大きいひろがりにおいてとらえつつ、かれの個の深みによく根ざした声でつくりだされている。かれは郷里の川のほとりを歩きながら、死んだ父への回想にかさねて、朝鮮の民衆の抵抗とかれ自身の、それにつらなろうとする意志を歌う。黒い峠、白い峠をこえてソウルへ身売りにゆかねばならぬ娘を歌いながらも、その明澄な抒情の底に、今日の韓国農村の貧困とキーセン観光にあらわな、日韓関係のひずみ歪みを確実に置いている。そのような娘の哀しみ、痛みを自分のものとして、しかもそれを多様に開いてゆく意識の上に担う詩人。そしてかれの弾けまわり乱打するような諷刺の声音は、韓国の権力層へ、またその相関の上での日本人へむけられて、打撃はおよそとどまるところがなかった。それらの芸術創作は、よくかれの人間の根にふれてそこから自発している。しかもかれがそのような人間として生きている社会、世界ひいては宇宙の状況に本質的にからみあっている。そのような営為であったと、真にかれの仕事を見つづけてきた者は誰もが評価するであろう。

しかもなお金芝河は、かれの民衆運動、政治行動と、その芸術創作との間に《あのもどかしい気が狂いそうな間隙》を感じつづけてきたと、みずからいうのである。その認識の上での、ついにおとずれた initiation を、かれは「政治的想像力」という言葉で表現する。それは括弧ぬきでこの言葉を解釈する場合、われわれが一般に喚起される意味を離れて、とくに金芝河独自の意味づけを読みとるべき言葉のように思われる。すなわち政治的なものと、想像力的なものとの一致ということを、総合的にあらわしている言葉とそれはみなすべきであろう。

想像力的なもの、それが政治的なものと一致する。その一致の啓示について考えるためには、まずこの長詩における initiation のいわば前段階として、死についての激しいジレンマが提起されていることに眼をとめねばならない。死の恐怖、死との格闘、《しかし死は自らこれを選びとることによって勝つことができるもの。このパラドックスをつかみとるための苦行、それがわれわれの仕事であった。》

死は、政治的なるものが金芝河とその同志たちに押しつけてくる現実である。政治的なるものが押しつけてくる死を、あえて自分みずからが選びとるものとしてひきうけること、それは想像力的なるものに支えられた行為によるほかはない。政治的なるものがもちこむ死に、想像力によって、うち克つ。当然それは金芝河にとって、理念としてはあらかじめ明瞭な課題であっただろう。ただ実際に、それをどう現実化するか。

このようにして政治行動のつみかさねのはてに、おなじく政治的な権力においつめられながら、なお一歩踏みだすことによって、おしつけられてきている政治的な死を、逆方向への、政治的な回避はなにひとつすることなしに、どのようにその死をひきうけ、死をおしつけてくる者をのり超え、死にうち克つか？　そのための想像力の根本の力をどこからくみあげるか？

金芝河はそれまで、政治的な行動をかさねつつもつねに、これは個としての自分の全体の表現として一面的であり、浅く、むしろ自分の存在の本質からそれたところすらある、と感じてきた。想像力的な自己表現たる詩作・劇作のほうが、個としての自分を全体的かつ深くあらわしている、と感じてきた。ところがとくに政治行動の一面性、浅さ、粗っぽさのついてまわったもののつみかさねの果てに、この政治的な死が、いまさけがたく眼の前にある。それでよいのか？　しかもまたその半面、自分はどのような詩作・劇作をつづけても、それが所詮は絵空事、想像力の所産にすぎぬと思い、この現実の状況にあいわたること不確かであるとも、感じてきた。詩をつくり戯曲を書きつつ、つねに、いやこれは現実でない、このような絵空事よりも、民衆運動・政治行動をと苛立つのがつねであった。

そしていまは獄房にあって、このようにひとり死の脅威の前に屈伏しないでいるのが、そのまま端的な政治行動であるような位置に自分がいる。書く段階では、はたして発表できるかどうかはわからぬのではあるが、詩を書きつける紙と鉛筆はある。そこでいま全的に解放しうる自分の想像力が、この政治的な死をおしつけられている今現在の自分自身に、また自分の同志たちに、いったいなにをなしうるというのか？　自分はおしつけられる死の恐怖の前にここでこのようにむなしく自らと闘っているのみなのだが……

そのように考えつめて解きえぬ矛盾につきあたっている金芝河に、啓示があたえられる。デッチあげの罪によって死刑を求刑された学生が、「光栄です」という言葉を発して、みずからその死を選びとったことによって。いまや「政治的想像力」は、金芝河にとっても具体的に確実につかみとりえるものだ。かれもまたその学生とともに、おしつけられる死を、みずから選びとりうるからだ。《死を受けいれることによってわれらは死にうち勝ち、自らが死を選びとることによって、われらは一つの集団として永生を手にしたのである。》

《一つの集団として永生を手に》することほどにも、典型的に想像力的な行為はまれである。それこそは想像力的なるものの究極にある。われわれはつねに、人間としての自分の全体を把握したいという渇望にかりたてられている。この社会・世界・宇宙のなかで、自分がどのようなところに根ざし、どのように存在しているのか。それは、限りなく自分の個としての本質にもぐりこんでゆくことによって確かめるほかにはないが、しかしそこで見きわめたものが、そのまますべての人間にとっての、人間とはなにかという根源的な意味をあかすものでもある、そのような自己探究への渇望。われわれの想像力の動機はそこにあるし、そうである以上、個の死を認識しながら、それを超えて集団としての永生をかちえようとする希求も、想像力的営為の核心でなければならないであろう。いったい個としての永生などということは、まったく想像するだにいまわしく恐しいことではないか、宇宙空間の一粒の塵のように、ただひとり永生している個。想像力を発揮する営為はつねに個のものであるが、しかもそれはつねに他の個へと、それ自身をむすびつける方向にむけて働くと、僕は思う。

金芝河は、政治的な死をおしつけられて、いまや逃れがたい場所にあり、可能な選択といえば死の恐怖に屈伏した者としてしかも恥辱とともに死ぬか、その死をみずからひきうけるか、その他にない場所における選択をおこない、ついに死をみずから選んだものとしてひきうける決意をした。そしてかれは死にうち克ち、政治的な死をおしつけてくるものにもうち克って、かれ自身の、人間としての根源的な全体を把握し、かれをとりかこむ社会・世界・宇宙のなかでのかれ自身の位置を、すなわちそのように生き死にする意味をはっきり確かめた。この状況のただなかで、人間としてのふるまいをつらぬこうとすれば、結局は政治的な死をおしつけられる所までつき出されねばならなかった。大きい遺恨がないのではない。しかしその死をみずから選んだものとしてひきうける行為をつうじて、かれは自分の想像力が、個としての自己の死をのり超え、この社会・世界・宇宙とは人間にとっていかなるものか、そのなかで人間とはなにかという、根源的な省察への展望を得ることができた。それはとくに金芝河の場合、かれとともに死を選ぶ者らとの、集団としての永生の確信である。朝鮮の民衆がかれとともに選ぶであろう、未来像への確信がどうしてそこにかさならないであろう？「政治的想像力」、いったんこの啓示を通過しては、かれの芸術的創作もまた同じ確信を表現しつづけるものであるほかにはない。その認識が人間としてありうるもっとも総合的なところでかれを解放し、あらためて矛盾のない総ぐるみの民衆運動・政治行動・芸術創作の前においたことを、この長詩を読みとる経験が感じとらせる。それはそのまま金芝河の存在に、現在のアジアにおいてなぜ人間は文学をつくり出すかという問いかけへの、総合的な答を発見させる経験であった。

4

人間は個として存在しているし、その想像力も個のものだ。いうまでもなく集団的想像力はある。しかしまず個としての想像力をもった人間が存在している。個としての人間をはなれて、集団的想像力が存在するのではない。個としての想像力をそなえた人間が、それぞれに参加するものとして、集団的想像力が現実化するのである。個はそこへ参加することによって、集団的想像力をかれの想像力の樽いっぱいに充たす。

　言葉もまた、まず人間の個としての存在が発するものだ。すべての個が黙っていれば言葉はない。魚たちみなが沈黙の言葉しかもたぬように、その時、人類は沈黙するだろう。この事情と矛盾することなく、言葉は人間の個のものではない。言葉はそれを共有する社会を想定することによってはじめて、意味をもつ。人間の個にとって言葉はむしろ他人たちのものだ。社会を構成する他人たちが共有する意味によって、個の言葉はつらぬかれている。言葉は、他人によって受けとめられてはじめて、言葉としての機能を完了する。すくなくともその機能を完了するトバクチに到る。

　もともと言葉は借り物だった。それはわれわれの個のうちに自発したのではない。赤んぼうに自発する言葉を、沈黙した親が忍耐づよく待ちうけて、新鮮さということでは比類のないはずの、その新言語を学ぶということはない。自分もまた教育によってあたえられたのであるところの・習得したのであるところの、他人の言葉を、親は赤んぼうに教える。聾者は特別な訓練なしには唖者である。

　しかもわれわれは自分の個としての想像力を、つねに他者たちと共通であり・むしろ他者たちの社会からの借り物である言葉によって現実化する。音楽、造型美術、建築、また映像による芸術においては、すくなくとも現象的には事態がことなるであろう。しかし文学においては、いかにも端的に、われわれが自分の個としての想像力を、他者たちの社会と共有する・公認された言葉によってのみ現実化しうるのである。まずこのように想像力と言葉についての基本的な相関を考え、それを基軸にして、文学について検討することをすすめよう。

なぜ人間は文学をつくり出すか？　言葉はすでにあったにしてもそれを書きしるす方法はまだ人間のものでない時代。そこにもすでに、なぜ人間は文学をつくり出すか、という問いかけに発展すべき課題の萌芽はあったにちがいない。アフリカのブッシュマンたちの描いた、繊細な色彩と線の壁画を見ながら、人間の集団的想像力について考えることが僕にあった。そこには美しい獣たちと、おもに狩猟にかかわっている人間たちの、様ざまな行為が描かれている。なぜそのような壁画を人間は描き出すのか。なぜ人間はそのような壁画を描いた者・者たちとひとつの共同体に属する人間として、その壁画を眺めることを必要としたのか？

かれらとは、種族と時代をことにする人間の眼で眺めても、その壁画は、ブッシュマンたちが数しれぬ脅威に赤裸にさらされ、しかも狩猟の昂奮にみちみちているかれらの現実世界を、ほとんど宇宙的なその根源にまでふれるように全体として把握し、かつ個々のブッシュマンである自分の個の生が、予感される自然な死もふくめて、ほかならぬその根源にしっかり根ざしていることを、確かめるためのものであると思われた。ブッシュマンたちの、共同体としての社会、それをとりかこみ、そこに内在する世界・宇宙把握のシンボルとしての壁画。描く者も、見る者も、この壁画のシンボル作用にみずから参加することによって、個であるブッシュマンが、個であることを失わず、その共同体の集団的想像力へむけて自分をおし出すことを可能にする、そのようなシンボルとしての壁画。

しかも共同体全体の総合的な意味にむけて、自分をおしあげるべく集団的想像力に参加してゆくことは、そのまま、このようなブッシュマンである個としての自分とはなにかということを、自分自身に確かめる行為でもあるにちがいない。壁画の美しい獣たち、人間たちの行為のシンボルをつうじて、ひとりのブッシュマンが個としてのかれの、そのような現実世界における自然な生き死にの根源的な意味に、まるごと全体を把握するかたちでいたりえるはずであろうから。

その壁画をつうじることによって、個としてのブッシュマンが意識的な言葉にそれをおきかえうるというのではなく、シンボル的なものによって一挙に、全体の意味を啓示されるというふうにであるが、なぜこの自分は生きており、かつ自然に死んでゆくべきであるのかということの根源的な意味を把握する。それはおおいに宇宙感覚へとひろがり、また生命感の自覚と死への穏やかな予感そのものともなるであろう。日々の脅威の前に赤裸であるかれの、怯えた魂はしずまり、明日にむけて意識と肉体の生きいきした賦活作用が達成される。それはそのまま、自分が狩猟をすることの意味、このように水が流れてくるようにも豊かに獣たちが自分たちの前にあらわれ、それを自分たちが殺すことの意味、そしてそのような狩猟者の自分もまた、この社会・世界・宇宙を去って自然に死んでゆかねばならず、むしろそれが望ましくすらあることの意味を、その全体において把握させることであるだろう。そしてその言葉にしようもないほど根源的・全体的な把握は、個のブッシュマンの意識と肉体の最深部でおこなわれながら、しかもかれより他のすべてのブッシュマンたちに共有されている把握だということが、まず納得されての経験であったにちがいない。集団的想像力のためのシンボルが、そこで充分な機能をはたしている。立証するなにものもないが、僕はこの壁画を読みとる経験に立って、それを確信することができるように思う。もしこの美しい獣たちと人間たちの行為の壁画をつうじてすらも、ブッシュマン全体の集団的想像力に個としての自分をおしあげることができなかったブッシュマンがいれば、かれはついにその共同体からはじき出されて、もう決してブッシュマンでないもの、かれらの共同体の眼から見れば、結局は人間でないものとならざるをえなかっただろう。またひとつの壁画がブッシュマンたちの共同体にその集団的想像力を喚起するためのシンボルとして認知されえないとなれば、かれらはもうひとつの新しい壁画を描くためにありあまるほどの壁面を持っていた。

ここにいたってあらためて僕の関心をひくのは、このブッシュマンの壁画であれ、それより他のいかなる原始の種族の遺したシンボル的美術であれ、確かにそれは集団的想像力を喚起するためのものであるが、実際に腕を動かしてそれを描き、かつそれを刻んだのはその共同体のなかの個・一個人か、せいぜい数人の、限られた数の個人にほかならぬだろうということなのである。ひとりのブッシュマンが、と単純化することにしよう。かれの個としての想像力に立って美しい獣たちを・人間たちを描く。獣たちや人間たちの、絵として壁面にあらわれる形態に、その個のかれが教育によってかちえた規範的なスタイルがあることも確かにちがいない。時代をことにするブッシュマンの様ざまな壁画に、ブッシュマンの眼にはこのようにのみ獣と人間が見えるのかという、一貫したスタイルが見られるから。そしてそのスタイルの感覚は、かれらの集団的想像力の様式と実質の現実化であろう。

しかもなおいま実際に、新しく壁画を描きすすめるのは、ひとりの個としてのブッシュマンの生身の意識と肉体である。いわゆる原始美術も、そのいちいちの作品を見れば、およそほとんどのものが、それを制作した人間の手の専門的な技術をあらわしている。ブッシュマンにはブッシュマンの、専門的な表現者たる個の技術的習熟と自覚があろう。そしてそのブッシュマンの表現者は、美しい獣の像を刻みながら、個としてのかれ自身の、その社会・世界・宇宙との関係を、自分の手のつくり出すものをつうじて、根源的に把握したいというねがいにかりたてられているだろう。このように言葉として意識されるのではないのであるけれども、それゆえにこそより根源的な渇望が、かれをつき動かしているにちがいない。しかもかれは個としての自分をふくみこむ、そのブッシュマンの一種族の共同体の、それとしての全体的な、社会・世界・宇宙把握のシンボルをつくり出すために仕事をしているのだという自覚もまたそなえていよう。そういうものを描き出しえるのでなければ、かれは壁画を描く特権的な位置を去らねばならぬのである。そしてつつがなく完成された壁画は、ブッシュマンの共同体の集団的想像力を担うシンボルとしての深さと広がりがあり、かつそれをつくったブッシュマンの芸術家自身が、そこにかれの個としての社会・世界・宇宙の把握、自然な生と死の根源的な意味あいを、啓示のように成就させている。その成就したものを仔細に見れば、われわれはそこに専門家として壁画を描くブッシュマンの個の、その壁画をつくり出しているさなかの、意識と肉体総ぐるみの経験のもたらしたものを見出しうるはずである。その経験の現場には、ひとつの共同体のなかの個の根源的な深みと、集団的想像力の社会・世界・宇宙へむけての全体的な広がりとを、くし刺しにする秘密が、具体的にあらわれたはずのものなのでもあった。

5

洞窟の壁面に刻まれた壁画から、それも文字によって記録する方法をかちとった人間のつくり出した言葉による、ひとつのかたちをもったものへ、つづいてわれわれの眼からも確実に文学と呼びうるものへの、永い人間の歴史。その極大の時間にわたる運動へ視点をさだめれば、ひとつの共同体に属する人間が、壁を刻むかわりに言葉によって、ブッシュマンの美しい獣や人間たちにあたるものをつくり出そうとし、ついに文学が人間のものとなったとする展望も自然であるにちがいない。

絵・彫刻のかわりに、ある共同体の言葉によってひとつのシンボルがくみたてられる。その共同体のなかの個としてのひとりの人間が、その言葉＝シンボルをつうじて、かれがそのなかにある社会・世界・宇宙と自分自身の関係を把握する。その言葉＝シンボルをつうじて個としての生命の根源にいたり、自然な死の約束をかいまみる。根本的な機能から考えればシンボルを構成する言葉は、ただひとつの言葉であってすらよかっただろう。ひとりの個の発するひとつの言葉が、かれの意識と肉体を根源までつらぬき、かつそのつらぬいたところにかれの属する共同体へ開く想像力的な通路がひらいているのであれば。それは言葉＝シンボルの黄金時代である。その言葉のひとつひとつが、シンボルとして人間の個と共同体のために独自な機能を発揮する時代を、個の自我の進展が過去のものとする。そこには根本的な力としての言葉への疑いが湧きおこらずにはいなかった。聖書がいう。《太初に言《ことば》あり、言は神と偕《とも》にあり、言は神なりき。この言は太初に神とともに在り、万の物これに由りて成り、成りたる物に一つとして之によらで成りたるはなし。之に生命あり、この生命は人の光なりき。光は暗黒に照る、而して暗黒は之を悟らざりき。》

古代歌謡のかたちとスタイルに人間がはじめて構成しえた言葉群。それがはたした役割は、壁面に刻まれたシンボルとおなじ人間の意識と肉体にむけての効果であったろうこと、またそれを今日のわれわれが追体験しうることを、はじめに古代歌謡の具体的な例についてのべた。僕の論理の展開するところは、古代歌謡がそれを謡った同時代人の個と共同体を超えて、あらゆる時代の人間に、端的に今日に生きる僕自身にむけてもまた、同じ役割を果たしうるということである。そのような効果はおそらく言葉＝シンボルのただ一個では不可能なことにちがいない。ところが古代歌謡のかたちにまで構造をあたえられ、みがきあげられた言葉は、すなわちすでに文学である言葉は、それを可能とする。すくなくともその契機を示す。われわれがこの契機にいたる道は、任意の古代歌謡を繰りかえし読んで、自分の意識と肉体にそれがひきおこす経験を見ることとである。

古代歌謡は、いうまでもなくある共同体のものだった。言葉のスタイルと実質(それらは別べつのものではないが)としてそこに結実している想像力は、集団的想像力である。しかしその古代歌謡も、はじめひとりの個である古代の人間の、意識と肉体に根ざして発せられた言葉であったにちがいない。その言葉がおなじ共同体の他の個によって唱和され、また別のひとりの個によって謡い変えられる。その永い過程のはてに、共同体の歌謡として決定され、文字に定着されたのではあるが、しかしその過程のうちにも古代歌謡はつねに個の声によって、また個の声の集合によって謡われたのであり、それはまず個の人間の想像力を揺り動かすことで、その個人としての人間に、集団的想像力の道を開いた。その手続きの上にはじめて、ひとつの古代歌謡の向うに古代の人間の個をこえた共同体が、くっきりと立ちあがってくるところまできたのであるにちがいない。すなわち、言葉という共通のものが、どのように原初的な形態をとるのであれ、ともかく文学を構成する時、そこには個的なものとしての言葉と、共通のものとしての言葉の間の、ダイナミズムが働いていると僕は思う。そして音楽や造型美術、建築あるいは様ざまな映像の芸術とことなって、文学においてはそれを構成している言葉という実質の、それ自体が持っている根本的なダイナミズムが、この芸術様式の本質に根ざしている独自さをきわだたせる。この個的なものと共通なものとの間のダイナミズムこそが、原始から今日にいたり明日にむかう、文学の歴史の全体をおおっているとすらいうべきであろう。

自覚的に文学がつくり出されることがはじまれば、飛躍的に明瞭に、専門的な表現者があらわれるにつれてなおさら明瞭に、文学をつくり出す者は、自分のもちいる言葉の個的なものとしての性格を、前面におし出そうとした。近代の自我の覚醒は、その勢いに拍車をかけた。その極点を示すものが十九世紀から二十世紀後半にいたる小説である。近代・現代小説という文学形態のつくり手たちは、ひたすらその言葉を、かれ自身の個の奥底へ潜りこむための手段としてとぎすますことにつとめた。小説の言葉の意味するものについてそうであった。同時にその言葉のスタイルにおいて、もっとも深く作家個人に根ざす、排他的な個性を確立することをめざしたのである。作家個人の独自の言葉のスタイルを呈示できぬ時、かれは専門の表現者として認められえなかったほどだ。しかもそこで言葉のダイナミズムは、本質的な効果をあげていた。むしろ個人独自のスタイルが確立されることによって、そこにつくり出された文学が、はじめて自立性を達成し、他者たちの意識と肉体にむけて開かれた。文学を構成するひとつひとつの言葉についてもそうだ。よく個的なものに根ざせば根ざすほど、その言葉は揺るがしがたく確実な意味を担って、すでに共同体とはいいがたいところの、ただ言語だけが共通な広場へ出てゆく。個的なものたる言葉の、実質の拡大が強く徹底的であるほど、言葉の共通なものとしての側面も強化される。そのダイナミズムの上に文学は立っている。個的なものであればあるほど、共通のものである文学がそこに立っている。

文学の享受者の側から見れば、このダイナミズムはもっと明瞭であろう。われわれは文学に、あいまいかつ没個性的な、誰のものとも知れず誰のものでもあるような・誰のものでもないような言葉、スタイルを期待しない。われわれの意識と肉体はそのような非文学にまともな興味を集中しつづけることができない。われわれは個的なものとしての言葉、スタイルの手ごたえのある文学にのみ、自立性をそなえた真の文学を見出し、はじめてそこに自分の意識と肉体が生きいきとひきこまれるのを、すくなくともその契機を見出す。

ここにわれわれと書きはするが、文学を読みとる主体はやはりひとりの個である。個であるわれわれのひとりひとりが、個的なものとしての言葉、スタイルをつうじて、自分とは別の、ひとりの個のつくり出した文学の世界に入りこむのである。われわれは個としてそこに入りこむが、そこからどこへつき出て行くのか？すでに共同体とは呼びえぬが、しかし人間としての共通の広場へむけて、言葉の個的なものと、共通なものとのダイナミズムは、文学におけるまさに同一のダイナミズムにむけて展開する。そしてその認識に立ってはじめて、なぜ人間は文学をつくり出すかという、問いかけへの答があきらかになってくる。いわば露天掘りの鉱床のように、ただ人間の力でそれを掘りとればよい赤裸のかたちでそこに見えてくる。

6

なぜ人間は文学をつくり出すか？　言葉によって、ひとりの個としての自分の人間的な根源にいたり、そのような人間であることを総合的、全体的に把握するために、人間は文学をつくり出す。このようにして個の深みにおりてゆく作業が、そのままかれをふくみこむ共通の人間としてのありようにかれをみちびく、そのような自己確認のために人間は文学をつくり出す。それはまた、その個としての人間が、社会・世界・宇宙の全体的な構造のなかで、暗黒から生まれ、暗黒にむかって死んでゆく人間としての、自分の根本的な意味を把握する行為である。そのために人間は文学をつくり出す。つくり出された文学は、その享受者に、それをつくり出した人間が、それをつくり出すことをつうじて経験するところのものを、そのまましかも新しく経験させる。言葉の個的なものとしての、同時に共通のものとしての性格のダイナミズムによって。

しかも人間は、そのように文学をつくり出す行為の全行程において自由である。個としてのかれは、かれ自身の文学をつくり出そうとして、まったく自由にその言葉、スタイルにはじまるすべてのものを選ぶことができる。文学のスタイルの一様式としての定型律は、その文学をつくり出す自由に勢いをあたえるバネの役割をはたすためにある。個としての人間が自由に選んだ方向へむけてすすめる文学創造の成果が、いったん文学として自立すると、それはそのまま人間一般に共通のものへむけて開く。言葉のダイナミズムがそれを成就させる。個としての人間の自己認識が、そのまま他の人間たちへの深く本質的な呼びかけとなる。この不可思議の達成のために、人間は文学をつくり出す。

そのようにして文字を開発した人間の歴史の、すべての局面においてつくり出されつづけた文学は、そのいちいちが、その文学を生み出した時代の人間が、個として、またその個をとおりぬけた共通なもののなかの人間として、そのように人間であることの根源における意味を、全体的、総合的に把握した内容をあらわしている。また、その時代の人間が、社会・世界・宇宙における人間存在の意味を、その生命感や自然な死への予感とないあわすようにして具体的に把握した、その内容をあらわしている。しかも人間の自由な選択としての、その把握のしかたそのものをもまた、それはあらわしている。

今日に生きるわれわれは、歴史のすべての時の文学を、滅びた過去の遺物として持っているのではなかった。文学は、それを読む人間の個としての意識と肉体に、つねに生きて動いているものとして働きかけ、それ独自の経験をあたえる。そのような、つねに生きて動くものとして、個の意識と肉体のうちに現前しうる対象として、われわれはすべての人間の時代の文学を持っている。あらためていうまでもなく、個としてのそのような経験をつきぬけての、人間すべてに共通のものとして、歴史のすべての局面における文学をわれわれは持っているのである。

そのようにして人間が持っている文学のいちいちは、それをつくり出した時代の人間の、個の根源まで深くはいりこんで、全体的、総合的に把握したあかしであり、その人間が社会・世界・宇宙をどのようにとらえ、どのようにそこに個としての自分を位置づけたか、その人間の生命と自然な死への実感が、どのようなものであったかを具体的に示す。しかも文学のつくり手が、自由に選びとった言葉、スタイルにはじまるすべてのものによってかれの文学を呈示するとおなじく、われわれもまた自由の感覚とともに、自発的にそれを受けとめる。むしろわれわれは、その文学のつくり手とともに、あらためて自由にその文学をつくり出すのである。文学がわれわれの意識と肉体において現実化するしかたは、そのようである。

文学は、歴史の様ざまな時代に生きた者たちの「人間の仕業」としてわれわれの前にある。いかなる文学も、人間が自由に選びとってなしとげた「人間の仕業」である。人間が自由に、人間的なるものの根源を、自分の個の深みにおりてゆきつつ把握し、それを言葉のダイナミズムにたすけられながら人間共通のものにした、その「人間の仕業」。人間がどのようにかれ自身の個を、社会・世界・宇宙との本質的なつながりに立って把握し、かつ個を超えたか、それをあらわしている「人間の仕業」。人間の生命感と自然な死への予感が、どのように具体的に実感され、そこに足をふまえてはじめて可能な、どのように全体的な人間の把握があったか、それをあらわしている「人間の仕業」。

そしてわれわれはこの文学＝「人間の仕業」が、ほかのいかなる「人間の仕業」にもまして、個であり・かつ個であるままに人間の共通なものをもまたあらわしているひとりの人間の、その全体的なありようを、もっともよく表現していることを認める。それは、なぜ人間は文学をつくり出すか、という問いかけを逆照射する、端的な答ともなろう。しかも歴史の様ざまな局面をつらぬいて「人間の仕業」のなまなましいかたちと実質のまま、ついには精神史をおりなしている文学は、どの歴史的局面から掘りだしてきても、そのいちいちがわれわれの意識と肉体に生きて動く経験たりうる点で、まさに今日のものだ。

この論理はまた、未来の様ざまな時代（それが永く多様にありうるとして）の文学が、また今日のわれわれのものだ、という方向へむけても展開すべきであろう。そこでわれわれは、未来においてなぜ人間は文学をつくり出すかという命題についても答を出しうるのでなければならない。今日の表現者の「人間の仕業」のうちに、その具体的な答の契機を見出すことができる。

ありうべき未来社会のひとつの形態として、現在われわれの生きている時代に、すでに大きい萌芽を示しているのは、オートメーションが増大し、テクノロジーが限りなく発達した先進産業社会である。ありうべきという形容句にいかなる「価値の理論」もふくませてはいないのであるけれども。その先進産業社会が大企業体制のかたちで現実化する時、その大企業体制が、個人を従属させ管理する勢いにさからって、個としての人間の自立的な全体性をあらためてうちたてることは、未来において文学をつくり出す者の仕事となろう。それは少数派の仕事である。しかし文学はもともとただひとりの個の、内部の深みにむけて言葉のみを手がかりに入りこんでゆき、個がそなえている人間としての根源にいたり、全体的にそれを把握することで、個の属する共同体・あるいは失われた共同体のかわりにあるものの、かれより他のメムバーたちへ、開いたメッセージを発する作業である。いまやこの共同体・あるいは失われた共同体のかわりにあるものとは、国語の枠をこえて、人類一般にまで拡大されるものであるが、それでも言葉のダイナミズムは、文学という少数派の仕事を人類全体の体制に対抗して輝やきを発せしむる力をもつのでなければならないだろう、すくなくとも原理として。

とくに大企業体制のもちこむものが、たとえば原子力開発のように、人類の環境をその根源から危殆《きたい》に瀕せしめうる方向性をもつにもかかわらず、従属させられ管理された人間がそれに疑いをさしはさむどころか、あたかもそれこそを自分の欲望がめざしていたところだと考え、つづいてその欲望が充足されるのを満足してむかえる一次元的人間となりおおせてしまう課題である時、なおも文学をつくり出す人間の役割は、象徴的なまでにくっきりとしてこよう。文学とは、個たる人間の根源において、その社会・世界・宇宙とのつながりを全体的に把握しながら、人間であることの意味を認識してゆこうとする言葉の作業である。生命感と自然な死への予感をさかなでして、人間と社会・世界・宇宙との根源的なつながりをたち切るような大企業体制の巨大暴力に、人間的基盤からの異議申し立てをおこなうために、文学はつくり出されつづけることになろう。わが国の水俣病の現場から発せられている言葉は、そのような未来の文学への、すでに現実化しているひとつの約束ではないであろうか？

社会主義体制が、西側の高度経済成長の発展と競合するようにしてオートメーションを増大させテクノロジーを発達させる時、そこに築きあげられずにはいないもうひとつの先進産業社会において、文学をつくり出す人間のありかたを、やはりすでに現実化している約束として示すのが、今日のソヴィエトのいわゆる反体制派の文学であろう。とくにソルジェニーツィンの仕事がそれを体現している。スターリン体制下の強制収容所からの告発を、その根幹におきながらも、その文学の全体が、現在のソヴィエトの権力によってたえまなく排除され強圧を加えられていること自体が語っているように、ソルジェニーツィンの攻撃するスターリン時代とは、今日から明日にかけてもまた実在しつづける人間の考え方、想像の仕方、生き方、制度の全体である。ソルジェニーツィンは、この体制下の「収容所群島」の実態を告発しながら、あたかもその体制の総合的な圧力をひとりではねかえしうるような存在を描いた。すなわち強制収容所にとらえられながら、不屈の人間たりつづける小地区の消費組合指導者の、考え方、想像の仕方、生き方、制度への抵抗をかれが描きだしたのは、今後なおもおとずれるべき、あらゆるスターリン時代において、文学がなぜつくり出されるかということへの、かれ独自の答のあらかじめの呈示を意味している。スターリン時代の重圧のもとで、しかもそこに先進産業社会の大機構がかさなった構造のもとで、個人を従属させ管理する勢いにさからって、ひとりの人間が、かれの個の人間的な根源に深くはいりこみ、自立した全体性にたって、かれ自身の人間とはなにかを把握する。言葉のダイナミズムがそれを、かれより他の人間一般にむけて開くメッセージとする。それはまたひとりの人間としての自己のありようと社会・世界・宇宙とのつながりを根本的に確かめることであり、自然な生き死にの感覚に豊かに根ざしなおすことである。ソルジェニーツィンがソヴィエトにおける環境破壊・資源涸渇の課題についても、つとに鋭敏であるのはおそらくそこに発している。それがかれの文学の全体性をあかしだてもいる。あらためてそれは今日と明日につづくいかなるスターリン時代においても、人間が文学をつくり出してゆくにちがいないことの、全体的な意味につながってゆく、今日に実現された約束である。

ありうべき未来社会のもうひとつの形態、世界的な人類滅亡の危機にさいして、なお人間は文学をつくり出すかという課題がわれわれの前にのこる。この課題に全体的な答を準備するためには、いわゆる先進産業社会の模倣ではないかたちの、近い未来像にむけて自己解放しようと闘う民衆について、また南北問題の視点において、あらたな検証がおこなわれる必要がある。これから果たすべきこととしてそれを意識においている人間の、ひとつの賭けとして、世界的な滅亡の危機を前にしてもなお人間は文学をつくり出す、というえ方を僕は選ぶ。その選択に立ち、その未来像にむけてあらためて僕は自分に問いつづけねばならぬ。なぜ終末論的危機の状況にあっても人間は文学をつくり出すか？　なお人間は文学をつくり出すと、それを選んで自分がそこに賭けるのか？　それが実作者としての総ぐるみの新しい課題となる。

〔一九七五年〕

II

未来の文学者

人間とはなにか？　異星からきた宇宙飛行士が、われわれの惑星の猿をつかまえ、遺伝コードを操作して、すなわち人間へと飛躍させたところのものだ、とエーリッヒ・フォン・デニケンは主張している。かれは地球上のありとある場所に、異星からきた「神々」の遺したものを発見して歩く。かれにとってはジャック・モノーも、先史時代の分子生物学の説明者として起用される。僕は、自分と同年のこの奇態なスイス人に興味をいだいている。かならずしもかれが狂人だというのではないが、われわれは自分と同年輩の気狂いめいた人物には、隠微な不安にかられるようにして、眼をひきつけられるものではないか？

もしデニケンが、高天原に降下してきた異星からの宇宙飛行士の事蹟について調査しに、わが国にやってくるようなことになれば、（というのはそれがおおいにありうるからだ。この前の世界旅行でかれは台湾まで来た。）異星からきた宇宙飛行士の、万世一系の後裔の実在することをかれが聞かなかったというのはほとんどありえぬであろう。さてその際には、もし機会をあたえられれば、僕はかれに会って、自分がデニケン・パラドックスと呼んでいるものについてかれに話してみようと思う。

デニケンの基本の考え方は、宇宙で極度に進化した知的存在の、すなわちあえていえば「神々」のふたつの集団の間に、戦争があったという仮説に出発している。敗けた側の「神々」は、かれらが住んできた惑星と条件の似かよっている惑星を探して、宇宙船の旅をするうち、銀河系の中心部から二万八千光年だけ離れた、太陽系第三の惑星を発見した。そしてわれわれの祖先の猿が、かれらによって選びだされ、かれらの文化をやがては継承する者たるべく、分子生物学的な処置をうけた。この宇宙的な播種は成功して、いまやわれわれは核時代の文明のうちにある……

　さてデニケンの考え方が、まったく正確だったとしよう。しかしその際に、人類がこの宇宙的な播種の結果だと、実証するためには、どうしてもこの人類が自分もまた、宇宙の他の惑星に向けて大旅行して、そこに人類の新しい祖先たりうる生物を見出し、その遺伝コードを操作しうるにたる能力を開発することが必要ではないか？　ロケット工学と分子生物学のふたつの分野で、そういうことが可能だと、人類が確認し、実践しえる段階になって、はじめて人類は、宇宙的な播種を自分たちの祖先にほどこした、「神々」と対等に向いあうことができる。宇宙的な播種にこめられたすべての予言は成就される。しかしおそらくその時には、地球上でも絶対的な最終戦争があって、ここで滅びてしまうことを望まねば、宇宙にむけて大規模な賭けを人類がおこなわねばならぬ状況に立ちいたっているのではないか？　それはおおいにありうることだ。なぜならデニケンによれば、実際にそういうことがかつておこったのだし、ほかならぬそういう事態を回避しえなかった「神々」によって、われわれは遺伝コードの操作を受けたのだから。

　そこでデニケンは、かれの考え方が正確であればあるほど、その実証を、この人類の地上生活の終末の時においてしかかちとりえないことになる。まだ地球上に希望がある間、デニケンがその仮説をあかしだてる事物を探して、エクアドルにフィジー島にシベリアに、気狂いじみた大旅行をかさねてもむだなことだ。いやデニケンは地球脱出をはかるほかになくなるところの敗けた「神々」の側にでなく、勝者の「神々」の側に立って、この地球上で、その永年の仮説の実証の時を経験しうるのではないか、という反論があるとしよう。しかし今日の地球規模の核兵器貯蔵状況を見て、どうして敗けた「神々」の宇宙への脱出後の、地球の平安を期待しえよう?

このデニケン・パラドックスをつうじて、もう一度デニケンの世界的ベストセラーを読みかえせば、デニケンの思想は、ヨーロッパ社会の閉塞状況の深さの一反映にすぎぬことが明瞭である。モノーの《真に科学的な社会主義的ヒューマニズム》を準備するための科学的基盤も、デニケンにとってはその奇妙に大規模の、胎内回帰的な甘美さにかざられた神秘主義の一支柱としかうつりはしない。

しかし僕は、デニケンの夢想に刺戟されることが多かった。いったい人類が地球を棄てて、もういちどの宇宙的播種に出発しなければならなくなるような時が到れば、その時点で、文学とはどういうものたらざるをえないだろうか? デニケンは古代に一冊の書物を想定して、そこに「神々」の宇宙的播種の実際がすべて書いてあった、と考えるのだが、人類もついに聖書やコーランや、ありとある古代的書物を校合して、真のBook of booksをきざみ出し、すべての人間がそれ一冊だけを胸に抱いて、宇宙船に乗りこむ少数者も、地上に残る大多数者も、それぞれに地球の終焉をむかえる心準備をするのではないであろうか? もしそのような未来が、われわれの未来であるならば、未来の文学者とはなにか?

現代世界の終末的状況がさかんに論じられた間、といっても今その危機がいったん回避される目安がついたのではないことは、地球規模の環境破壊、核状況を考えるだけでも明瞭だが、ともかくすでに終末の歌にあきた連中も、まだ盛んに歌い叫んでいた間のことだ。僕はその間をつうじて、可能なかぎり文学の全体について議論しあう定期的な小さな集まりに出ていた。僕は新しく教えられることとまことに多かった。その中心的なもののひとつ。ある集まりの際に、われわれは現代世界の終末的状況における文学、文学者の役割という、まったく大命題を話し合っていた。その時、ひとりの批評家が、世界の終末的状況が問題になる時、文学などというものはすでに終っているのではないのか、という言葉を発した。言葉は矢になって僕につき刺さる力をそなえていた。それはすくなくとも僕にとって真の批評の言語だった。

どのように批評的な意味をそれがはらんでいたかといえば、第一に、もし現代世界の危機的状況がおしとどめがたく終末にむかってつき進んでいるとするなら、その確認を科学的な論拠にしたがっておこなっているのなら、その上で文学、文学者にできることなどなにがあろう、ということである。第二に、もし人類にその終末的状況を回避しうる希望があるなら、いくらかでもそれがありうるなら、文学者も当然にその希望のために働かねばならぬが、しかし回避の希望のある終末的状況とは、すでに終末的状況ではないのではないか？　すなわち現代世界の終末的状況における文学、文学者の意義というようなことは、われわれが正当にその問いを解きうる設問ではありえぬのではないか？

僕は右の批評の言葉を受けとめつつ、しかもなお、このような終末的状況として現代世界を認識しなければならぬ時代において、それでも明日に眼を向けて、未来の文学とはなにか、未来の文学者とはなにか、と考えてみようとする者のひとりにほかならない。なぜそのようなことをするのか、と問われるならば、僕はそれをしなければ自分もまたデニケンの思考におけるような、自己閉塞におちいらざるをえないからだ、と答えたいと思う。いったいまともに自分の職業の先ゆきについて答えてみることなしに、今日の手仕事に没頭するのが可能な、そういう職業が、多かれ少なかれ自覚的に選んだ職業としてありうるだろうか？　しかし、未来の文学、未来の文学者とはなにか、という問いかけほど、今日の文学、今日の文学者になおざりにされているものはないように思われるのは、いったいどういう事情によるだろうか？

しばらく前のことになるが、テクノストラクチュアという新しい言葉が広くむかえられたことがあった。ガルブレイスの『新しい産業国家』が、なお現代世界をその影響力のもとにおいているというつもりはないが、《集団によるデシジョン・メーキングに参与するすべての人々、あるいはこれらの人々が形成する組織にたいしては、今までのところ名称が存在していないので、私はこの組織を「テクノストラクチュア」と呼ぶことを提案する》とガルブレイスのいった、その提案の実体は、いまこそさかんに生きていると僕は思う。そしてそのテクノストラクチュアによって運営される大企業体制に、現代世界のすくなくとも西半分がおさえこまれている状況もますますあきらかであると思う。(都留重人監訳)

このような産業国家を、われわれの未来のひとつの可能性としよう。そこで未来の文学者の役割はどういうものになるか？　すでにガルブレイスは次のようなヒントを示していた。《その営みに内在する有機的性格そのものから、大企業体制は、その計画化を正当化し、その目標を受入れさせるような考え方を広汎にかちとるための活動にのりだす。そうすることによって、大企業体制は、みずからが大きく依存している組織の成功を確実にする。おそらくは大部分の人が、ここにはやや心配なほどに集産主義的かつ一枚岩的側面があらわれていると思うだろう。これに対抗する行動というのは、個人がこうした従属から逃れるのを助けてやることである。ここでの必要条件は二つある。その一つは、大企業体制がもちこむ考え方を組織的に問いつめていくことを確実にするような理解力と懐疑主義である。第二は、知的側面で大企業体制から抜け出すことを選ぶ人たちの理念と目標を表明する政治的多元主義である。》

ガルブレイス自身も、決して成功をしたとはいえぬ小説を発表したことがあった。かれの右の言葉が直接語りかけられるなら、それがなお残響をうしなっていない間に、多くの文学者たちが、次のようにいうであろうと思う。文学者ガルブレイス自身も、そのようにいうのであるかもしれない。未来の産業国家において、大企業体制に対抗しうる個人というものを確保するのが、すなわち文学者の役割だと。未来の文学者は、大企業体制への個人の従属をまぬがれしめるために働く者らだと。未来の文学者は、大企業体制がもちこむ考え方を組織的に問いつめていくことを確実にするような理解力と懐疑主義を表現するであろう。未来の文学者自身が、その能力を自己のうちに実現するであろう。また未来の文学者の仕事と、その人間的存在自体が、知的側面で大企業体制から抜け出すことを選ぶ人たちの、理念と目標を表明する政治的多元主義を担うだろう。そして未来の文学者とその読者たちとは、大企業体制に対抗して真に人間的なるものを守りぬく、一つの明瞭な指標となるだろう……

しかしもちろんこれは、ガルブレイスの用語をそのまま繰りかえせば、必要条件の問題だ。確かに、われわれの未来が、いわゆる新しい産業国家であるとして、そこでなお文学者が存在意義を持つとすれば、未来の文学者は、右のような役割を担う者であることが、その必要条件となろう。この種の問題意識をそなえて現代に登場した文学者は、すでに数多くあった。たとえば、《なくてはならぬ空しい仕事》の時代が終らぬうち偵察機で死んだサン＝テグジュペリは、まだこの世紀の初めのうちに、個人の内部への大企業体制の浸透を批評していた。《利潤に基礎を置いた産業は——教育によって——チューインガムのための人間をつくろうとするが、人間のためのチューインガムはつくらない。こうして自動車という価値をつくる自動車側の必要から、バーで車体の写真や比較にうつつをぬかす一九二六年製の馬鹿な若者たちが生まれたのだ。》

そしてサン＝テグジュペリは、もしかれが戦後へ生き延びえたのであったとすれば、確かにいま問題の核心にある、未来の文学者の一範例たりえたにちがいない。それに充分な条件を、かれがそなえていたと僕は思う。そこで充分条件が検討されねばならないが、われわれは右にあげたような未来の文学者たるに充分な、そのための条件をそなえているだろうか？

充分条件は、二つの側面にわかれるだろう。第一は、われわれが今日から明日にかけて、大企業体制に対抗する個人としての意志をたもちうるか、という問題である。それは文学者主体の問題である。当面のところ、希望にあふれた兆候のみがあるのではない。ある総合誌が、永年にわたって某自動車メーカーの宣伝をおこなっている。すでにそれは一三〇回を越えているが、いちいちの宣伝に、このメーカーの工場を訪ねて感想をよせている百人以上の知識人の大半が、いわゆる文学者である。もちろん様ざまな文学者たちは、それぞれに宣伝臭をさける工夫をして(これはむろん自動車メーカーの利益になる工夫だが)、おのおの独自な陰影のある文章を書いている。しかし僕はそこに、この自動車メーカーのもちこむ考え方を組織的に問いつめていくことを確実にするような、理解力と懐疑主義は発揮されていないと思う。また知的側面で、この自動車メーカーの体制から抜け出すことを選ぶ人たちの、理念と目標を表明する、政治的多元主義への萌芽は見られぬと思う。もともとこれらの数多い文学者たちは、この自動車メーカーの大企業体制に対抗する意志を持っていないと思う。かれらはアッケラカンと、このメーカーの自動車を必要とする、一九七〇年代製の若者たちをつくりだす教育に手をかしている。

もうひとつ例をあげれば、朴ファシズム体制によって言論の自由をうばわれている韓国の民衆に対して(知識人に対して、と一歩ゆずっていってもよいが)、朴ファシズム体制によりそいながら大きい犯罪をおかした日本ペンクラブは、いまその罪の償いには頬かぶりしたまま「再建」に奔命している。かれらが送った代表がソウルにつかぬ前に書いた文章で、その行為の先ゆきを僕は批判したが、僕はその仕事をするために、いかなる予見的能力も必要としなかった。日本ペンクラブの本質的な頽廃はすでに局外者にもあきらかだったから。まずそれはかれらが日本の大企業体制から巨額の寄付をえて事業をおこなう、という体質をかためてしまったことに由来している。一事が万事。日本ペンクラブの文学者たちが、もし真に未来の文学者への道を切りひらこうとすれば、まずかれらは根本のところで頽廃している日本ペンクラブを、中途はんぱに「再建」するより、むしろ崩壊するにまかせるべきではあるまいか? その上での第一歩として、いかなる大企業体制からもインデペンデントな、文学者としてのかれら自身を回復すべきであろうと、僕は思う。しかし事の実情はその逆に向っている模様であるから、僕はこれをわれわれが未来の文学者たりうるための充分条件への、暗い一兆候とみなすのである。

さて充分条件の第二は、文学そのものが今日から明日にかけて、大企業体制に対抗する個人のよりどころとなりうるものとしての内的構造をそなえている、人間の作業なのか、という側面から検討されねばならぬだろう。それは文学の機能の問題である。そしてそれは、文学における想像力と、全体性の表現という方向づけに立って考えることができるであろう。そしてこの場合において、希望の兆候は大きく明瞭だと僕は思う。文学とは、そもそもどのようなものか？　僕の経験では、それはまず人間の自由を確かめるためのものである。そしてそれは、人間の全体性をあきらかにするためのものである。

想像力は、いかなる状況においても、というよりその状況の反人間的な苛酷さに正比例して強く、人間を自由にむけてつきだすものだ。もし文学者が、かれ自身の想像力の衰退をつねに克服しつづけるなら、かれはその想像力によって、自分の文学に自由な人間を表現する機会をもつだろう。たとえ自由をもとめる人間の惨めな叫び声なりと。そしていったん表現されれば、その叫び声がくっきりと輪郭を描いた人間の自由は、大企業体制に対抗する個人のよりどころとなろう。文学者はむしろ永く失われたと感じられてきたはずの、かれの個人としての文学が、広く本質的な共通者の基盤を、新しくかちえていることに気がつきえるかもしれない。

また大企業体制に侵犯された個人の、かれ自身の総合的な全体性の表現をもとめる意志は、文学がそなえている人間の全体性の表現という志向に、もっともよく照応するだろう。かれ自身、大企業体制に侵犯されている、そして偏頗《へんぱ》な人間となって現実世界に生きている文学者は、もしかれがそれをよく自覚しさえすれば、なにがそのようにして自分に欠落しているか、という反省に立って、より直接的に、自分が文学をつうじて実現しなければならぬ人間の全体性に眼をむけることになろう。

そしてこの欠落の自覚の手がかりとして、文学者がひとり、一語、一語、紙に言葉を書きつけてゆく作業は、有効なものにちがいない。それは言葉をつうじての、全面的な自己治療とさえいいうるだろうと僕は思う。具体的にいえばこうだ。われわれが一行書く。そこに対象化されたわれわれ自身は、おそらくどのような人間が書こうと、つねに偏頗なものだ。われわれ自身の、この現実世界におけるありようを拡大して。われわれはその一行を見つめつつ、もう一行書く。あるいはさきの一行を抹消して、新しく一行書く。その繰りかえし。そしてわれわれは、現実世界の自分自身を超えて、全体的な人間の表現に、一歩ずつ近づくのである。すくなくともそこへいたる方向性に、自分を置くのである。全体的な人間の表現への方向性、たとえどのように遠いところからのそれであれ、前のめりに全体的な人間の表現へ向っている方向性。それこそが大企業体制に対抗するために、個人のもっとも必要とする、かれ固有の武器ではないか？　そして、文学のこのような全体的な人間への方向性は、たとえ逆に全体性をまったく欠いてしまった悲劇的な人間を書く文学であれ、その根本的な内部の構造として、それがそなえているものだと僕は思う。

もちろん未来の文学者が、いちはやく大企業体制に屈伏してしまっていては話は別だ。大企業体制の一枚岩的側面にボランティアの宣伝員として参加する文学者は、かえって文学の内的構造をバネにして、個人の自立の最悪の敵たる者となってしまうだろう。かれらは、大企業体制の個人への押しつけを、あいまい化して伝達する芸当まで演じる。さきにあげた自動車メーカーの宣伝を思いだそう。大企業体制の企図しているのは、剝きだしに強圧的にかれらはそれをもとめているのだが、自分たちの自動車をひたすら必要とする個人の大群をつくりだすことである。ベルト・コンベアーに乗って出てくる自動車が、コンピューターの指示のかわらぬ限り、同一の型をしているように、かれらにとって自動車を必要とする個人の大群は同一の顔をしているほどいい。

しかしいかに進んだ産業国家の成員であれ、自分たちみなに自動車なみの同一の顔つきをもとめられていると知れば、個人たちはそれぞれにまったくシラけてしまうにちがいない。そこで文学者たちが起用される。ある者はロータリー・エンジンのたてる音をたたえる英詩を書いてみせる。ある者は、整然たるゲージ製作工場に感銘する。ある者は安全運転を呼びかけて、暗にスピードの優秀さを報告する。それぞれに個人的ないじましいほどの「文学的」工夫をこらして。そこでわれわれは、ほかならぬ自分たちに個人的な選択の余地があるのかと錯覚することになる。自分は、ひとり自分に属する懐疑主義と理解力に立って、この自動車を買うのだと。しかし消費者をむかえる自動車メーカー、販売会社のフロント・デスクから見るかぎり、そこへやってくる個人たちは、みな同一の顔をしているのである。ほかならぬかれらが、作り出したいと思って宣伝企画をすすめたとおりの、同一型式の顔を。意識の同一性はもとよりである。この教育のために文学者が起用されている。しかもこれらの百名をこえる文学者たちが、それぞれにかれ個人の文学者としての内的構造に立ち、それを裏切らぬようにと配慮しつつ、この教育活動に励んでいるように見える。その様子は異様に気をめいらせる眺めだ。これこそはやはり未来の文学者の、ひとつの可能性を示しているものだと受けとめざるをえないから。文学者は方法としてただ言葉をしか用いることができない。かれは未来にわたってもつねに、その文学的制作を、言葉によっておこないつづけるほかないであろう。そして同時に文学者は、大企業体制の宣伝においてもその個人的な言葉を用いるほかにない。言葉はまさに同一なのだ。おそらくそこに、未来の文学者のおちいる最大の陥穽が準備されているのだろうと、僕は思う。

　未来の文学者のための、武器としての想像力について考える。過去にそうであったように、また現在そうでなければならぬように、文学者が、その文学において人間の自由を確かめ、人間の全体性をあきらかにするために、かれのもっとも直接的な能力として、その想像力を行使すること。それが未来においてもア・プリオリに正当化されるものであるかどうかを考える。その時、僕のこれまでの考えを激しく揺さぶるものとしてマルクーゼの警告があった。まずかれの想像力についての談論について語る前に、それが先進産業社会における一次元的人間の誕生について分析した後の、その警告であることを、さきのガルブレイスの思想につないで要約しておくことが必要であるだろう。いうまでもなく任意すぎる要約だが。

　先進産業社会では、オートメーションをふくむ生産と分配の大機構が、政治的、社会的な影響関係を持つ。この社会で生産機構は、個人的な欲求や態度まで決定するまでに、全体化する傾向がある。個人的な欲求と社会的要求の間の対立がそこでは埋められて、人間は一次元的人間となる。そのような人間は、社会主義陣営でもオートメーションが増大し、テクノロジーが発達することが求められ、先進産業社会化してゆく以上、すなわち東西両陣営の未来の人間の共通のありようを示すだろう。

　一次元的人間の育成と維持のためには、とくにわれわれの関心を直接ひく側面として、体制による言説の捩じ曲げがおこなわれる。たとえば「きれいな爆弾」というにせの言葉、恐るべき真実を隠蔽する言葉が、一次元的人間に受けいれられた時、すでにそれは社会の孕んでいる矛盾に、社会が打ち克ったことを意味するとマルクーゼはいう。《これらの諸矛盾が再生産されても、社会体制の信用を失墜させることはない。かえって、あからさまの耳ざわりな矛盾は、ものの言い方、宣伝広告の一便法にされてしまう。短縮による文章構成法は、対立項を確固たる熟知の構造に融け込ませることにより和解させてしまうのである。》(生松・三沢訳)

　僕はある息苦しい思いとともに記憶しているのだが、おそらくはわが国の宣伝広告の分野に大発展がおこなわれた時期とあいかさなり合う、前首相の永い治世の時代は、この種の政治的言説がもっともよく使われた日々であった。かのノーベル平和賞受賞者は、この種の言葉の頻用者であった。名手ですらもあった。僕はかれの師匠が、言説のもっとも専門的な使用法において(その未来学的にあいまいな予言癖とあいまって)、文字どおりハーマン・カーンであっただろうと思っている。ランド・コーポレーションのスナック・バーの下にある迷路のような地階で、水爆戦争のゲームをやっている、異様に倒錯した核時代の守護神カーン。

　カーン＝佐藤王の治世の間、僕はかれらのにせの言葉に対して、抗議する声をあげつづけたものであったが、もとより声は小さく、遠方まで届きはしなかった。

とくに前首相が用いること多かった非核三原則というにせの言葉は「きれいな爆弾」すらよりもずっと通りがよかったから、日本・沖縄の実際の核基地化という恐しい真実はすっかり隠蔽された。現実の核基地化という日本社会の矛盾をいう者は、カーン＝佐藤王の体制の社会に打ち倒されてしまった。そして、非核三原則を評価されてのノーベル平和賞受賞にあたって、当の本人が、まずその非核三原則を根本的に否定するような言辞をはいたのは、なにより興味深いことだと僕は思う。かれは自分のにせの言説を逆手にとって、真にかれを核武装の全面的否定者の役割に封じこめようとする、より大いなる者の掌を惧れたのだった。

マルクーゼに戻ろう。《現実は想像力に追いつき、これを追い越しつつある。アウシュヴィッツは人間の記憶にではなく、そのさまざまな仕事に生きつづけている——宇宙飛行、ロケットやミサイル、「スナック・バーの下の迷路のような地階」、清潔で衛生的で花壇もあるきれいなエレクトロニクス工場、実際には人びとに害のない有毒ガス、われわれすべてが関与している秘密。これこそ、科学、医学、テクノロジーの偉大なる人類の成果が現実化される道具立てである。生命を救い改善する努力が災厄の中の唯一の約束である。空想的な可能性を進んでもてあそぶこと、やましくない良心をもって行動し、自然に抗って人間や事物で実験し、幻想を現実に、虚構を真理に変える能力、これは想像力が進歩のための一つの道具となってしまった程度を立証している。しかも、既成社会における他のものと同様、方法的に濫用されている一つの道具なのである。政治の速度やスタイルを定めることによって、想像力は言葉の操縦において不思議の国のアリスをはるかに凌駕し、意味を無意味に、無意味を意味にと逆転させてしまう。》

僕はこのような想像力の頽廃が、すでにいま全面的にあらわれはじめていることに疑いをはさむことができない。それは頽廃した想像力だが、しかしそれもまたほかならぬ想像力であること自体を、否定することはできないのである。アメリカの科学界の超エリートたちを選りすぐったジェイソン機関が、ヴィエトナムのオートメーション化した戦場の開発に発揮した想像力の、奇怪な倒錯、頽廃はアリスの気狂い帽子屋も頬を赤らめるにちがいないほどのものだった。われわれにより近いところでは、沖縄の海洋博のための想像力の発揮がそれだ。澄んだ珊瑚礁の海と生物を観察するために海中に塔を沈めた工事は、その周りの海底をほとんど死滅させているという。

　未来の文学者もまた、その想像力によって仕事をするほかにない以上、かれはなにをしなければならぬか？　またなにをなしうるのか？　未来の文学者は、はたしてこのように頽廃した想像力を再び人間的なものへ、生の領域へと回復させることができるのか？　より悪化した状況のなかで。すくなくとも、自分の生みだした想像力の言葉が、意味を無意味に、無意味を意味にと逆転させてしまうことから、未来の文学者は、いったいどのようにすれば自衛しえるのか？　想像力が、人間の自由を確かめるどころか、逆にそれを封じこめ、人間の全体性をあいまいにして、その欠落を固定化する趨勢《すうせい》にさからって、未来の文学者はどのようにかれの文学を防衛するのか？　のみならず新しく創造してゆくのか？

　いったんこのように大きい問いかけを発してしまうと、おのずからそれに答える声も高い調子のものとなるのを警戒しよう。文学者が、とくに小説を書く人間が、オーデンのいうように《正しい者たちのなかで正しく、不浄のなかで不浄に／もしできるものなら、ひ弱い彼みずからの身を以て／人類のすべての被害を鈍痛でうけとめねばならぬ》ものであるならば。大きいものを鈍痛でうけとめねばならぬ人間が、まず鋭い悲鳴をあげては困ったことであろうから。

そこで単純なかたちに削りおとしたかたちでの決意を、まず書きしるしておくとするならば、未来の文学者は、かれの想像力がつねにヒューマニズムに（ユマニスムに、というほうがより誤解を小さいものにとどめるであろうことはわかっているが、ここでは問題を、誤解されるべきところもふくめて、より拡げたいので、あえてヒューマニズムという言葉を用いようと思う）立っていることを確認しつづけねばならぬ、という原則になると僕は思う。

文学が人間の自由を確かめるためのものであり、人間の全体性をあきらかにするためのものである、というさきの僕の原則にたちかえってみよう。一般に、文学にかかわる想像力は、いわばア・プリオリに、そのまま人間の自由を確かめ、人間の全体性をあきらかにする、人間的な力であった。たとえばスイフトの想像力は、かれの晩年に頂点をなす、異様にひねくれ曲った人間的生活と併行して、しかし文学に表現されるかぎり、もっとも緊密に人間の自由を確かめ、同時代の民衆がとらえられている洪水の水位をこえて、人間の全体性をあきらかにする力であった。それを誰が疑いえよう？

ところがいま、その想像力そのものが、人間的なものに敵対しうるという新しい傾向が、ほとんど経験的に証言されているのである。そして未来にかけてさらに徹底して、想像力的なるものが反人間的な方向づけにくみいれられ、現実化して、人間を圧迫するという見とおしをたてざるをえないのである。文学にかかわる想像力も、その大きい潮流からア・プリオリに自由なのではない、と予測せざるをえない。そのような危機的な時にあたって、あえて未来の文学者は、想像力がつねにヒューマニズムに立たねばならぬと、決意しなおす必要があると、僕は思うものなのだ。そして未来の文学者がこの決意を実現してゆくとして、今日に生きるわれわれもまた、未来の文学者たるべくその実現をめざすとして、当然に闘いは、確実に自分の手につかめる武器によって進められるのでなければならぬ。いうまでもなくわれわれの核心の武器、言葉によって。しかし先進工業社会のテクノロジカルな大楼閣におびやかされて、おなじような幻の大楼閣を、ほかならぬ言葉によってつくりあげようとするのでは、それはすでに敵の戦略のなかに入りこんだことをしか意味しないだろう。われわれは、もっとも汚染した土地から純良な穀物を一粒ひとつぶひろいあげるようにして、真に自由な、真に全体的なひとりの個人としての人間を、再構築することにつとめねばならぬ。そしてそれは正統的な文学の仕事だと僕は思う。すくなくともそのように考えうるということは、未来の文学者のイメージにむけて進むわれわれに、地道だが頼りになる手がかりをあたえると僕は思う。

そしてこれからは賭けだが、そのような文学の作業が一次元的人間の充満する先進工業社会のテクノロジカルな悪夢のなかから、ひとりの個人を想像力的にも覚醒させる力になりうるとすれば、未来の文学者は、意味を無意味に、無意味を意味に逆転させた想像力の頽廃にむけて、人間一般の自己回復をも意味する一歩を踏みだしたのである。あらためてガルブレイスに近づけていえば、そのような賭けにうちかった未来の文学者こそは、大企業体制がもちこむ考え方を組織的に問いつめていくことを確実にするような、理解力と懐疑主義を表現しているのである。かれらはすでに、知的側面で大企業体制から抜け出すことを選ぶ人たちの理念と目標を表明する、政治的多元主義を担っているであろう。

さて、これまでのべてきた意味あいでの、未来の文学者の存在を約束するような、具体的な希望のしるしは本当に実在するのだろうか？　僕はソルジェニーツィンが、その希望のあかしであろうと思う。かれは強制収容所《ラーゲリ》にまもられた社会主義体制という、絶望的な未来の社会の、もうひとつの見とり図を身をもって経験した文学者である。おおいにかれの苦難は未来の文学者一般のものでもありうるだろう。しかもそのような文学者が、あえて社会主義体制の全体にむけて対抗するようにして、個人的な声を発している。そこに希望の兆候があると、ソルジェニーツィンに対して僕は考えている。

ソルジェニーツィンがまさに《幻想を抱いてはいない》人間として書いた、クレムリン当局への手紙は、もとより権力から無視された。東側は沈黙したままであり、西側のマルクス・レーニン主義者たちからも、それを社会主義体制全体へのまともな提言としては受けとめられることがなかった。中ソ戦争をおしとどめるための道を模索しながら、直接イデオロギーを棄てよとクレムリンに求めるのは素朴すぎる、という反応はおそらく一般的だったのであろう。しかしソルジェニーツィンは、もとよりいかなる幻想も持たずにあの手紙を書いた文学者なのである。僕はかれにあの手紙を書かせた内的衝迫力を無視することは、すくなくとも未来の文学者について考えようとする者のなすべきことではないと考えるものだ。

すくなくとも高度経済成長の東西競合の果てに、ソルジェニーツィンの予見している社会主義体制の終末的状況は、現に進んでいるソヴィエト・ロシアの国土の環境汚染の現実とあいまって、西側からマルクーゼが警告した、先進産業社会としてのソヴィエト・ロシアのありようとかさなりあうものではないか？

このように声を発せざるをえぬソルジェニーツィンは、強制収容所に閉じこめられ労働をしいられることによって、あらかじめこの現代にあって、未来のソヴィエト・ロシアの全域を覆う可能性のある一状況を、前もって経験したといいうる人間である。僕はかれ自身の著作のみならず、やはりスターリン時代の苦難を、尋問、投獄、移送そして強制収容所と、十八年にわたって経験しつくさねばならなかったギンズブルグの仕事をつうじて、すでに実在した強制収容所の列の向うに、ありうべき未来社会の悲惨な一形態を見ぬわけにゆかない。ということは、逆にその強制収容所で生きぬいたかれらの仕事をつうじて、未来の文学者について考えるための、具体的な証言をあたえられるということにほかならないのである。

さきにギンズブルグにふれておけば、キーロフ暗殺に発する大粛清時代にカザンで逮捕され、そのまま、いったいソヴィエト・ロシアになにがおこったかも把握できぬまま、このソヴィエト共産党員の女性知識人は尋問に耐え、死刑におびやかされるのにも耐え、およそ最低の状態でシベリアに移送され、強制収容所で働くのにも耐えた。その状況の全体は、まさにカフカの想像力の世界が現実のものとなったかのようだ。しかしギンズブルグはそのカフカ的現実の前に屈伏するのではない。もちろん絶望し苦悶しながらではあるが、彼女はその現実化したカフカの想像力的世界を乗り超える、人間的意志を持ちつづけるのである。ついにはわれわれの眼に、ギンズブルグの人間的な威厳は、そのカフカ的現実より大きいものとして投影されてくる。もとより強制収容所に閉じこめられている人間に、彼女の身のまわりのカフカ的現実を乗り超える手段として、彼女自身の想像力よりほかのなにがあっただろう。ギンズブルグは、現実化したカフカの想像力的世界を、その人間的な理性によって対象化し、それよりひとまわり大きい、彼女独自の想像力の世界をつくりあげたのではなかったであろうか？　しかもギンズブルグは日々の強制収容所生活から逃避するための、狂気に準ずる想像力の世界にはいりこんだのではなく（そのような人びとは十八年の間に次つぎに死んでいったのだ）、日々の生活に現実的に立ちむかって生き延びる力として、その想像力を機能させたのである。

《平和の回復された生活、恐怖のない生活へ向っての生産機構の再建、方向づけのためのア・プリオリとなりうるような想像力が合理的なのであるが、これは支配と死のイメージによってとらえられた人びとの想像力では決してありえない》とマルクーゼはいうのであるが、ギンズブルグの想像力こそは、そのような想像力であったと僕は思う。そして支配と死のイメージによってとらえられた人びととは、すなわち強制収容所の圧制者たちを底辺として、スターリン主義のソヴィエト・ロシア全体を覆う巨大ピラミッドをなしている者らにほかならなかった。ギンズブルグは強制収容所に閉じこめられて、個人に属するものとしてはその想像力しか許されぬ状態で、彼女を押しひしぐ支配と死の巨大ピラミッドに対抗し、人間的な真の自由と全体性をまもりぬいたのではなかったか？　十八年後、スターリン批判をへたソヴィエト・ロシアの社会に生還したギンズブルグが書きあげ、しかもその後半はなお地上のいかなる場所でも公刊されていない書物が、前半だけでも充分にそれをあきらかにしていると僕は思う。

ソルジェニーツィンが『イワン・デニーソヴィッチ

の一日』の成功の直後から、国家権力、御用文学者たちの中傷、厭がらせ、直接の弾圧に苦しめられはじめて後も、しばしばかれを文学の夕べの催しにまねいて、活動を続けさせようとした人びとには、地方をふくめて理化学系の研究所の知識人たちが多かった。生化学者メドヴェージェフが、ソルジェニーツィンによって励まされ、かつ励ましかえす人間として、処女作発表後の十年ソルジェニーツィンにつきそう存在であったことも広く知られている。それはソヴィエト・ロシアの国家体制の一枚岩の強圧のもとで、自分たちの想像力と科学的なその現実化の仕事が、どのような先行きをもつかについて、かならずしもかたちは明確ではないが、重い不安をいだいている理化学畑の知識人たちの、自己防衛のねがいにたった行為ではなかったかと僕は思う。すくなくとも、イデオロギーに立った、西側との不断の競合によって限りなくテクノロジカルな大楼閣をつみあげざるをえない、先進工業社会としてのソヴィエト・ロシア体制にむけて、またその助長する人間の一次元的人間化、環境破壊、資源浪費について、今日ひとりの個人の自由な全体性に立って異議を申したてうる人物として、かれらはソルジェニーツィンを、自分たちの代表として選びとり、支持したのであったと僕は思う。

もっともソルジェニーツィンにも、特権的な武器があるのではなかった。クレムリンからシベリアの強制収容所にいたる、またスターリン時代からテクノロジカルな社会主義体制という先進工業社会につらなる、すべての現実的な悪夢をつらぬくものを、ソルジェニーツィンは暴力として把握し、それにむけて実際的に闘うために基本的な戦術を練るのみであった。

《だがここにこそ、われわれが軽視している、もっとも簡単な、もっとも容易な、われわれの解放のための鍵がひそんでいるのである、それは——**個人としての嘘への不参加**ということだ！　たとえ嘘がすべてを覆いつくそうとも、嘘がすべてを支配しようとも、もっとも小さい一点だけはゆずるまい、つまり、たとえ支配するとしても、**私を通してではない**、という一点である。》（江川卓訳）

未来の文学者が、かれ自身の言葉を、つねに真実のみを語るものとして、嘘をはらいのけつづけようとするなら、かれはただちに「きれいな原爆」というような一次元的人間のための言葉と衝突しなければならぬだろう。すなわちかれは、その職業の根本の素材、言葉にかかわって、先進工業社会のテクノロジカルな悪夢と真向から対立する、少数の、覚醒した人間たらざるをえないところへと、かれ自身を追いこむことになるだろう。そしておそらくは（ソルジェニーツィンのようにすでにそれを経験した専門家が、このように小さい戦術を呈示する時、僕はその確実な有効性を疑わないものだ）、そこから第一歩が始まるのである。その未来の文学者はまた、かれ自身の想像力の人間的基盤の点検を、つねにおこないつづけねばならないだろう。しかしそれも文学者にとっては決して踏みだしにくい第二歩ではない。つづいて未来の文学者が、いかなるイデオロギーにたつものであれ、すべての先進工業社会のテクノロジカルな一枚岩体制に対して、はたして有効な攻撃的前進を持続しうるかどうか？　それはソルジェニーツィン自身も保証しえぬところであろうが、しかしともかく未来の文学者は、そこでかれ個人の手によって、次のように書き記すことができるのだ。人間とはなにか？

〔一九七五年〕

ソルジェニーツィン
『収容所群島』の構造(講演)

今日、ここにはソルジェニーツィンをめぐる、現在のソヴィエトの状況、あるいはソヴィエトの歴史、また革命の歴史一般についての専門家が多く出席していられます。そしてまた、経済の側面、哲学の側面からもソルジェニーツィンについてお話しになる方がいられます。私は文学の側面から、小説として『収容所群島』はどのようにすぐれているかということを、すなわち文学論としての構造分析をしたいと思います。

とくにそれが必要だと思います理由は幾つかありますけれども、そのひとつ。二年ほど前にソヴィエトに私はまいりました。そのときエフトシェンコという、評判の高い詩人と何度か話をすることがありました。エフトシェンコは、ソルジェニーツィンがソヴィエトを去ったあともソヴィエトに残っています。そして、報道では、ソルジェニーツィンの国外追放に抗議して、政府の指導部に手紙を送った。そのために報復も受けたということでありますけれども、やはりソルジェニーツィンに比べれば、ソヴィエトの文壇の輝く側面にいる人だといわなければなるまいと思います。

そのエフトシェンコが私に会うとき、それはすべてことでありましょうけれども、かれが常に気にかけての西側から行った人間に対して気にかけているということは、ソルジェニーツィンをどう評価するかを相手に聞き、自分も聞かれるということでありました。彼は、ある日、私のホテルの部屋に来て、松毬《まつかさ》を一個くれました。

そしてエフトシェンコは、シベリアに自分の親戚がいて、そこに言い伝えがあるというのです。それは、その村に臨んでいる峠に登っていくと、大きい松の木があって、その松毬を取ってきて、その実をほじくって食べると、がっかりしているとき、憂鬱になっているとき、まいっているとき、元気になる。

その松毬を、「一個、君にあげよう」と私にくれました。私はそれをときどき食べていますけれども、そのとき「あまり君、たくさん食べてはいけない。たくさん食べ過ぎると元気になり過ぎる」というのです。(笑)そして「これを幾つ持って来たの」とたずねると、「モスクワからアルマータへ来る旅行のために八個持ってきた」と彼はいいました。ポケットに八個入れておいて、ひとつは私にくれたけれど、次から次へ食べたわけだろうと思います。エフトシェンコは、確かにその一週間の間、過度に元気であったかもしれません。しかし、そういうことをしなければならぬ、松毬の実をほじくらなければならないというところが、エフトシェンコの心理にあったことも確実であります。

それはどういうことであったかというと、ソルジェニーツィンが新しい小説を書いている。それをひそかに読んでいる人たちが多い。それについて私どもの質問が彼に集中する。それに対してソヴィエト当局といわぬまでも、ソヴィエトの文学関係の指導部を弁護しなければならない。そこで彼は、深夜に松毬の実をほじくって食べていたのだと思います。

私があらためて『収容所群島』についてどう思うかを聞きますと、ソルジェニーツィンについてのエフトシェンコの答えはこうでした。それはまた、あらゆるソヴィエトの文学官僚的な人びととの意見をも代表していたと思います。ソルジェニーツィンはもちろんいい作家だ。最初の作品『イワン・デニーソヴィッチの一日』は非常にすぐれていたし、『ガン病棟』もすぐれていた。しかし『収容所群島』に至る近作は、文学としてすぐれているとは思えぬ。すなわち文学として最近の作品がすぐれていないゆえに、自分はソルジェニーツィンを評価することができないというのです。それはソヴィエトで一般的ないい方であったと思います。

私は、その論理そのものが、まず欠陥を持っていると思います。すなわち『イワン・デニーソヴィッチの一日』が文学的にすぐれているならば、そこにおける主張が文学的にすぐれたものとして、エフトシェンコを打ったのならば、その点においてやはりスターリン主義体制を批判する『収容所群島』に至るまで、エフトシェンコはソルジェニーツィンという文学者の態度を支持し続けるべきであろうということであります。

ともかくそのような返答がありました。そして現在、私も『収容所群島』を読むことができるわけであります。そしてどう考えるか。それはやはり『収容所群島』は文学としてすぐれているということにほかなりません。

文学としてすぐれていると考えるところ、そしてその文学としての優秀性を通じて、ソヴィエト社会におけるソルジェニーツィンの、過去のスターリン時代批判の役割、現体制批判としての役割、および未来に対する希望の呈示といいますか、肯定的な条件づけとしての役割ということをこの作品は明らかにしていると私は考えます。それを実際にこの作品を通じてお話しするのが今日の私のテーマであります。

政治的な意味づけとか、革命史の上の意味づけについて、多くの間違いを私がするかもしれぬと思いますけれども、今日はその専門家たちがたくさんいらっしゃいますから、あとで訂正していただけると思います。

それがこのソルジェニーツィンを多面的にとらえて支

援の心をあらわそうとするような集会の、もっとも力強い点であります。

すなわち私の主題は、文学としてこれがどのようにすぐれているかということなのであります。ちょうど数日前の朝日新聞の書評で、『収容所群島』が批評されていました。その根本には、『収容所群島』がポリフォニックに書かれているという評価がありました。ポリフォニックといいますと、多くの声で書かれているということ、さまざまな声を総合するようにして書かれているという意味でありましょう。一般のモノフォニックな文学に比べて、それだけ総合性がある、客観性もあるということを、この批評家はいいたかったのであると思います。

しかし、文学作品というものは、やはり一人の人間がその個の言葉を通じて書きます。その言葉は、確かに客観的なものでありますし、人間お互いの共同関係の上に成立しているものでありますけれども、やはり一つの言葉が、ある作家の頭に浮かんでくる、そしてそれが書きつけられる過程は、きわめて個人的な作業であります。その個人的な表出である言葉が、人間一般の、あるいはかれの属する共同体全体の思想をあらわし得るというのが、文学の秘密の根本の構造をなしていると思います。

したがって、一見ポリフォニックに見えるものにも、その底にはモノフォニックなものがある。まさに個人の言葉によってこそ発せられたところのものがある。それが文学としての基本の条件の一つであるということを、まず考えておく必要があると思います。

したがってわれわれは、一見ポリフォニックに見える作品の中にも、その作者が個として主張している、作者の個人的な表出としてあらわれてきている、言葉のモノフォニックな性格、すなわち一個の人間として、自分はどのように生きていこうとしているのかという希求の表明を、そこにくみ取るのでなければ、当の文学を充分に理解したとはいえないだろうと思うのであります。

ソヴィエトにおける強制収容所の経験を描きながら、この作品においてソルジェニーツィンが、まず確かにポリフォニックな視点をもとめて書いたとしましょう。その逆に終始個人の声で書いた、もっぱらモノフォニックに書いていった、そして一つの文学作品として成功した作品としてどのようなものがあるのか？　それをまず調べましょう。

具体的にその例としては、E・S・ギンズブルグの『明るい夜　暗い昼』があります。このギンズブルグの三男が、アクショーノフという、やはりすぐれた作家で、日本にも来ましたし、私もふくめてかれの友人は日本にも多くいます。このギンズブルグの『明るい夜　暗い昼』の翻訳は、平凡社から刊行されています。

インテリの共産党員である若い女性が、ソヴィエトの大粛清の時代に生きている。ほんとうにソヴィエトの未来を信じている人間であるこの女性、すなわちギンズブルグが突然つかまってしまう。そしてシベリアに送られて十八年間を過ごします。その記録でありますけれども、われわれに最も大きい感動をさそってくるのは、次のような性格だと思います。ソヴィエトの内側の人間にも、ソヴィエトの外側の人間にも、一九三〇年代にはまだ、何が起こっているかわからないなかで、現にスターリン主義の大粛清は行なわれ始めていた。それは、それまで革命への信頼とともに育てられたギンズブルグにとっては、天下がひっくり返るような信じがたい事態であります。

しかし、それを実際に、自分としてどのように受けとめるかというと、突然逮捕され、悪辣な方法で尋問され、投獄され、非常に悪い条件で、シベリアへ送られていく。シベリアで強制労働させられるという被害を受けて苦しむ状態でもって、彼女はそれを少しずつ理解していくのです。そして、次第に彼女自身の存在の光に照らされてとでもいいますか、この人間が一人ここに生きている、ということを通じて、ソヴィエトのスターリン主義全体の構造がわれわれにもわかるようになってゆく。

しかも、人間はこういうふうにスターリン主義の体制をつくり出してしまった。しかしそれに対してだれかが生き延びて行き得るならば、なお克服の希望がある。とくにこのような女性が、スターリン時代の最底辺において苦しみながら、しかし人間としての威厳を失わず、共産主義者であることを放棄せず、スターリン主義全体を相対化するような力を、彼女自身のうちに積み立てていくとすれば、革命後の社会に希望がある、ということであろうと思います。そしてそれが、実際になし遂げられていることを示すものが、この『明るい夜　暗い昼』なのです。

しかも、『明るい夜　暗い昼』の中には、ギンズブルグが、そのようにしたたかなすぐれた人間になっていく過程が書かれていると同時に、もう一つ別の人間たちのことが書かれているのです。彼女はこういうふうに書いています。《この十八年という長い歳月の間に、私は死に直面させられたことが何度もあった。しかし、やはりそれになれきることはできなかった。そのつど、身も凍るような恐怖に襲われ、ふるえながら逃げ道をさがすのであった。そして、いつも私の頑健なオルガニズムは、かすかにともっている生命の火を消さぬよう逃げ口を見つけ出すのであった。》

このようにしか考えられない、そこでこう考えるのだということであるかもしれぬのではありましょうけれども、一人の共産党員、むしろ一人のロシア人、あるいはそれを越えて一人の人間である自分が、その人間であることの全体をまっすぐ推し進めていけば、肉体のオルガニズム、有機体としての人間の機構というか、人間であること自体が、彼女を救う。そして明るい方向に向けて生き延びさせてくれる。そういう唯一の希望を彼女は確かめていったのでした。しかもそれと同時に、そういうインテリの自己反省とともに、ソヴィエトにはスターリン主義がどのように浸透してきても、最底辺には、それをはね返す民衆的な力というものがあるということを、それまでの彼女の生活では出会ったことのないような、最下層の農民を通じて彼女は発見していきます。

その一つのエピソード。ボロネジというところにロシア正教の信者たちがいた。彼女たち、また彼らは、日曜の仕事というものは宗教の戒律においてそれをしてはならない。そこで日曜の仕事を拒否したために、強制収容所に送られてきているわけであります。平常の日その人たちは、よく働く人たちなのですけれども、四月の復活祭が近づくと、やはり自分たちは労働をしないということを所側に申し入れます。強制収容所の係官たちは、彼女たちを引っぱり出す。そして靴を脱がせて、まだ凍っている池の中へ追い込んでしまった。しかも農民たちは安息日に働くより、その苦難を選んだ。そういうふうにまで、自分の宗教を信じている農民の存在と、その強さというものに、ギンズブルグは非常な衝撃を受けるわけであります。そして、自分のようなインテリゲンツィアと、こういう農民とをつなぐものとしてのソヴィエトということを考える、未来にむけてそれを考えていくということになります。

この『明るい夜　暗い昼』という本は、まだ第一巻しか日本で公刊されていないし、ソヴィエトではなおさらのようらしいのですが、私はやはり、あるインテリと、ロシアそのものを表現しているような農民とが、お互いに自分自身の、それこそギンズブルグの言葉によれば、人間のオルガニズム、人間そのものであることを通じて、お互いの強靱さを確かめ合う、そしてその向うに、やはりソヴィエト社会の未来を照らし出す光というものが見えてくる本だと思います。

このギンズブルグの作品自体、ある意味では、非常に暗い毎日の生活をいちいち書いていくという点で、不幸の経験の表出ということではポリフォニックといってもいいような本です。しかし、そういう最も絶望的な状態というものを統一して、そして人間的なある方向性をそこに与えているのは何かというと、そのギンズブルグ自身の生き方であり、また彼女が見るところの、彼女の目に映るところの、農民たちの生き方であります。そこにやはりこの本は、あるモノフォニックな性格を根柢において成り立っている、そのモノフォニックな性格がこの作品を文学的に成功させている、ということが第一にあり、かつモノフォニックに書かれている点において、このように最も困難な状況を書きながら、しかし、ソヴィエト社会について、ある現実的な希望というものも浮かび上がらせるものとなっている、ということが第二点としてあり、それらがこの作品の特徴をなしていると思うのであります。

考えてみれば、ある非常に過酷な条件を持った現実を書く文学というものは、常にこの二つの性格を持たなければならないのではないかと、私は考えることがしばしばあります。それでは、このような文学の見方に従って『収容所群島』を見ればどうか。そこにはモノフォニックな性格があらわれているか。第二に、そのモノフォニックな性格は、文学的なこの作品の成功を構成したか。そして第三に、その文学的成功と重なり合いながら、この非常に暗いモスクワ、暗いソヴィエトについて書いた『収容所群島』が、しかもなおソヴィエト社会に対する新しい希望というものを、われわれに示すものとなっているかどうか、この三点を検討する必要があります。

　この三点を検討すれば、おのずからソルジェニーツィンの文学、あるいは文学者としてのソルジェニーツィンのありようを検討することになるかと思います。私は、この『収容所群島』がモノフォニックに書かれている、と考えているものであります。そしてそのモノフォニックな声は、とくに二人の人物の肉体と思想を通じて表わされていると思うのです。その一人は、もちろんソルジェニーツィン自身であります。ソルジェニーツィンという一人の赤軍将校が、どのように逮捕され、審判され、どのように強制収容所に送られていったか、そしてそこでどのように辛《から》くも生き延びたかという経験の総体が、この作品のさまざまな場所にちりばめられて、この小説のモノフォニックな性格をみちびいています。

　それと同時に、もう一人、この作品の中心の声を体現している人物がいます。それはワシーリイ・ヴラーソフという人物です。もちろん、この本でも大きい歴史的な条件を示す、ヴラーソフ軍団の指揮官であるヴラーソフではありません。カデイという小さな地区の、消費組合の指導者であったワシーリイ・ヴラーソフという人物であります。ヴラーソフという人物がどのようにこの作品で役割をはたしてゆくかということを追っていきたいと思います。

　まず最初にこの人物は一九三七年、ギンズブルグも引っぱられてしまった年であったと思いますが、社会に、ある不正が行なわれていることを感じとっている。非常な災厄が起こっているということを、体験的に知ってゆく。しかし自分だけが逮捕されない。そこでむしろ非常につらい気持を味わっているという状態で、このヴラーソフという人物が、作品に導入されてくるのであります。そのうち彼も、いまここでつかまるよりは、シベリアかどこかで隠れて暮らしていたほうがいいから、逃げてゆけとすすめられたけれども、逃亡を拒否する。

《恐れを知らぬ共産党員ワシーリイ・ヴラーソフは(この人物についてはこれからも再三述べることになろう)、カディ地区の指導部全員が逮捕されたのに(一九三七年)自分だけが一向にひっぱられる様子がないので、精神的にすっかり参ってしまっていた。彼はどんな災厄も真正面から受けとめられる人間だったから、逮捕されるとかえって心が落ち着き、はじめのうちは意気軒昂《けんこう》としていた》というふうにそれは始まります。

そして、彼が次に出てくるのは秘密警察の場面です。そこでヴラーソフは、十九年間にわたって「群島」へ行かなければならなくなるのですが、どういうふうにその「収容所群島」への旅は始まったのか。まず検察官ルーソフという人間がいる。ヴラーソフは地区の消費組合長であるから、かれとのコネによっていろいろな品物を手に入れたいと思っている。最近のことルーソフの奥さんが織物を手に入れたいのだけれどもだめだった。特別の手だてを講じて買わせてもらいたいと、そう暗示するけれども、ヴラーソフはそれを拒否した。それがまず一つ。それから、党員専用の食堂に、そこへ行く資格のない人をルーソフが連れていったことに対して、ヴラーソフがおこった。このように検察官の心証を悪くしていったということなのです。こういう書き方にも、ヴラーソフという人物の個人史を書くと同時に、「収容所群島」へ導かれていく人びとのありようが、ささいなことでそこへ行かざるを得なかった、そして十九年の収容所での人生があったという対比をくっきりさせる、巧みな手法が使われていると私は思います。

そのヴラーソフがつづいてどういうことになったか。消費組合でパンの配給がある。このパンの配給を、党の指導部の方針にのっとってやると、村の人たちが飢えてしまう。したがって彼は改良策をもとめて、まず党の執行部に対してさまざまな手紙を出したりしますけれども、同時に自分の責任において、自分の仕事をし得る範囲の中での最良の手段というものを考えてゆきます。そして実際にパンをつくる工場をつくらせ、かれの消費組合に依存している人びとのためにすぐれた仕事をした。ところがそのこと自体に対して、先ほどの検察官が中心になって彼は告発されるのです。

そこで彼は裁判所に連れていかれてしまう。一般の人びとはすぐ裁判に屈伏したけれども、まず彼は、逃げてゆけという自分の部下の言葉を拒否した。むしろ自分たちの仲間がつかまっていくにもかかわらず、自分のみがつかまらないことに対して、道徳的不安を感じているような人格だった彼は、裁判でも、まず当の裁判そのものを拒否する行動を示し、それに成功する。それでも彼は投獄されてしまうのですけれども、そこでもできる限りの抗議というものを彼は重ねていく、そういう人間なのです。

そこには、ソルジェニーツィン自身がそのように書いているわけではありませんけれども、しかし、ある一つの大きな主題となり得るような、独自の声がすでに響いていると私は思います。すなわちヴラーソフがこのように抵抗したときに、もし同じような抵抗をほかの人間がすれば、スターリン体制の暗い事態は回避できたかもしれない。それは、消費組合の生活の現場においてそうであり、裁判が行なわれることになったときにおいてそうであり、彼が投獄されてすらもそうであった。そういう一人の抵抗に、すべての人びとの声が加わることが必要だった。それがあれば事態は回避できたかもしれない。それができなかったということを、ソルジェニーツィンはこのヴラーソフを通じて、常に強調していると思います。

それは、先ほどヴラーソフが最初に登場したところで、すぐそれに続いて、自分自身の体験についてソルジェニーツィンが書いている文章を読めば明らかです。すなわち、私は引っぱられていった。そしてさまざまな都会を通り抜けていった。駅を通り町を通った。そこで私は叫ばなくてはならなかった。私は叫び声を発するべきだったのであって、それを発しなかったために、私はその逆転可能かもしれぬ状態を、そのままずるずると延ばしてしまった。そういうソルジェニーツィンの痛恨とでもいうか、最も悲痛な声がそこに込められている。その痛恨を繰り返しヴラーソフの行為に照らして述べているというべきだろうと思うのであります。

ヴラーソフは捕まりました。そしてその投獄を描いたところに一つの注があって、ソルジェニーツィンはこういうふうに書いています。《ヴラーソフの八歳になる娘ゾーヤ・ヴラーソワにささげて、この小さな注を加えておく。彼女は父親をこよなく愛していた。彼女はもう学校で学ぶことはできなかった。彼女は悪口をたたかれた。「おまえのおとうさんは妨害分子だ。」彼女はすぐけんかを始めた。「私のパパはりっぱな人だわ。」彼女は裁判のあとわずか一年しか生きていなかった。それまでは病気をしたこともなかった。その一年の間、一度も笑ったことはなかった。いつも頭をたれて歩いていた。そして老婆たちは「あの娘《こ》は地面をじっと見入っているけどじきに死ぬよ」と予言した。

彼女は脳膜炎で死んだが、臨終の床で「私のパパはどこ？　パパを私に返して」と叫び続けた。私たちが収容所で死んだ数百万人を数える場合、その数字を二、三倍にすることを忘れがちである。》

そういう経験をして、ヴラーソフは獄中にあるのです。しかもその彼に対して死刑の宣告が行なわれる。しかし彼は死刑の恐れに屈伏しようとはしない。まわりの人間に対してこういっている。《私はたった一つ自分にきめているんだ。私は死刑執行人に言ってやる、おまえは一人だ、裁判官でもなければ検事でもない。私の死はおまえ一人の責任なんだ。おまえはこれからこの責めを負って死ぬまで生きていくんだ。もしおまえたちのような死刑執行人の志願者がいなかったら、死刑の宣告もなかったはずだ。さあ殺せ、このマムシめ。》そういってやろうとしていたというのであります。

このように不屈の人物が、全く最悪の状況にひきずりこまれていったのです。その娘は絶望したまま脳膜炎で死んでしまうということにもなってしまう。ヴラーソフという人物がこうむった被害、スターリン体制の罪悪というものを、ソルジェニーツィンは訂正するのではない。それを置きかえるのでもない。まっすぐ、このヴラーソフという人間がこういう悲惨を経験しなければならなかったということを書いていくことによって、しかもこの人間のたもちつづける能動的な一貫性を書いてゆくことによって、そういう悲惨をもなお生き延びることができる場合があるということを語っている。こういう人間が生き延びた以上、それもソヴィエトの共産主義者として誇りとともに生きている以上、そこに希望がないということはだれにもできぬ。それをわれわれに納得させる力を、ソルジェニーツィンは発揮していると思うのであります。この獄中に入っていたとき、自分たちは本当の仲間を見つけた。スターリン時代ではあるけれども、ソヴィエト・ロシアのなかで、ソヴィエト・ロシアの人間らしく生きていこうとしている人間を見つけた、というところがあります。ソルジェニーツィンはそのように希望を語るのです。またもう一つ、ソヴィエトの革命後の内戦の間に、さまざまなロシア人が海外へ亡命していった。しかし海外へ流れていったところのロシア人というものと、ロシアに居残り続けたところのロシア人、その二つの流れが一つに合流したとき、あらためてロシア文化というものが充実したものになる、その可能性があらわれてくるだろう、ということもソルジェニーツィンは書いています。それもまた直接の希望の表出です。

私は、ソヴィエトからソルジェニーツィンがついに追放されてしまったこと、そしてなかなかそこに再び帰ることはむずかしいということを、最悪の事態だと考えますけれども、しかしソルジェニーツィンが国外にあって、かれ以前に国外に流れてしまっていたロシアの文化の大きな流れを、彼自身を通じてもう一度ソヴィエト国内の文化の流れに統一することはできないだろうかと思います。それを考えてみても、ソルジェニーツィンはさまざまな希望の芽をこの書物の中にまいているのだといえると思います。

またソルジェニーツィンは邦訳された分の最後にこう書いています。自分たちの年代は戦争に行った。そして灌木の中をつき抜けていったり、砲弾が漏斗状にあけた跡に身をかがめたり、橋頭堡のぬかるみを進んでいったりした。そして勲章を胸につけて帰ってきた。どこへ帰ってきたかといえば、強制収容所のあそこに向って帰ってきたのだった。自分たちはそうであるけれども、しかし若い世代がいた。一九四五年にすでにスターリン主義の全体を見通していて、そしてそれに対してある拒否の姿勢というものを示し得るような、若い世代がいた。それはもちろん平均的な青年ではなくて非常にはるか前を進んでいく人間だけれども、そういう人間もいた、ということを彼は書いているのでありま す。

それを見るのみでも、私はソルジェニーツィンが単に『収容所群島』という小説にさまざまな悲惨をポリフォニックに積み重ねてゆき、それによってわれわれに絶望のみを呈示する、という反共宣伝に好適なような見方は打ちこわされてゆくであろうと思うのでありま す。すなわちヴラーソフを通じて、このように現場でいちいち抵抗しながら一人のロシア人の全体性を実現し得るような人間を書き、同時にソルジェニーツィンが自分自身への批判を込めて発見するところの、すなわちインテリではあるが彼のように戦争に行って、そしてそのまま強制収容所に引きずり込まれていく、そういう存在ではなくて、もっと若い、もっと全体を見通し得る人間もいた。今後もいるに違いない。その二つの希望的な洞察を、ソルジェニーツィンは自分自身を通じての、またヴラーソフを通じてのモノフォニックな展開によって明らかにしていると思うのでありま す。

しかしそのように文学的な技法のみを中心に考えてゆけば、ソルジェニーツィンの提起した問題は矮小化するんじゃないか、ソルジェニーツィン問題は文学の技法の問題において、どのようにそれが文学的に成功しているかというふうないい方においてではなくて、彼が提起した問題全体を、現代の社会関係の中でとらえなおす、あるいは革命史の上でとらえなおすということこそが必要なのじゃないか、と考えられる方は多いと思います。とくに現在おそらくそれはそうであろうと私も思います。しかし文学者の自己表現には、いままでのべてきましたような、たとえば小説ならば小説の構造を通じてのみ、実現できるところのものがある、と私は思うのであります。逆に考えれば、ソルジェニーツィンの発言は文学的過ぎる、文学者の発言にすぎぬということを、西側の社会主義者すらもいい、かつ東側の指導部がいう、そういう発言の中に、すなわち文学的過ぎるところにこそ、われわれ一般の人間に根本的な働きかけをし得る力が含まれている場合がある、それをすくい上げねばならぬ、と私は思うのです。少なくともわれわれのように小説を書いている人間は、そこからしかソルジェニーツィンに対するまともな接近の仕方はないというふうにすら、思っているのであります。

『クレムリンへの手紙』という本におさめられたふたつの文章が、この考えを援助してくれます。たくさんの方がそれをお読みになったでありましょうから、その全体についてあらためて話す必要はありませんが、それらの文章で彼は、国家の暴力というものがある、しかしそれに対して個人として自分たちは抵抗しなければならぬ、個人として暴力が強制するところの嘘に自分は参加しない、もし暴力がおし進んでくるとしても、しかしそれは自分を通じてではないということをはっきり宣言することが必要だといっています。何事につけても、意識的に嘘を支持しないことにしようと呼びかけています。それは確かに単純な発想にひとしいに違いない。タフな政治的人間から見れば、むしろそれはセンチメンタルな言葉だという印象をすら呼び起こすかもしれません。しかし、私はこういう、長く考え抜かれた言葉、収容所を含めての非常に長い苦しい経験を通じて生きてきた人間のみが発言しうる、単純な言葉には、最も深い力があると考えるものであります。むしろそのような力を信じるがゆえに、言葉を通じた仕事を私はやっているといってもいいほどです。

　こういっただけでも、先ほどのヴラーソフという人間が死刑執行人に向って、自分を殺すのはソヴィエトのスターリン主義体制全体であるに違いない。しかしほんとうに首を切るのはおまえだから、おまえがおれの首を切るということは覚えておく。そのことをおまえは一生忘れないだろう、とおどかすところを思い出されるかと思います。もちろん死刑囚が死刑執行人に対してそういう言葉を発しても無力だと思われる人が多いかもしれません。しかしそれは実は有力なのです。ある人間の決意が一人の人間の言葉を通じて発せられる、そしてそれにはその人間の生命がかかっている。どうしてこういう言葉が無効だろうか。

　そこから考えて私は、まずソルジェニーツィンの言葉、すなわち、嘘を言うな。嘘に参加するな――。自分を通じては、決して国家の暴力というものをまっすぐ前へ歩ませはしない、という決意を、大きい意味合いを含んでいる働きかけの言葉だと思うのであります。それはわれわれわれの生活にも直接つながってくることです。

　この『クレムリンへの手紙』で、ソルジェニーツィンが分析した世界の状況は、それをごく簡単に要約しますと、西側の産業国家、高度産業体制がどんどん進んでいく、物質文明が栄えてくる。その時代に、イデオロギーにおいて西側の生産構造、分配構造を乗り超えるものとして社会主義体制がある以上は、社会主義国家の指導部としては、まず生産体制を高めてゆかねばならぬ、分配構造も大きく改造しなければならぬ。そこで結局は、西側にも東側にも、官僚構造が支配する高度な産業国家というものが生まれてくる。それは人間を具体的に疎外するものになるし、またロシア全体をおおうような公害すらも引き起こすものである。

そのようにソルジェニーツィンは考えているようです。それはたとえばマルクーゼの考え方に似ています。またガルブレイスのような、ちょうどマルクーゼと対極をなすような思想家も考えたことであると思います。

社会主義体制においても資本主義体制においても、結局は大きい産業構造というものが、人間を支配する形になってしまう。そしてそこにいる個人は、大きい産業体制あるいは官僚体制が望むままの言葉を発する人間となってしまう。自分のほんとうの言葉を発する——自分はこういう体制はいやだということをいうかわりに、体制の方が望む言葉をみずから発せしめられる状態になる、というのがソルジェニーツィンの判断であると思いますが、考えればそれは必ずしもスターリン主義時代の話にとどまらない。また、ソヴィエト社会の未来の話のみにとどまらない。すなわちわれわれの、いわゆる高度産業国家になろうとしているところの日本の社会において、まっすぐわれわれに深く入ってくる言葉であるだろうと思うのであります。

われわれに具体的に近い、公害の問題を見ましても、ソルジェニーツィンが公害について批判する。クレムリンの指導部に対して彼ははっきり主張します。ほんとうに自分たちはこういう公害の中にいる、自分たちは殺されつつあるということを抗議する言葉をクレムリンに発する。一般のソヴィエト人はそのような言葉を発することはできないし、また現に自分が発したとしても、その言葉はクレムリンを通じて現実化されることはない、自分たちのところに戻ってくることはないという認識とともに。

われわれの身の上にふりかかってきている事態としてこれを考えて、公害は自分たちを殺しているという抗議の言葉を、日本人のわれわれが充分に発しえているかというと、それはそうすることができていない。

大企業体制あるいは大国家体制というものがある、そしてそれがわれわれの、現状のどこがまずいのか、どのように自分が殺されているのかということを認識する力を弱めている。そのかわりに物質的な表面の安寧というものが与えられている。そこで自分たちに何が欠けているのか、何を拒否すべきであるのかということを発見できない。もしそれを発見しえたとしても、大きい国家、あるいは産業資本の大きい体制というところに、抗議の言葉が入ってゆかない。そして、その結実が自分たちのところに戻ってくることもないという、われわれの状態において、私はそれがソルジェニーツィンの状況と同じことであると思うのであります。

そこで、われわれも自分の問題としてこう考えていく必要があるでしょう。われわれには特に大きい武器があるわけではない。しかし自分たちもソルジェニーツィンがいうように、《嘘を言わない》、すなわちある公害の体制なら公害の体制に、それは人間を殺すものですから、まさに暴力そのものでありますけれども、そういう暴力の体制に、自分では参加してゆかない、その体制を宣伝する嘘の言葉を自分は吐かない。そういう体制がなおも進んでいくにしても、それは自分を通じてではない、と認識しなおすということです。それはスターリン主義時代において有効であった考え方、そしてソヴィエトの未来において有効な考え方、そしてわれわれの今日の現代社会において、未来をまともに考えてゆけばゆくほど重要であるところの考え方であろうと思います。

この『収容所群島』という小説を読むと、そこで一番大きいものとしてわれわれの前にたちふさがってくるものは、やはりスターリン主義体制であります。それに対して民衆は全く無力である、抵抗することができぬ。数百万の市民が死ぬということになってしまう。

しかしその体制、機構の非常な巨大さの認識とともに、先ほどからいってきました、あるいはヴラーソフを通じて、あるいはソルジェニーツィン自身を通じて、妥協せず生き延びてきた人間を通じて、しかし人間はそれに抵抗しえるものだという一つの確信をも、またソルジェニーツィンはわれわれに与えます。

しかもその確信の根拠に、大きい強い支えがあるのではなくて、その確信とは、自分自身の言葉をもって大きい機構の暴力に抵抗し続けてゆくような人間、そういう人間がいれば希望がある。常に希望がさだかであるわけではないけれども、少なくともそういう言葉がなければ、そういう自分の言葉を持って抵抗し続ける人間がいなければ、すなわちヴラーソフがいなければ、ソルジェニーツィンがいなければ、それこそ希望はないということを、われわれに示す力をこの書物は持っています。文学的構造において内包され、かつ文学的であるゆえに、一般の社会構造に対しても有効性を持つところの力として持っている、と私は思うのであります。

もう三十年ぐらい前になりますけれども、エルマノスという人、すなわち同志という意味の仮名で本を一冊書いたスペイン人がいました。『希望の終り』という本です。バルセロナやマラガでスペイン市民戦争を闘った、そしてファシズム体制におし崩されてしまった人びとの、その最後の叫び声を書きつけた本であります。

ジャン＝ポール・サルトルが序文を書いています。彼はこういっていました。まだ戦争のさなかだった、ドイツ軍がパリを占領していた、そのときの思い出だけれども、深夜、助けを呼ぶ叫び声が聞こえてきた。ホテルの一室にいて、その叫び声を聞きつけたサルトルたちは街路に降りて行った。しかしもうその人間はいなかった。あの叫び声を自分たちはよく聞かなければならなかった、本当にあの声を聞きとる必要があったのだ、ということをサルトルは書いていたのでした。

いわば、この一冊の本はもう役に立たない。あの叫び声を発した人間は死んだのだ、かれが死んだあとの遺書のようなものだから。《それにしても諸君は諸君の犠牲者のこの叫び、いまわのきわの一瞬前のこの叫びを聞かなければならない、それは希望の終りの叫びである。二十年このかたこうした声は一度も沈黙したことがなかった。それはドイツのユダヤ人たちの声であった。次いでオーストリア人の、スペイン人の、チェコ人の、ポーランド人の声であった。彼らはこうして次々に死んでいった。彼らが倒れると、ほかのものが出てきて声をしぼり次々に叫んだ。そしてわれわれはといえば耳をふさいでいたのである。現在この書物はここにある。最後の叫びを上げた人々は死んでしまった。言葉は活字となって残っている。希望の終りの叫び声がいかなるものであるかを知るために、諸君はこれらの言葉を読まなければならない。なぜならそれはやがてわれわれの上にもめぐってくるであろうからであって、そのあとではもはや何人も叫ぶことがないであろう。だれひとり耳をふさぐ者もいなくなるであろう。》

あの鋭敏なジャン＝ポール・サルトルにしてからが、アルベール・カミュとの論争であきらかになりましたように、ソヴィエトの「収容所群島」について、当時知ることは少なかったのであります。したがって右の序文の中には、すなわちオーストリア人の、スペイン人の、チェコ人の、ポーランド人のという、その次には、もっと大多数の三百万のソヴィエト人の、という言葉をつけ加える必要が実はあったのでしょう。それはソルジェニーツィンが叫び声について書いている一節と、そのままからみ合ってひびく音を発するだろうと思います。
われわれも、いままずソルジェニーツィンが発している叫び声を聞かねばならない。それをどのように聞くべきかといえば、あの叫び声を発している人間のように、自分も一人の人間として人間的であることを裏切らぬ、嘘を言わぬ、巨大な体制の非人間的な暴力に参加しない、そのような自分自身の声を確保する行為として、この叫び声を聞かねばならぬ。それこそが『収容所群島』のわれわれに呼びかける合図に真に答えることです。それはまた文学を通じて、われわれが自分自身の生き方にとっての中心的な決意を固めることが可能だという、ひとつの実例でもあるかと思います。

〔一九七五年〕

表現された子供（講演）

この「岩波市民講座」を、私自身が受講したのは、渡辺一夫先生がコリニー大提督の暗殺をめぐって、すなわち晩年の先生の研究の中心であった、アンリ四世の時代の政治状況と人間の重要な一モメントについて語られた時です。それは先生にとって生涯最後の講義でした。そのあと先生はもう公開の席でお話しになることはありませんでしたし、七五年五月にはおなくなりになりました。いまもその最後の講義がおこなわれた際の、先生の晩年独自の風貌姿勢、衰えることのなかった声音、そして宗教戦争を乗りこえる道を歩みはじめた時代の、すなわちユマニストたちの希求の実をむすびはじめた時代の、しかもなお根深い暗黒について話される、論理とエピソードの進め方の力強かったこと、生きいきしていたこと、そして全体に浮かびあがっていた人間らしいユーモア、それらが思い出されます。

渡辺一夫先生の生涯をつらぬいた事業は、フランソワ・ラブレー作『ガルガンチュワとパンタグリュエル物語』の翻訳・注釈でありました。そこに描かれるガルガンチュワもパンタグリュエルも巨人族の人間です。ところが物語が進むにつれて、ラブレー自身、ガルガンチュワとパンタグリュエルが巨人であるということへの配慮を忘れてゆく。ガルガンチュワもパンタグリュエルも、ごく普通の大きさの人間として行動し、語るようになってきます。渡辺先生は注釈のなかでしばしば、ガルガンチュワやパンタグリュエルが巨人であることを忘れていたようなラブレーが、ここで久しぶりにそのことを思い出したようだと書いていられるほどです。ということは、全体の物語の進行の上で、とくに物語が大きく進行しはじめる後半以後は、どの巻でも、ラブレーにとっても、われわれ読者にとっても、ガルガンチュワとパンタグリュエルがかならずしも巨人である必要がないということなのでしょう。かれらが巨人でなくても、ラブレーの表現しようとした思想は充分に表現できたということだと思います。

ところが、物語の発端のこの二巨人がともに子供である時期については、それぞれに彼らが巨人族であるという、その巨人性が、あくまでも明瞭に描かれているのであります。ほんとうにこれは巨大な子供だというこ とを、誇張というのもわざとらしいほどに繰り返し描きだしています。

まず、生まれるやいなや葡萄酒が飲みたいと叫んだというガルガンチュワの、授乳用には、ポーチーユ及びブレエモンの一万七九一三頭の牝牛があてがわれることになった。パンタグリュエルは、食事のたびごとに、四六〇〇頭の牝牛の乳を飲みます。牝牛の乳を直接吸っていて、揺籠の中から腕を出すとその牝牛をつかんで、あらかたむしゃむしゃ食べてしまう。牝牛だけではなく、その父王すなわちガルガンチュワの飼っていた熊まで暖かい生肉餌《ゴルジュ・ショード》にして喰ってしまう。このような巨人ぶりを示す幼児の描写をつうじて、いつの間にか、われわれは自分の想像力が生きいきとパンタグリュエルとガルガンチュワという二巨人を把えこんでいることに気がつくのであります。

それは子供でありながら人並みはずれて巨大であり、かつ子供らしさのままに巨大な肉体のふるまいをする、その描写のなかに、われわれの想像力を柔軟に開いて、この荒唐無稽なものをそのまま受け入れさせるところがあるからであろうと思います。もちろんわれわれは、ほんの子供がそのように巨大であり、巨人しかなしえぬ規模の奇怪なふるまいにおよぶということを現実的に信ずるわけではない。それはそうであるけれども、この二巨人が子供であるということを媒介にして、その巨人性に対して、愉快な笑いとともに想像力の橋がかけられるのを見出すのじゃないでしょうか？

最初から非常な巨人に面とむかうのでは、せいぜい巨人という概念としてしかそれに近づくことができないけれども、ここで巨人の子供が誕生してくるということ、またその幼児としての生活をつうじて、いつの間にかなまなましい現実感とともに、その巨人を受けいれているということがあるのです。

同時にわれわれは、一般におとなについてはある固定したイメージしかもちえぬ場合も、やはり一般の子供について、かれらは自分たちの能力をこえた、あるふしぎなものと共にあり得るという気持をもっているのではないでしょうか。子供に対しては、この現実社会の型どおりの既成概念におさまりきれない生きいきした広がりをみとめる感じ方が、われわれにあるように思える。そうしたものが弾力のある媒介をなして、子供の世界と巨人の世界をむすび、そこへわれわれを運びこんでゆく。それがラブレーのパンタグリュエルとガルガンチュワの幼・少年期を描くそれぞれ冒頭の部分において、具体的にはっきり見えているように思うのです。そして成人したガルガンチュワとパンタグリュエルについては、たとえば戦闘場面のように異常な状況をのぞいては、その巨人性が不自然なもの、われわれの想像力を喚起しない、一種白けた印象すらあたえかねぬ、また、かならずしも巨人でなくても良いと感じられる、そういうことになるのだろうと思われます。そこでラブレーの緩急自在なこの二巨人の巨人性の強調とその逆、ということがあるのであり、結局この傑作は首尾一貫しているのです。

さて、子供の存在を具体的に媒介にすれば、ありふれた既成の固定したイメージがそれによって打ちこわされて、新しいイメージがつくりあげられる。子供という媒介なしにはなんとなくウサンくさいようで、また飛躍しているようで、わざとらしい思いなしでは入れなかった所へ、自然に自分たちが入り込んでいきうるという実態を、具体的にそれもあきらかに視覚を説得するものとして示している作品があります。それはこの原理に徹底して忠実に、すでに千枚以上もの、それぞれに秀れた作品を発表してきた、谷内六郎さんの絵であります。

三枚の実例を見ていただきますが、その前にそれぞれの絵に谷内さん自身がつけた説明を引用して、あらかじめ考えてみましょう。そして実作に接すると自分の造った概念がこわされる、それこそ想像力的な経験があじわえる筈です。最初は「こずえの音」という絵です。谷内さん自身によるとこういう解説がなされています。

《林の中はパチパチ鳴るような枝ぶりです、細くふるえているような枝もあります、真赤な大きな冬の太陽がこずえの向うに落ちると、夕闇がもやもやと土の中からはい出して来てこずえの中間のところでじっと静止しています、そこに焚火の煙がまじって夜の冷気が来るまでじっと動かずにいます、これは私の少年時代の記憶でもあるし、今でも地方に行けばいくらでも見られる雑木林の間の焚火です、パチパチ音をたてる火から木々の間をゆっくり飛ぶ火のこはキツネの嫁入りの提燈のようです。

まだ地方に行くとお婆さんなどが「あの山の峠道にキツネ火が出る」などと話してくれます、深い山の部落ではたしかにキツネやタヌキが不思議なことをしたに違いありません。》

このようなモティーフに立って、谷内さんは雑木林の焚火を描くのです。しかし、谷内さんが文章によって自分はこういう絵をかきたいのだといっている段階では、いやすでに絵をかいたあとですら、むしろこの絵に表現したいものの全体は、概念的にしかとらえられていない。ところが現実に絵を見ると、そこには実に生きいきした表現が結実しています。そしてその生命を画面にあたえたダイナミックな力の源はなにかというと、そこにひとりの女の子が描きこまれていることなのであります。

続いて「水面のライト」という絵では、谷内さんはこういう説明をしています。

《小川の水面にやわらかな風が吹き五月の陽の中にさざなみにピカピカ水が光ります、それは坊やの眼に次々に走っては去るオートバイのパトロールのライトに見えます。》

そういう創作のモティーフが、すなわち水面にゲンゴローやミズスマシが泳いでいた少年時代の思い出と、子供の眼には光る水がパトロールのライトに見えるという創作動機が、どう現実化されるか？　具体的に絵をかくとき、彼はひとりの少年を描きこみます。そのことによってこの少年の眼と想像力の見ている水面の風景が、いかに画面に生きいきした飛躍と自然さをあたえるか、それも実際に絵を見てくだされば明瞭だと思います。

最後の絵は「上総の町は貨車の列、火の見の高さに海がある」という作品です。

《兄ちゃん浜いぐべ、早よう起きねえと、地曳におぐれるよ、上総の海に陽が昇ると、町には海藻の匂がひろがって、タバコ屋の婆さまが、不景気でおいねえこったなあと言いました。》

そして現実に描きあげられた絵は、やはりひとりの女の子を導入することによって、右の説明どおりの上総の風景でありながら、そこになんとも生きいきした動きがあらわれて、言葉で表現されたものを越えているのです。それも画面をごらんになればたちまち納得されると思います。それでは暗くしてスライドを映していただきます。

あらためてこの「こずえの音」の画面を見ながら、さきの制作のモティーフを思いおこしてください。確かに現実にこういう林があるにちがいないし、谷内さんの意識には、パチパチと枝のあいだで音をたてている火花、キツネの嫁入りの話というイメージがすでにあるわけです。ところが、実際に彼が絵を描きはじめ、ひとりの女の子をここに描きこむ。画面の低い所にいる恐がっているような女の子です。そして、その瞬間にこの絵の想像力を喚起する構造が複雑になるのです。

まずこの絵の風景は谷内六郎さんが見ている風景で

ありながら、かつかれが描いたこの女の子の意識のなかの風景です。具体的に画家の見ている一つの林がある。その林の固定したイメージ、それをあの子供の眼であらためて見ると、子供の意識にはキツネが嫁入りする行列の光景と、具体的にかさなってしまう。その頭のなかに浮かんでくる、生きて動いているイメージがそこにそのまま描かれて、しかもわれわれの心に自然に入ってくるのであります。

そこで、谷内さんの絵画の喚起する世界は、まず谷内さんがこの絵を描こうとした、その制作のモティーフを土台に置くと同時に、それをこえてここに描き出されたひとりの子供の心象世界を浮かびあがらせて、二重構造になる。その二重構造がそのまま描きだされてこの画面となるのです。なぜ二重かといえば、この子供の像そのものは画家の眼が見ているのだからです。そしてわれわれはこの絵を見ながら、林の風景とこの子供の肖像とによって二重に喚起されます。ここに描かれた子供が、このように想像しているのだと、われわれが子供の意識の動きによりそってゆくことで、われわれには、子供の意識、肉体のなかの想像力の動きが生きいきと見えてきます。しかも自然に。この画面にある、子供の肖像と、その意識の絵画化された風景という二焦点は、そういうダイナミックな関係をもっていますし、その関係がわれわれに想像力の生きた動きを喚起するのです。

続いてミズスマシとゲンゴローの絵です。ここに描かれたあの子供を取り除いてしまったとしましょう。それはありふれた川面の眺めに、思いつきを加えただけの画面になるのじゃないでしょうか？　しかしその水面の眺めを見ているこの少年の肖像は、現実にこの少年の心に水面の光がパトロールカーのライトのように見えるのだと、否定しがたく思わせます。われわれに、この子供の頭のなかの想像する力の動きが拒みがたい勢いでつたわってくるわけであります。谷内六郎という画家の概念的なイメージそれ自体は拒みうるかもしれぬ。しかし谷内さんがこの子供を描いてそこに生きいきと生動させるイメージは、実際その動き方のいちいちが説得的なのです。そしてその説得力は、この子供の肖像と画面の想像された世界の関係にこめられているのだと思います。

最後に房総半島の絵。そこへ出かけて風景を描きつつ、画家がこの女の子をかきこむ。するとその子供の肖像なしではセンチメンタルな空想画に見えたかも知れぬこの光景が、現実性をおびて生きてくるのです。画家が汽車に、そしてその煙突からの煙は貝がらのようだと、この子供の心のなかで動く光景が、そのまま明瞭に描かれて、女の子の肖像と力を及ぼしあっている。すでにこれまで申してきたことを繰り返す必要はないかと思います。

これらの絵において画家の表現してゆく心はどのように働いているか。画面にひとりの子供を描き出すことによって、画家はわれわれとかれのイメージとのあいだに一つの媒介物を呈示する。この画面の子供がこのような光景をその心にいだいているのだ、想像しているのだということを画家は主張し、われわれは納得する。おそらくは画家もこの子供を描くうちに、それまでのかれの概念が子供の意識と肉体のなかに動き出して、具体的になり確実になり、それまでの概念的なイメージをこえて生きいきと発展するということがあったにちがいないと思います。もし子供がここへ描き込まれていることがなければ、われわれ絵を見る側も、これは実際には、おとながわざわざ子供のふりをしてこういう空想をしてみせたのだという、いかがわしい感じすら受けとったかもしれません。実際に、しばしば童画の描き手とわれわれの間には、その画家に対する人間的不信すらも生じてくる場合があるじゃありませんか？

しかし谷内六郎さんの絵画の場合、これはどうしてもおとなが子供のふりをして、あるいはかつての子供の心に戻った演技をして描いているのではない、ここに実際に描かれたこの子供がいる以上、この子供と谷内さんが絵のもとになった風景を見ればこのように想像することがほんとうに自然であろうと、むしろわれわれは進んで納得するのです。われわれをそのように参加させる論理的な明確さが、かれの美しく純真な魂の絵画を支えているのでもあります。

さて、これまでにもすでに、想像力、あるいはイマジネーションに関する言葉を使ってきたのですけれども、あらためて以上のことを想像力論の側面において考えればどういうことになるだろうか。いまの課題にそくして想像力についての考え方を整理する上で、私は良い翻訳の書物として、一冊だけガストン・バシュラール著、宇佐見英治訳の『空と夢』（法政大学出版局）という本をあげ、そこに示された想像力への定義を手がかりにしたいと思うのです。その定義がいかにもたくみに想像力の働き方を要約しているばかりでなく、論争的《コントラヴァーシャル》でもある定義ですから、このような場所でテキストにするのにふさわしいはずです。ガストン・バシュラールはこう要約しています。

《いまでも人々は想像力とはイメージを形成する能力だとしている。ところが想像力とはむしろ知覚によって提供されたイメージを歪形する能力であり、それはわけても基本的イメージからわれわれを解放し、イメージを変える能力なのだ。イメージの変化、イメージの思いがけない結合がなければ、想像力はなく、想像するという行動はない。》

単純化した話になりますが、たとえば子供の絵を見ていて、なかに怪獣の絵を描く子供がいれば、現実世界にいない動物を描くこの子供は想像力がある、というふうにいう場合があります。しかし実際には、もしその子供にいろんな能力があるとしても、想像力だけはもっていないといわざるをえない怪獣の絵もあるのです。それは、たとえ想像上の怪獣の絵であるにしても、テレヴィジョンに出てくる怪獣の漫画を知覚によって受け取り、記憶している。そしてそれをそのまま絵に再現するという場合、そこに知覚の機能が働いているにしても想像力は働いていないからです。

それと反対に自分のダックスフント種の犬を写生しながら、どうしても尾のつけ根の両側にフランスの航空機についているような、ジェット噴射装置を二個描き加えないではいられない子を私は知っています。劇画の悪影響だ、とその子の母親は嘆いていますが、しかしそれは質の高低とは別に、やはり想像力的なものの働いている行為だと私は思うのです。われわれが知覚によって与えられたひとつの固定したイメージをもっている。そのイメージをつくり変えてゆく能力。既成の固定したイメージから自分自身を解放して、自由な多様なイメージへとむかわしめる力こそが想像力である。想像するという行為とはそういうことだ、というのです。

バシュラールの言葉を続けましょう。

《もしも眼前にある或るイメージがそこにないイメージを考えさせなければ、もしもきっかけとなる或るイメージが逃れてゆく夥しいイメージを、イメージの爆発を決定しなければ、想像力はない。》

眼の前にある静物は、それをわれわれが見る時、すでにひとつのイメージです。それを写生して、われわれが絵を描くならば、その絵が描かれたイメージとしてさきの静物のイメージをこえているのみならず、いま絵として眼の前にあるその絵から、そこにない生きて動くイメージに向けて、われわれの想像力に生きた動きを与える、われわれを想像力的に前へ進めるということがなければ、その絵を描く行為に想像力の動きはない。しかもその絵がきっかけとなって、われわれの意識と肉体に数知れぬ新しいイメージが湧き上がるような、そういう運動が喚起されなければ、想像力の働きはあるといえぬとバシュラールはいうのです。

《もしきっかけとなる或るイメージが逃れてゆく夥しいイメージを、イメージの爆発を決定しなければ、想像力はない。》

この「逃れてゆく」という言葉は、逆に「湧き起こる」という言葉にかえて理解しても大きい誤解ではないだろうと思います。

《知覚があり、或る知覚の追憶、慣れ親しんだ記憶、色彩や形体の習慣がある。》

たとえば眼をつぶって鯨を想像してごらんという。その呼びかけに答えるわれわれは、じつは想像力を発揮して鯨を想像しているのではない。むしろ知覚によって与えられている鯨、慣れ親しんだ鯨の像についての情報を、再整理して思いうかべているにすぎないのです。尾ビレが水平についている海の生物はおそらく鯨だけであるというふうに。そしてそこにとどまらないで、それをあらためて造り直し、新しい鯨のイメージを描きはじめる時、初めて想像力が動き出しているのだと、バシュラールは念をおしているように思います。

《想像力 imagination に対する語は、イメージ image ではなく、想像的なもの imaginaire である。》

イマジナシオンという人間の能力があって、その能力が生み出すものとしてイマージュがあるのじゃない。

イマジネール、想像力が発動することによってはじめてあらわれるもの、想像力によってつくり出されるもの、また逆に想像力を発動させることによってしかわれわれにとって存在しないものがある。このイメージ・イマージュはスタティックなもの、静止したもの、すでにでき上がったものであって、イマジネールとはそのように固定しない、ダイナミックに動いているもの・動きうるものとしての、人間の意識の働きをさしている、あるいは反映しているものと考えてよいかと思います。

《或るイメージの価値は想像的なものの後光の広がりによって測られる。》

ある一枚の絵のイメージの価値とは、それがわれわれの心に生きたものとして呼び起こす想像力の働き、想像的なものの広がりの豊かさによってはかられるということです。問題は、喚起される人間の精神の運動量の豊かさなのです。

《想像的なもののおかげで、想像力は本質的に開かれたもの、のがれやすいものである。》

想像力の本質は、きまった形としてわれわれのうちにあるものではない。それはわれわれの意識と肉体の内にあって、喚起にこたえて自由に動きまわるもの、すなわち外へ向けて開かれたものです。のがれやすいもの、すなわち固定している属性ではなくて、新しく湧き起こって輝き、次の新しさにゆずって去る生きた運動体である。

《人間の心象 psychisme においては、想像力とはまさに開示の経験であり、新しさの経験に他ならぬ。他のいかなる性能よりも想像力は人間の心理現象を特徴づける。ブレイクが明言しているとおり「想像力は状態ではなく人間の生存そのものである。」》

ブレイクの詩と絵を思い出して下さい。人間が生きていくということの全体の構造を想像力が支えている。人間の生き方そのものが、想像力という力の働き方の性格によって決定されているのだと、ブレイクに和してバシュラールは生命の本質そのもののような熱情をこめていうのです。

そこでいま一度、谷内六郎さんの作品に帰りましょう。子供が水面の輝きを見ている絵。あの絵にかかわるわれわれの既成のイメージは、まず野原がありそして池か小川がある、そこにミズスマシやゲンゴローがいて水面が光っているということですね。そのような場所をオートマティックのカラー写真でとれば、われわれがもっているイメージに一番近い画面があらわれるでしょう。実際そのような場所に谷内さんが子供をひとり描き出します。この子供が見ている水面。ミズスマシやゲンゴローのいる水面についての既成のイメージ、現にそのように大人には見えるイメージからしだいに離れて、その子供にはパトロールのオートバイの光が見えてくる。子供とはいえ、実際そのまま見えてくるのではないでしょう。むしろ自分が眼の前に見ているミズスマシとゲンゴローのいる水面の、見えるままのイメージを、パトロールのオートバイの光につくり変える力を子供のかれが発揮しているのです。すなわちそこに、バシュラールの定義する想像力が真に発揮されている実例があると私は思うのです。それにつづけてこの絵を見ているわれわれに、まさにこの絵の想像力の爆発の連鎖反応として、この子供は想像力を働かせている、そしてそれは自分のいまの新しい経験につながる、というかたちで、自分の想像力が喚起され働きはじめるのをあじわう。むしろ自分の生存そのものとしてそれを生きるということがおこるのだと思うのであります。谷内さんがこの絵を描きながら導入した子供こそが、真の想像力をわれわれに生きいきとよみがえらせる効果を発揮している、というのが私のさきほどから実際の絵にそくしてのべてきた考えなのであります。

われわれがある書物を読み、あるいはある絵を見て自分の想像力が生きいきと動かされる経験をします。それは自分がそれまでもってきた既成の見方と違う新しい見方を社会に対して、世界に対して、人間そのものに対してもっというということです。そのような想像力の発揮の経験が、実際に表現された画面のなかの、表現された文章のなかの、具体的な子供の存在によって端的に助けられる、強く刺戟される。それを具体的にドストエフスキーの『カラマゾフの兄弟』を通じて検証してゆきたいと思います。このドストエフスキーの生涯最後の作品について、あらかじめ基本的な説明を加える必要はないでしょう。帝政ロシアがその暗黒面をおおいがたく剝きだした時代の、ある田舎町の、カラマゾフ家。我執と欲望のかたまりの父フョードルと、その三人の息子たち。ドミートリイ、イワン、アリョーシャ、かれらには暗いが大きい情熱と激しい欲望、懐疑と清純な美しい魂とが分けもたれている。かれらに加えて、やはりフョードルの血をつぐのかもしれぬスメルジャコフという下男。このスメルジャコフがフョードルを殺し、その裁判でドミートリイが殺人犯として誤審される。そのようなあら筋だけをのべても実はなにもいわぬにひとしいような巨大な小説です。この苦渋と情熱に満ちた作品に、ほとんど異様なほどひんぱんに、子供にかかわる要素が扱われていることに注目していただきたいのです。まず現在すでにおとなであるところの登場人物たちが、みなそれぞれに特別な幼・少年期をもっていることが、克明に回顧されます。そこでわれわれはドミートリイ、イワン、アリョーシャという中心的な人物たちの、大人としての行動に出会いながら、それらの人物は現在このような人間であるということを認識しつつ、同時にああいう幼・少年期を送った人間だったということを、相重なるイメージとして思い描かざるをえないことになります。それはいちいちの人物に奥行をもたせるという以上に、むしろかれらのダイナミックな人間としての資性を構成するものです。

子供のときのかれらと、かれらが成人したあとでの性格と行為とが、常に一対になってお互いに光を投げかける関係、ダイナミックな関係にある。その構造によって小説のもっとも重要な部分が成立していると考えるべきだと思います。

もうひとつの、この小説における子供の役割は、世界あるいはロシアの悲惨を直截に表現する存在としてのものであります。

懐疑的な、つねに悪魔の想念にとりつかれているようなイワン、かれは有名な「大審問官」の挿話の語り手でもあって、この兄弟のなかで最も知的な人物であります。けれども、かれがこの世界のあらゆるものを疑っているような態度のままに、こちらは純真で美しい宗教的な魂をもった弟アリョーシャに向って、この世界とはなにかを話そうとします。

そして彼が語るのはもっぱら子供についてなのです。池田健太郎訳で引用しましょう。

《僕は人間の苦悩について話そうと思っていたが、いっそ話を子供の苦しみに限ってしまおう。論証の規模は十分の一に縮まるが、しかし子供の話に限ったほうがよかろう。僕にとっちゃ、もちろん有利じゃないがね。しかしまず第一に、相手が子供だと、身近な場合でも、汚ならしいのでも、まずい顔をしたのでも、愛することができる(もっとも僕には、まずい顔をした子供など絶対にいないという気がするがね)。……

アリョーシャ、お前は子供が好きかい？　お前はたしか好きだな。だからお前にならいったいなんのために僕がいま子供のことだけを話そうと思っているか、わかってもらえるだろう。もし子供たちがこの地上で大人と同じ恐しい苦しみを味わうとしたら、それはむろん父親のためにきまっている。知恵の実を食べた父親の代わりに罰を受けているのだ。――だが、この考えは別の世界の考えで、この地上の人間の心情では理解できない。罪なき者が、それもこんな純真無垢な者が、他の者の代わりに苦しむなんて無茶じゃないか！　お前は驚くかも知れないがね、アリョーシャ、僕も子供はとても好きなんだ。それに、いいかい、残酷な人間、――情欲の強い、肉欲に狂うカラマゾフ的な人間は、時によると子供が非常に好きなものさ。》

そういってイワンは子供が酷たらしくあつかわれる挿話を、新聞などからひろいだしてきて、次つぎに話す。このようにロシア社会の悲惨、ひいては世界の悲惨が集中的に子供の上にあらわれているんだというのです。そしてかれは神を疑う。

《いいかい、もしすべての人が、苦しみによって永遠のハーモニーをあがなうために苦しまねばならないとしても、何だってそこに子供が顔を出す必要があるのだろう、ええ？　何のために子供までが苦しまなければならなかったのだろう、なぜ子供までが苦しみによってハーモニーをあがなう必要があるのだろう？》

この問いかけがそのまま『カラマゾフの兄弟』における子供の第二の役割です。

そして最後に、希望と救済へむけての信号のような子供たちの役割があらわれてくるのであります。ここに病気で死につつある子供がおり、かれとその友人たちにアリョーシャを加えて進行する優しいエピソードが『カラマゾフの兄弟』のもっとも清らかで美しい側面を代表していますが、子供らの美しい共同体に、ドストエフスキーがこの小説で子供たちを媒体に表現するもう一つの主題がいかにも明らかなのです。それはロシアの新生、新しく生まれかわるロシアとともにすべての世界の人類が救われることに対する、激しく純粋な希求の表白ですが、その主題をドストエフスキーはこの子供たちの共同体に託しているのです。

病気の子供は自分が死ぬとき、いつも散歩した道の大きい石のところに埋めてほしいと願っていました。実際には墓地に葬られたけれども、残された子供たちをその大きい石のところにみちびいて、アリョーシャは子供たちに演説をします。

《……将来いつか僕の言ったことに同意してくれるでしょう。いいですか、何かの素晴らしい思い出、とりわけ少年時代の、親の家で暮らしていた時分の思い出よりも、このさき人生にとって尊い、力強い、健全な、有益なものは何ひとつないのです。君たちは君たちの教育についていろいろなことを聞かされているでしょう。しかし少年時代から大事に保存した美しい神聖な思い出、それこそおそらく最も素晴らしい教育なのかも知れません。そういう思い出をたくさん持っている人は、一生涯、救われます。そうしてたったひとつしか素晴らしい思い出が心のなかに残らないとしても、そのひとつの思い出がいつか僕たちの救いに役立つことでしょう。ことによると、僕たちは将来、悪人になるかも知れない、悪い行ないの前で踏みとどまることができないかも知れません、また人間の涙をあざ笑って、さっきコーリャが叫んだように「僕は全人類のために苦しみたい」と言う人々に対して、意地悪い嘲笑を浴びせるようになるかも知れません。しかし僕たちがどんな悪人になっても、そんなことがあっては困るけれども、僕たちがどんなふうにイリューシャを葬ったか、どんなふうに最後の数日間あの子を愛したか、そうしてまた今この石のそばでどんなに仲好く一緒に話し合ったかを思い出したならば、僕たちのなかのいちばん残酷な、いちばん嘲笑的な人間でも、かりに僕たちがそういう人間になったらの話ですが、今この瞬間、自分がどんなに善良で立派だったかということまで、心の奥底であざ笑う勇気は起こらないでしょう！　そればかりか、ひょっとすると、このひとつの思い出が、彼を大きな悪から守ってくれ、彼は考え直して「そうだ、僕はあのとき善良だった、大胆で正直だった」と言うかも知れません。……》

この演説に感動して子供たちが発するのは、「カラマゾフ万歳」という叫び声です。この「カラマゾフ万歳」という言葉は、突然ここにあらわれてなにを表現することをドストエフスキーによって期待されているのか？　カラマゾフ的な人間とはあくまでも情欲に満ちて、暴力のとりこになり、懐疑に苦しみ、かつ宗教《ユロー》狂人《ジヴィ》のような激しい宗教への希求もそなえた、およそ多様な側面をもつ人たちです。ドストエフスキーが新しいロシア、新しい世界をつくりだすために、そして人類を救うために想定したのは、ほかならぬカラマゾフ的な人間、悪や懐疑や、暴力、欲望を多様に内包し、かつ救済への希求に燃える人間であった。それらをもっとも総合的にくるみこんで、そこに人間の善良な魂もまた圧殺しないような人間であった。ドミートリイの情欲のままに爆発的に行動をする力、イワンの悪魔の想念につねにとりつかれるような懐疑精神、大きい否定のエネルギー、そしてアリョーシャのような清純・善良な魂、神に対してつねに優しく開かれている心、それらを総合した人間像で、それはあった筈です。その人間像をもとめてこの長大・複雑な小説を書いたドストエフスキーが、作品の最後で、それらカラマゾフ三兄弟を独立させたまま、すべて構造的に含み込み統合した頂点に、とくに清純な勇気にみちたアリョーシャを置きつつ、あらためて新しい意味づけをそなえたカラマゾフ的人間のイメージを提起しようとする。そしてその作業を、他ならぬ子供たちの魂の現場にまかせているのが、この「カラマゾフ万歳」の叫び声です。おのずからドストエフスキーがとくにこの作品において子供たちを色濃く描き上げた意味あいがそこにあろうと思います。

このように子供を表現世界の媒体として導入することによって、われわれは自分が持っている既成の人間・社会・世界へのイメージを揺さぶり、つくりかえる手がかりをえる。この人間世界の悲惨・残酷について、そのただなかで生きつづけねばならぬ以上、われわれはしばしば鈍感になっているけれども、しかしあらためて子供たちがそれに苦しめられるのだということを考えることによって、すなわち子供をイマジネーションの根幹のバネとして導入することによって、新たになまなましく人間世界の悲惨・残酷について強い経験をする。しかもまた他の側面では、ということは楯の裏表のようにつながった側面では、子供たちの未来を考えることによって、また子供の生きいきした明るい心によりそって考えることによって、この世界を新しいものにつくりかえねばならぬという希求、必要性を強く感じなおし、その願いにむけて自分の暗く怯む心を励ます。そのような喚起力を、子供という存在がもっている。他ならぬ子供をそのような表現の機能として、芸術のなかに新しい展望をわれわれが開く。そのためにこそわれわれは絵画や小説に子供を表現するのだと私は考えるのであります。

次に具体例としてひきたいのは、絵画と文学の総合ともいえるところの漫画・劇画の、しかも子供たちのための作品で、中沢啓治作『はだしのゲン』という作品であります。

この作品は広島で原爆被害をこうむった一家族の敗戦前後の生活を軸に、その周辺のさまざまな人間模様を描いた長篇漫画・劇画です。この四巻の本に、私の家でもっとも熱中したのはいま幼稚園にいっている子供でした。かれはこの本の中心にいるゲンという子供に自分を同一視して、広島地方の方言による会話をほとんど覚えてしまいました。皇太子夫妻が沖縄を訪れて火炎瓶による抗議を受けたテレヴィ・ニュースを家族で見ていますと、その事件に対する沖縄現地の人びとのコメントに出てくる言葉に喚起されたのでしょう。その子供が突然に「何百万人もの日本人の命を犬死させた天皇陛下をあたしゃうらむよ」と叫びました。この『はだしのゲン』のうちの台詞《せりふ》をかれはそのまま叫んでみたわけであります。敏感に雰囲気の相似を、テレヴィと漫画にかぎつけて。(笑)

そのようにも強い印象をこの本は子供にあたえ、また父親の私をも感銘させました。そこで私はなぜこのようにも力強い作品として、『はだしのゲン』ができあがっているかということの分析をしたいとねがうのであります。まず私が発見するのは、ここには原爆民話というものにそくした表現がつらぬかれているということです。原爆被災後の広島・長崎には、この恐しい経験を語る数多くの民話ができあがりました。この大きい悲惨は人間がはじめて体験したことです。それに対する既成の概念的な意味づけはあり得ない。それがどのように酷たらしく恐しいことだったのかを、直接に原爆を受けた人たちがその経験と見聞を通じて語る話は、しだいに民話となっていった。私もいくたびか聞かされた民話があります。たとえば原爆を受けたあとでトマトを食べた人は原爆症にかからなかったとか、お酒を飲むほどよかったとかいう話が、外部からの人間には否定しようのない切実さで語りつづけられたのです。その民話のような語り口であの経験を自分の言葉とする、そのように語ることによって原爆の経験を日々新しく認識し直していくということが、広島・長崎の人びとによって行なわれているのには歴史的な大きい意味があるでしょう。そしてこの『はだしのゲン』は数かずのそのような民話に根ざして、それらの上に物語を成立させているのです。

原爆のあと広島で人びとによって語りつたえられた民話的な物語の、まことに多くがここにとりこまれています。たとえば被爆後すぐ避難していて、出会った人は爆風によって飛んできたガラスが顔じゅうに立って、顔にいちめんトゲが生えたようであった、という話。それがそのまま絵となってあらわれてきます。そして、いわゆる「科学的」な記録以上に、それは原爆が人間に与える悲惨を表現している民話ですけれども、この漫画・劇画は、その民話の力をそのままここに再現しているのです。この作品の主人公には弟がいて、被爆の際にその弟が父親もろとも梁の下じきになって逃げることができない。かれらが焼け死ぬのを見捨てて主人公は逃げさるのですが、そのような状況も広島・長崎の人たちによって多く経験され、多く語り伝えられてきたことです。それもまた原爆の民話がここに画によって再話されているという感覚によって受けとめられます。

この漫画家は、原爆を概念的にとらえることから出発したのではない。広島で実際に自分の被爆の経験に立ち、それを自分の言葉で語った人びとの民話を、もういちど自分の作品で再話しようとしているのです。それがこの作品を、いわゆる原爆漫画・劇画の、あるいは一般に原爆文学すらもおちいりやすい、概念的なおとし穴を乗りこえさせ、まことになまなましい現実感をそなえたものとした根柢の力です。もちろんこれらの民話は広島の言葉・長崎の言葉で語られてきました。この作品でもやはり徹底して広島の言葉で語られて、それが全体に秀れた効果をあげ、たとえばさきにのべた私の子供が、言葉ぐるみこの作品の世界にとらえられてしまうというようなことがおこったのだと思います。

それと同時に、この作品を秀れて現実感にみちたものにしているのが、ほとんどすべての画面にゲンという名の子供が描きこまれていることだといわねばなりません。いままでのべた民話的なものは、すべてその広島の人間のこうむった悲惨の民話の内容を、子供の眼が発見し、子供の肉体がそれを酷たらしく経験していく、またそれに抵抗して生きのびるというかたちで漫画・劇画化されているのです。そこで被爆の状況のなまなましい現実感は二重になってたかまっていると私は思います。

しかも『はだしのゲン』の場合、ゲンとその弟、弟が死んでからはその身代りのような少年が、常にゲンによりそって登場します。子供の眼、表現された子供の世界が二重、対話的になっていることも注目すべきことだと思います。

もともと民話は、典型を語り伝えるのですから、たとえば「舌切り雀」のように、強欲な婆さんも、善良な爺さんも、可憐な雀も、いかにも型どおりになります。しかも説得力があるのが民話です。しかしその民話を他のかたちの芸術とする時、その型どおりの筋書、性格づけが、どうしても陳腐になることはあります。

この作品に、こういうエピソードがあります。ひとりの画家志望者が原爆に傷ついて療養している。その画家の肉体はあまりにも無残に傷ついているために、家の周囲では「お化け」というような差別的あつかいをされるし、かれの兄の家族もあからさまに厭がっている。画家志望者は本当に苦しい死を孤独に死に、そしていったんおさめられた柩から無念のあまり這い出す。このようなことも原爆後の広島で実際にあったのだと、民話はつたえているにちがいありません。しかしこのエピソードをテレヴィ・ドラマにするとすれば、われわれは原爆被災がもたらした悲惨な人間破壊・人間関係破壊を知識としては理解しながらも、ひそかにこれはあまりに型どおりすぎる、ドラマとしては陳腐だと考えて、このエピソードのなかに入ってゆくことを妨げられるのではないでしょうか？

しかしこの作品では、その原爆を被爆した画家志望者の家庭に、主人公の子供ゲンが導入されることによって、古くさい家庭悲劇のような筋立てをまさに生きいきした形に再生するのです。これにはゲンという子供と弟分との性格づけが、効果をあげていることもいわねばなりません。かれらは実に突飛な発想をする、元気で愉快な行動力をもった子供です。被爆して死ぬこととなる弟と暮らしている戦中、普通の庶民である父親が、反戦主義者ということで村八分になって、金が入ってこない。すると子供二人でこじきをやってお金をもうけてくる。「壺坂霊験記」という浪花節の一節をゲンが語る、それに合わせて弟が踊るという、なかなか普通の子供では考えつかぬようなことを発想し、実行して、なにがしかのお金をもうけてくる。そして家に帰る時には、私のように、このゲンとほぼ同年輩の戦中の子供だった人間には記憶のある替え歌を、《四百余州のこじき、ざるもって門にたち、おっさーん、めしをくれ、腹いっぱいめしをくれ》と勇ましく歌って帰ります。そのような独自の生きいきした子供を創作することによって、かれを軸に、様ざまな原爆民話に活力が再び注入されているのであります。

ここには一般のわれわれの文章で書けば、ほとんど原爆被爆者に対するいわれない差別を助長するものだと批判さえされるかもしれぬような挿話、そのような批判が正当なようなエピソードも出てくるように思われます。しかしそれらもここでは、そこにゲンというこの子供が参加していることによって、原爆の悲惨を経験しながらもなお生き延びて人間的な生活を再建しようとしている者たちの、希求と生命力がまっすぐつたわってくるのです。それは差別的誤解を許容しません。また原爆直前の庶民生活を描いても、このゲンを軸とする作品世界は独特です。現にわれわれの国は三十年前ファシストの国家でした。その支配体制は大構造をなして残っており、そこにつながるわが国の保守政権が経済的にテコ入れをつづける隣国、韓国はいまやあきらかにファシストの支配する国家です。ところがそのような歴史的・国際的状況にありながら、われわれはいまファシズムというと、いかにも非現実的な被害妄想のようにみなす風潮にあります。そのような時代風俗のなかで描かれながら、この漫画・劇画には、そのファシズムが一般の市民生活の最下層にまで浸透したとき、どのように恐しいことがわれわれの家庭までをも襲うかを、実感をこめて思い出させるのです。そのような時代、われわれにとってもっとも危険な敵が隣人であったりするということを、あの時代を知らぬ幼ない子にも具体的に理解されるように、ゲンという子供を軸に描きあげているのです。それもいわば戦中の記憶にたつ民話に、子供を投入してそれを体験させる、という話法によって。

おそらくこの中沢啓治さんは、かれ自身とそのまわりの人間が子供として経験した、広島市周辺での戦中・戦後の生活を徹底して追体験しようとしているのです。かれはまた原爆の悲惨について民話として、また概念的記述によって学んだことをすべて、ここに表現しなおすことをめざしています。そして漫画・劇画として表現するにあたって、ひとりの子供をそこに投入し、かれがこの現実をどうみるか、この現実にどのように反応しつつ生き延びてゆくかを描き上げることを原理的方法としました。そしてこの作品全体を、想像力的にまことに生きいきとしたものになしえたのです。この作品を読む側もそうであり、この子供ゲンはこのように原爆の悲惨に反応している、ゲンはこのように生き延びるというかたちで画面を追ってゆくことによって、われわれはすでに一度その民話に接したことがあるとしばしば思いながらも、いかなる原爆民話よりも直截に、それがわれわれの感受性と魂のうちに入ってくる、そういう経験をあたえられるのであります。

それは谷内六郎さんの作品の場合と直接に似ている効果でしょう。谷内さんがかれの画面に子供を導入することによって、そこに描かれたこの子供がいまこのように想像しているのだと、画面を見ながらわれわれが受けとめ、その子供の想像力の動きを具体的に認識する。しかもその子供の想像力の動きに誘われて、われわれもまた自分の想像力が開かれ、動きはじめるのを経験するのでした。それと同じように『はだしのゲン』の場合においても、このゲンと弟、弟分という少年たちが原爆前後の状況のなかに生きて、いまこのようにその想像力を働かせながら経験をつみかさねている、とわれわれは感じる。そしてそのうちわれわれは、実際に自分たちの想像力そのものが、原爆前後の状況へ、原爆の悲惨自体へ向っていくのを発見するのであります。

ここで予想される反論について考えましょう。しかし子供一般がそうだろうか？　ほんとうに子供は想像力を喚起する契機だろうか？　文学の世界ではあるいはそうかもしれない。しかし現実生活ではそうではないのじゃないだろうか？　現に文学の世界に実際に表現された子供たちのなかでも、われわれに対して想像力を喚起する力をまったくもたない場合があるのじゃないか？　私はそれらに対して短い言葉で答えることができると思います。実際に自分が子供を育てようとするのならば、想像力をわれわれに向ってかきたてるだけの、そのように生きいきした喚起力のある想像力を発揮する子供を育てようではないか。

いかなる形式であれ、作品を書くなら、そしてそこに子供を描きこむなら、おなじく想像力をかきたてる子供こそを描こうではないか。そうでなければ自分が実際に子供を育てることとの、自分にとってはもとより子供にとってもクリエィティブな意味はない。実際に自分が作品を書きながら子供を登場させることとの、創造的な意味もないだろうと思うからであります。

実際にわれわれ大人が子供の小説・絵本に出会う時、それらのうちどれがほんとうにいい本なのかということを判断するのは、われわれにとってむずかしい場合がしばしばです。しかし困難なうちにも一つの基準はあります。それはそこに表現されている子供たちの世界が、われわれに、自分がもっているこの世界に対する既成のイメージを打ちこわし新しいイメージをつくらせる力をもっているか、ということです。どんな小さな芽のようにしてであれ、そういうものをもっているならばそれはいい本であるし、そういうものをもっていなければ、たとえどんなにたくみに、精密に書かれて子供の心をひきつけそうな作品でも、それは文学としてよくないだろうというのが私の意見であります。高飛車に響くかとも思いますが、これまでそのような原理として想像力ということを、実例にそくしてお話ししてきたのですから、私のいい方を納得していただけるのではないかと思います。

さてこれまでも自分の子供の話をしましたけれども、いままでお話ししなかったもうひとりの、年齢からいえば一番上の私の子供は障害児学級にいます。同じような知恵遅れの困難をもった四人の子供たちと一緒のクラスにいます。自分の経験だけでこういうことをいえば、現実に同じ障害児を育てていられるおかあさんから、いや自分の経験に立ってそれに反対だといわれるにちがいないとも思いながらこういうのですが、現在の障害児学級の教育のための努力はじつに高度なものだと思います。もちろん障害児学級のための真に秀れた本、真に秀れた音楽というようなものを、ほかならぬわれわれ作家や音楽家がつくってはいない。むしろ貧しい教材、難かしい条件のなかで、現場の先生たちがたいへんな努力をそそいでいられるのであります。

外国で出版されたもの、わが国でのものをふくめて、障害児学級の教育について素人として本を読んできたかぎりでは、私にはそこでの教育の原理がいまなおはっきりしているのではないと思われます。しかもその過渡的な一応の原理の具体化が、またなんとも難かしいのです。しかし現場で実際に働いていられる先生方が、それはまさに苛酷な肉体労働であるけれども、われわれの子供の、とくに狭く限られた想像力しかもちえぬ子供の、その想像力の小さな芽をうまく育ててあげようとつとめていられるのに気がつくのです。

そういう実際の努力を見ていると、アジア規模の日本の今後の進み方ということについて、私はおおげさな飛躍と思われるかもしれませんが、考えることがあるのです。われわれの国は経済成長の大きい勢いのなかで非常にすぐれたものだけを中心にして進んできた。

アジアへの経済進出についていえば、自分自身がそのすぐれた存在、先進国・日本として、その開発された能力の高い水準を力として押し立てて行った。そこで生じる能力の低いもの、未開発な相手とのひずみ、ゆがみに鈍感であった。そこからとくにアジア規模で眺めた日本、また国内の社会全体に、すでに再建しえぬのであるかもしれぬような荒廃があらわれている。その荒廃の再建を夢想するようにしながら、障害児学級の子供たちへの教師たちの態度、あるいは普通学級の子供たちの、これらの子供への態度を見ていると、今後の日本人の自己教育の大筋にとって、障害児学級そのものが決して無意味ではないという気持が強くなってくるのであります。

私の子供の学校には障害児学級がある。そして近くにある私立の学校には障害児学級がありません。そして端的に、自分の子供を自転車で学校に送り迎えしていたころなど、そのふたつの学校の子供たちの、障害児への態度がすっかり違うのに気がつきます。もちろん私の子供の学校の子供たちがつねに障害児に好意的であるのではありません。当然に意地悪なこともしますす。しかし一般にかれらに、この世界にはそういう能力に障害のある人間がいること、そしてかれらも自分と同じ権利をもった人間であって一つの共同社会を構成しているのだという、民主主義的な感覚があるように思われるのです。毎年、新入生が入ってくるたびにわれわれ障害児の親は注意していなければなりません。ほとんど恐怖にちかい敵意をむきだしにして、石をぶつけたりする子供もいますから。しかしそういう子供たちが、夏休みのころになるとある変化をとげてくるという感じがします。これは障害児学級がもっている、普通学級の子供たちに対する想像力的な教育ということじゃないでしょうか？

それに反して、さきにいった障害児学級のない私立の学校の選ばれた生徒たちとわれわれの子供たちとの間の障壁は、これは生涯ついに乗りこえられることがないのではないかという思いがします。直接に暴力的な行為や差別すらもそこには生じえないような決定的な断絶が、これらハンディキャップのある弱い子供らと、エリート・コースに進もうとする、それら選ばれた子供たちとのあいだにあると観察されます。それをを考えれば障害児学級にはそれ独自の、普通学級への教育効果はあるのであり、その教育効果の根本は自分と違う弱者の立場に身をおいて考える力をやしなうということであろうと思うのです。自分とは違う、障害によって自分より弱い人間の側に立って社会的にものを見る・考えるということ、それもひとつの想像力のかたちであります。それは単に優しさといってもいいものですが、人間的な優しさをつくりだす教育とは、おそらくもっとも困難な教育のひとつであるはずです。

この障害児学級の息子の同窓生たちのために、そのような子供たちが将来この世界で生きてゆくためのハンド・ブックというものを書きたいと、私は考えるようになりました。そのような障害児学級の子供に理解できる言葉で、この世界、社会、人間とはどういうものかをつたえ、それでは元気をだしてこれらの点に気をつけて生きていってくれ、といいたいと考えたのです。たとえば生命とはどういうものか、を短かくやさしく書く。私が全体を書く必要はない。様ざまな友人たちが、たとえば音楽についてなら武満徹さんが私の息子にむけて書いてくれるだろう。そのように思ってはじめた仕事でしたが、実際には気の遠くなるような困難だらけなのでした。単純明快なことについて、生きいきした想像力を喚起するような言葉で書こうとしても、書くべき現実がそれを許さないということが、あらゆることどもについてあることにすぐさま気がつかないわけにゆかなかったからです。

たとえば、海という言葉を書きつけます。海がある、そこに魚が住んでいる。ところがその海という言葉が私にすぐさま喚起するのは、自分の生まれて育ったところに近い瀬戸内海の汚染された海のイメージですし、そこに苦しんで住むといえば感情移入が不正確かもしれぬけれども、そのような魚です。しかしそれを無視して、美しい海、きれいな魚と現実へのダイナミックな関係なしに書いても、それは子供のためのハンド・ブックにならず、作家としての自分の自己教育にもならないという辛い気持に、すぐさまたちいたったからです。

この経験をある新聞記者に話しますと、最近の国語ブームとでもいうか、その先入見にとらえられていたかれは、インタヴィュー記事として、日本語は乱れているところを私が嘆いたと書きました。これは私としては困るところがある。私はオーソドックスな作家・批評家から見て、およそ日本語は乱れていると非難する厳粛なコーラスに加えてふさわしい作家ではないだろうからです。(笑)

私は新聞記者にこういったのでした。日本語が乱れているという批判があり、確かにその実態がある。それは私といえども悪い状況だと思う。しかしそもそもの現実が乱れているのだ、現実が荒廃しているゆえに、つねに現実との相関関係の上でその現実を表現するものとしての、言葉が荒廃しているのだ。したがって、言葉をただすには現実を造りかえなければならぬ。現実をわずかながらでも造りかえてゆくことを希求しないで、言葉の上でのみ架空の美しさをととのえても、人間の根本の課題としての「国語問題」は解決しないだろう、ということをいったのでした。海を美しくよみがえらせなければ、海という言葉だけ、美しい形のととのった文脈で使っても、その言葉がわれわれの想像力に喚起するところのものの荒廃は解消しない。海は醜いままに、荒廃し死に瀕したものにしておいて、そして子供にむけて美しい海という言葉を書くことの、なんという反・人間的な無意味さだろうか。沖縄の海洋博にむけて、海という言葉がいかにむなしくかざられ、それと裏腹に海の汚染がいかに進んだかを思いおこしていただきたいと思います。

こういう真の言葉の荒廃、構造的な言葉の荒廃が、なぜ生じるかといえば、そういう言葉の使い手たちが、言葉を現実からすっかり切り離しているからです。本来言葉とは、われわれが現実に対して、そこに生きる人間としての自分の責任をかけながら、その現実を言葉としてとらえる、その仕方でしょう。なぜわれわれが言葉を、文章を書きしるすか？　それはこの現実のうちにひとりの人間として生きながら、自分がどのような人間的態度をこの現実に対してとるか、人間の仲間に対してとるか、また未来に属する子供たちに対してとるかということをあきらかにするために、われわれは言葉を選び、文章を書くのであります。

その本質から離れて、言葉、文章を現実および現実への人間的責任からすっかり切り離してしまえば、どんなに美しい言葉も、どのような状況下においても書きしるしえます。むしろ現実に逆行して、現実をねじり伏せるようにして、言葉だけを美しくすることも可能となるでしょう。フランス語で bonne parole という言葉があります。現実の実相とは無関係に、むしろ現実をゆがめ、実相をおしかくしながら、美しい言葉だけをふりかざす。その bonne parole によってとくに動かされやすいのが青春の人間だとすれば、bonne parole によってむなしく励まされて、まったく悲惨な方向へ青春が動員され、かれらを先頭に国家全体がなだれをうって倒れかかるということが、三十年前のわれわれの国家体制にもあったのでした。そういう勢いにどう抵抗するか？　そのためにはまず言葉のほんとうの意味を回復しなければならないはずです。われわれの発する言葉が、それに対応する現実をほんとうにはっきりと表現しているか？　自分の発する言葉が、現実と自分との真のかかわり合いに深く根ざして発せられているか？　その反省を言葉に対してもつということが、もっとも基本的な言葉に対する、ひいては文学に対する荒廃からの回復の道だと私は考えています。

その道の具体的な開発のために、どういう手がかりがあるだろうか？　そのひとつとして私はあらためて子供の言葉ということを思います。自分の子供にむかって、かれらにも理解しうる言葉でこの世界・社会について、あるいは人間としての自分の生き方について伝えようとする。しかもそうしながら現実を覆いかくし歪めることはしない。自分をふくめた現実の荒廃もはっきり見すえる。それを正確に言葉で子供に伝えようとする。その言葉で伝える行為がそのまま、そのように荒廃した現実を造りかえねばならぬという希求を、自分と子供とで共に確認することであるように話す。それをおこなうならば、われわれは自分のまわりの現実とそれにかかわって生きている自分という人間についても、ごまかしなしにものを見るということをはじめるほかにないであろうと思います。同時にそれを子供たちに確実に伝える努力によって、自分の言葉を正確にしてゆく訓練をつむことになるだろうと思うのであります。

想像力についてのバシュラールの定義に戻れば、現在、われわれのまわりにあるイメージを、そうではなくて、ここにない別のものに造りかえる能力が想像力ということでした。それはわれわれがそのうちに生きている現実を、既成のそれでない新しいものに造りかえる力が、想像力に根ざしていることをもあきらかにします。そこにおいて、文学における想像力は、現実における想像力と本質的にむすばれるのです。

われわれの年齢になりますと、子供の時期に発して現在まで生きてきた永い日々での、真に大切だったと自覚させるいくつかの生涯の瞬間が思いおこされます。その意味づけは自分にもまだ把握できないが、その思い出にはいつも生きいきと喚起される、というようなものもあります。とくに子供のころのそのような瞬間、思い出を、私はしばしば克明に再現してみようとします。再現しながらその光景のなかにひとりの子供を、かつて自分がそうであった以上自分にちがいないが、大人になったいまは単純にそうともいえぬ、ひとりの子供を置きます。その子供の眼にあの経験はどう映ったのだったか、どのようにそれは現在の私自身にまで尾を引いているのか？　それを言葉によって書きしるしてみることが、私には自分の想像力を鍛えるために具体的に有効な手段であったばかりでなく、しばしばそれは新しい小説への契機でもありました。

われわれの誰もが、そのようにそれまでの生涯の大切な瞬間、イメージを持ちつづけているはずです。それをあらためて現在の自分の言葉で、克明に再創造してみる。そこに自分がかつてそうであったひとりの子供を置いてみる。その自分の思い出のなかの光景、そのなかの子供の眼と現に生きている自分自身の意識、その三点をつないでみれば、これまで私が話してきました根本の主題、なぜ表現においてそこに描き出される子供が生きいきとして想像力的な役割をはたすのかということが、あなた自身の経験として理解されるのではないかと思います。同時にそれは現にこの現実世界のなかに生きて、既成のイメージに埋もれてしまっている自分自身から、ほんとうに想像力に根ざした新しい現実、現実を造りかえる見方を引き出してくる経験となって、なによりもそれを自分の子供たちに生きいきと伝えることができる、ということにもなるように私は考えるのです。

ドストエフスキーのあの美しい演説を思いおこしつついえば、そういうふうにして自分のなかに新しく開かれた世界を子供たちに伝える、そのような言葉こそは、それらの子供たちの生活において、最も重要な、最も根本的な教育となるはずのものです。その言葉を子供たちに向って語ることによって、われわれは自分自身の魂を洗い直す自己教育の経験を味わいうるのであろうとも思います。われわれおとなが子供のための文学を読んでしばしば深く感動するのは、今のべたような言葉をめぐる経験を、個人の規模から離れて文学という一般に開いた場所で行なっていることではないでしょうか？

われわれはずっと以前子供だったわけですし、結局われわれが死んでいく以上、われわれの希望も次の世代の子供たち、またその次の世代の子供たちに向けて、われわれがかれらの魂をどれだけ想像力的に開かれた、新しいものに造り出しうるかにこそかかっているわけですから、われわれがしばしば自分自身のなかにもうひとりの子供の眼を、子供の感受性を、子供の魂を生きたものとして活動させながら、自分の言葉を想像力的に鍛え、自分の現実に対する態度をもただしていくということは、未来にむけて、おそらく原理的にまた現実的に有効な、われわれの再生への希求の表現であろうと思います。

〔一九七五年〕

全体を見る眼（講演）

一九七〇年秋から、岩波講座『文学』を編集するため、永く続いた討論に私は参加してきました。この講座は、文学について根本的に、かつ多様に考えてゆこうとする講座でありながら、それゆえになおさら危機の深まる現代世界の現実を把握する、終末の可能性とかさねるようにして未来を考える、その場となるような講座であることが期待されたのでした。そのためには、われわれ文学の内側にいる人間だけの討論では足りず、自然科学者、社会科学者にそこに加わっていただくということがつみかさねられました。とくに野間宏さんは文学の境界を越えた討論に熱心で、わが国のもっとも秀れた専門学者たちに話をうかがうということを精力的におこなわれました。私はその席につらなりながら、たとえば人間の未来を細胞の段階からつくりかえることの可能性に展開してゆく、分子生物学者の話の、そのそもそもの基本的説明において、ヤツメウナギにおける免疫反応の原型というような話のみを、やっと理解できるように思ったりもしたものです。われわれは現代科学の最尖端にたちむかうドン・キホーテとサンチョ・パンサのようでありました。（笑）

しかしそれらの科学者、社会科学者の方たちが、われわれとの間の討論に、つねに積極的な協力をしてくださったのは、現代世界とその未来についてのわれわれの把握の仕方、考え方に、あるいは把握への希求、考えようとするねがいに、ある共通性を見出されたからではないかと思うのであります。討論はこのように広範囲に及びましたが、とくに文学の原理的側面について考える時、われわれはつねに具体的に議論してゆこうとしました。たとえば想像力論、言語論のように、とくに構造主義者たちを中心とした考え方の発展をみますと、すでにそこで明確にされた理論を援用すればやさしくすすめられたかもしれぬことも、あらためて具体的な文学の現場、言葉の実際から、それを考えてゆく態度をわれわれはとりました。われわれがこのような時代に生きている、このような状況に生きている。そのなかでどのようにして文学が切実に必要であるのか、そこにまず足をすえ、そこから現実の多様な側面に広がってゆく、歴史にさかのぼってゆく、未来を見る力ともなってゆくものを追求するというのが、われわれの根本の態度でありました。

そのようにしておこなわれた討論の根本的な課題の一つに、全体とは何か、全体を見る眼とはどういう眼であるのかという問いかけがあります。そしてそれは、討論なかばで亡くなった高橋和巳さんが、最も強く主張した観点でありました。われわれは高橋さんが亡くなられたあとも、高橋さんの主張がいつも討論の場を照らす光であるように、それをつねに考えながら編集を進めてきたと思います。高橋さんの考え方は、大学闘争の経験に立っていました。高橋さんの見るところでは大学闘争の全面的な敗北、衰退のあとで、日本人の青春の全体に解体が行なわれてしまった。解体して総合性を失ってしまったこの日本人の青春に対して、もう一度人間の全体像を与える、また世界全体をとらえることを可能にする、根本の思想を提出したい。しかもそれは文学を通して行なうほかにない、というのが高橋さんの主張でありました。私はかれの主張に対して自分なりに答える言葉を、討論がつづくあいだいつも考えてきました。それをこれからお話ししたいと思います。高橋さんが生きていられたとすれば、かれもまた今日ここでこのテーマについて話したはずであります。

全体を見る眼というのは、われわれが生きていることの状況の全体を見通す、現代世界の全体を見通し・把握する、その仕方を考えるということでまずあるでしょう。同時にそれは、この状況のなかで、現代世界のなかで生きている人間の、そのひとりの人間としての全体をとらえる、その仕方でもあると思います。そして私が考えますのは、そのような状況、現代世界を眺めてその全体を把握する眼が、そのままその状況のなかで生きている人間の全体をとらえることに重なってゆくのが、文学であるということなのであります。文学による人間の把握の仕方は、このように二つの側面をもっている全体を、有機的な一つの構造としてとらえるものであるということを、私はいわば仮説として考えて、それを証明してゆきたいのです。私はその証明を、具体的にトルストイの『戦争と平和』に対するひとつの読み方をつうじておこなってゆきたいのですが、その前に、文学におけるこの全体を見る眼の機能は、創作の世界においてのみあらわれてくるのではなくて、もちろん文学の批評、文学研究のかたちにおいても示されるのだということに注意を喚起したいのであります。批評や研究についてもそのように考えてゆくことが、この講座のための討論のひとつの性格でもあったのです。

私が一時代とそこに生きる人間の全体を表現している文学研究としてここにあげたいのは、渡辺一夫先生の生涯のお仕事であります。先生のお仕事は、まさに専門的なラブレー学者の仕事でありながら、フランス・ルネサンスの全体はもとより、それを越えて人間世界の全体および人間そのものの全体をとらえている。しかもその仕方がそのまま、渡辺一夫という人間とその時代を全体的に表現していることが見られるのであります。

渡辺一夫先生の生涯の事業であった『ガルガンチュワとパンタグリュエル物語』の、岩波文庫版としてその最終の到達点が結実した翻訳と注釈は、まったく独自な性格を持っています。それはフランス・ルネサンスという特別な時代に、ラブレーが表現する人間としてどのようにその時代全体に対したかを、その全体像を、日本人のわれわれに向けて再現する、むしろラブレーの生き方をそのようにして追体験する、不撓不屈の作業でした。そして具体的にそれは言葉のひとつひとつを研究し、注釈し、翻訳してゆく執拗な仕事でした。そこでラブレーを正確に読むこと自体が、そのままフランス・ルネサンスの時代の全体の研究に展開し、そこに生きた人間の様ざまな個人の全体像の把握となり、自然にそれを越えて人類一般に向けての考察が現われてくる。そこには先生自身が生きてこられた、われわれの国の同時代と日本人像についての先生の全体的な理解も呈示される、そういう仕事であると思われます。rabelaiserie, rabelaisien というような言葉が、すなわちラブレー的な世界をめぐっての、そういう言葉がフランス語圏はもとより、英語圏でもロシア語圏でもそれぞれに使われるように思いますが、私はこのような言葉が最も全体的な意味、最も総合的な意味をもって一般の読書人に伝わりうるのは、わが国ではないかと思います。それは、渡辺一夫先生のなしとげられた仕事によってであります。

渡辺一夫先生が亡くなられましたときに、私は新聞に短い文章を書いて、先生は『フランス・ルネサンスの人々』におけるようにユマニストたちの肖像を正面から描いてこられたけれども、その晩年にはユマニスト像そのものを描かれることはなく、むしろわきのほうに位置する人物を描かれるようになられた。それは先生の最も後の時期の教室での経験から、若い人たちへのメッセージ伝達の不可能の気持をもたれたためではなかったかといいましたけれども、あらためて先生の晩年の三作を読み返してみますと、私の意見は先生の死のショックもあり、感情的にすぎたと思います。

晩年の三作、(a)『戦国明暗二人妃』、(b)『世間噺戦国の公妃』、(c)『世間噺後宮異聞』が浮かびあがらせるのは、フランス十六世紀の宗教戦争時代の全体像であり、そこに生きたユマニストたちの希求の実現として宗教戦争の終結をもたらした「ナントの勅令」を発布するアンリ四世なのですから、先生はまったく徹底的にそのフランス・ユマニスム研究家としての生涯をつらぬかれたというほかにないと思うからです。

これらの評伝における渡辺一夫先生の方法は、フランスの十六世紀から現代に至る数多くの文献から選び出した文章を翻訳・注釈するやり方でした。それは古い異国の人間を、その風土と時代のままに十六世紀のフランスをそのまま描き出すことでありながら、しかもその注釈のスタイルは、かれらの時代と人間を現代日本に生きるわれわれの思想、感性に深くかかわらせる効果をあげました。それは鷗外の史伝のスタイルに比較されると私は思いますが、ひかえめにいっても外国文学研究者の仕事として戦後もっとも注目すべきスタイル、文体の発明が為しとげられていると思うのです。しかもこれらの三著を読み合わせると、そこには周到な全体性への企画がこめられているのが明らかになります。(a)におさめられた二篇のうち、『エプタメロン』の作者マルグリット・ド・ナヴァールとシャルル・ド・ブルボン大元帥との恋をあつかった作品は、宗教戦争の国際的環境のなかで、どうしても叛逆せざるをえない武将の運命を描きながら、アンリ四世の母がどういう血筋をひいたかをまず呈示します。なぜなら(b)で描かれるアンリ四世の母、ジャンヌ・ダルブレは、このマルグリットの娘だからです。(b)はアンリ四世がどのような少年期をすごさねばならなかったかを、新・旧両教の権謀術数の荒波をじつに賢明に強く生きて、息子の育成にうち込むジャンヌ・ダルブレの美事さをつうじて描く、というモティーフでつらぬかれています。同時に彼女の政治的なしたたかさも決して見おとされてはいません。

そして(a)におさめられたもう一篇の、マルゴ公妃はアンリ四世となる前のアンリ・ダルブレの妻となり、結婚直後に聖バルトロメオの大虐殺を見なければならず、そしてアンリ四世と別居して、色情狂といわれるような生涯を送った女性の肖像です。(c)が描くのはアンリ四世となった王が、「ナントの勅令」を発布するその前後を、ずっと王の寵姫として過ごし、毒殺されたのかもしれぬ恐しい死を遂げるガブリエル・デストレです。その描き方はマルゴ公妃よりももっと世間知らずの、単なる美しい人形のような姫としてのガブリエル・デストレであり、その美しい「幻」をきざみながら、その向うにアンリ四世の肖像をもっとも明確に強くきざみ出していくのです。

この最後の本の前書きに先生は、モンテーニュから、de biais という言葉をひいていられます。de biais 斜めから見る、斜めのほうから表現する。これらの女性を通じて、先生は斜めの方からしか見ることの可能でない、時代と人間のそういう実体を描き出されたと思うのであります。先生は自分の作品について、これは斜めから見た仕事にすぎぬといういいかたでもって、de biais の仕事といっていられるのですが、そして実際にそう考えてもいられたのでしょうが、de biais ということには、先生の誇りと自負もまたこめられていたのであって、まさに斜めからしか見られないような女性像を、それゆえにこそ実感をこめて浮かびあがらせながら、それらをつみかさねて歴史の全体像を表現するという仕事を、達成されたのだといわざるをえません。

そのように結局は十六世紀をその全体として見つめ、把握しながら、宗教戦争の残酷さによって受けた傷を性愛や、やはり性的な匂いのある激しい信仰によってしかいやすことのできぬマルゴ公妃や、美しい人形のようにアンリ四世に愛されることだけにしか生き延び方はなく、しかもその果てに酷い死をとげるガブリエル・デストレの不安と孤独を、同時にそのような愛人によってしか慰められぬまま、自分自身幾度も改宗して危機をのりこえ、宗教戦争の終結をもたらす大事業をとげたアンリ四世の孤独というものも、先生は表現されます。そしてその表現の仕方のうちに、私は先生の晩年の精神像をもまた見ずにはいられないのでありります。そこにあらわれてくる渡辺一夫先生の精神像は、やはり全体的なひとりの人間の巨大な内面です。それはわれわれに、ある専門的な文学研究も、それ自体でひとつの全体性をつくりだすとき、それは研究者の人間の全体性というものをもまたそのまま表現することを教える、具体的な、力強い例であろうと思います。

文学作品そのものについていえば、事態はなおさら明瞭になるはずです。そこで『戦争と平和』について考えを進めましょう。この大きい作品をいちいち読みかえしながら話をしては時間が不足してしまいます。そこで附表に岩波文庫版をテキストにして、五十個所にこの小説の読みとりのポイントを置いた、私のひとつの読み方を示します。それを見わたして、私の話しますことにかさねていただければと思うのであります。

さて私のあきらかにしたいことは、文学によってある人間の全体を表現することが、その時代の全体を表現することにもなるという、文学の根本的な構造であります。いいかえればそれは、じつは表現ということそれ自体の特質であって、文学の表現のみに限定されるのではありませんが、とくに文学をつくりだしてゆく行為は、ひとりの個人が、個としての人間が全体を見ようとする、世界全体を見ようとする、また自分自身の人間としての全体を見ようとする行為であって、それらは文学においてつねに相重なる構造をもっている。一つの構造として相重なるものであると私は思います。そしてトルストイはその構造の生み出すものを最も総合的に実現した小説家であろうと考えるのです。それが『戦争と平和』を選ぶ理由です。

もちろんわれわれ現代文学の言葉と方法の世界に生きている、二十世紀小説の歴史の流れに立って小説を書いている作家にとって、トルストイの方法が、そのまま直接的にわれわれの方法になるということはできないように思います。トルストイの言葉と方法によって現代世界とそこに生きる人間を描くことはできない。しかもそれと矛盾しないで、われわれの文学における全体を見る眼という原理を考えようとすると、トルストイの作品を基盤において考えることが有効なのであります。われわれは文学を手がかりに過去のさまざまな時代にさかのぼってゆく。その時点を、かれらの「現代」とする作家たちによって書かれたある作品を読む。その時代の人間のあり方、かれらが世界と人間をどのようにとらえるかということを、自分の内部にいま進行する事態としてとらえてゆく。そのような読み方をつないでゆけば、われわれは人間の精神史を、様ざまな局面を通じて具体的に把握することになります。われわれが様ざまな時代の精神史の一局面であるところの文学作品を、いま生きたものとして読むことは、その精神史の局面をわれわれが生きている今日の現代世界にかかわらせて、われわれに自分の世界と人間をその照射のもとに考えなおさせるということにもならざるをえません。

したがって、この講座の特徴をあらわすものとして、われわれは文学史のかわりに「表現の方法」の展開をさぐってゆくことにし、しかも「精神史の局面とした」各時代の文学を考えるという工夫をしましたが、それは文学史をスタティックな歴史として整理するのでなく、古代から人間の精神がその時代特有の表現の方法を見出しながら、様ざまな局面において、それ自身をあきらかにしてきた、その具体的な現われを歴史にそくして展望すると同時に、そのような人間の精神の様ざまな形は、いったん現実化した以上すっかり死にたえてしまうことはないのであって、現在のわれわれの肉体と意識のうちにすべて生きて動いている、生きて動きうるものである。過去の時代の文学を読むということは、そうしたわれわれの精神のある局面に特に光をあてつつ、この現代世界と、そこに生きる人間を読むことでもあると私は考えています。

私が『戦争と平和』について五十の部分を選びながらつくりだした表は、それを見わたすだけで、ここに描かれた人間が時間の軸にそって幾たびも回心を繰り返し、そしてかれの人間としての全体性をつくりあげてゆくということを示しうると思います。私がとくに選んだ人物は、アンドレイ・ボルコンスキー公爵と、ピエール・ベズーホフ伯爵、そしてナターシャ・ロストフです。しかもアンドレイは、とくに死との関係において、またピエールとナターシャは、かれらの生涯の幾たびとなく繰り返される自己実現の危機のあと、結婚して次の展望にいたる、その生活史を追っています。そしてもう一つの焦点は戦争そのものです。ナポレオンとロシア軍との二つの戦争が、どのように全体的にとらえられてゆくか、その視点と方法の多様さを総合できるように、各部分がとりあげてあります。

最初にあらわれてくる段階でのピエール・ベズーホフの特徴は、かれがじつに様ざまな印象をあたえるということです。かれはしだいに自己を実現してゆき、大きい人間になるのですが、はじめからそういう若者として人間的な大きさ、全体性がはっきりしているのではない。その宙ぶらりんの状態をトルストイはどのように描くか。どのようにその可能性として大きいものをはらんだ青年を作品世界に導入するか。それは多様な視点の使用によってです。とくに重要でない多くの脇人物に様ざまな彼をとらえさせ語らせるという形で描いてゆきます。そしてそのなかに、ピエールとは、何かあまりにも大き過ぎるものを見た場合の驚きを感じさせるところのある人物だというような、やがてピエール・ベズーホフの個性の中心をなすものを予言する言葉が書きこまれるのであります。

そのように主に外面からピエールを描いて行って、そしてどのようにピエールの内面を表現する段階に進むか。トルストイはそのためにピエールの父伯爵が死の床にある情景を選びます。その情景の独特の重要性を表現するものとして、トルストイはピエールの視点を採用するのです。あの放蕩者で風変りなピエール。しかしかれの目でこの厳粛な状況を見ると、それはどう見えたかということを描くのであります。ピエールの視点を通じて描かれる死の床は、はじめて厳しさと悲しみのこもった情景として、非常にはっきりした照明を浴びることになります。それと同時に、しかもわれわれはそのようにものを見うる眼をもったピエールの内面の複雑さ大きさ、深さというものもまた、そこに表出されるのを見るのであります。

視点について、二十世紀の小説は一般にある厳格主義を採用してきました。一つの視点を決定して小説に導入すれば、その視点は小説の全体をつらぬかねばならないという方法論が、固定観念のようにすらなってきていると思います。それは確かに小説の世界にリアリティを持たせるために有効だったし、サルトルがモーリヤックについて批判した文章が代表するように、作家は神ではないのだから、やはり人間の条件に制限された視点で人物を見るのでなければ、本当らしくない、という発想は広く公式として認められました。しかも二十世紀の小説の方法のそのような特質によって、かならずしも十九世紀の小説のこのように多様な視点の採用、自由な移動を否定することはなかなかできない。それはむしろ可能でない。なぜなら、たとえばトルストイの実作にはその方法について説得力があるからです。現にわれわれの時代の芸術も、映画においては、このような視点の移動の自由というものを、十九世紀の小説から受けついでいるわけであります。まったく否定しがたい明瞭さで、トルストイの方法としての視点のさまざまな移動は、多面的な効果を上げている。世界と人間の全体性を表現しえている。したがってわれわれは、それを乗り超える効果を自分の二十世紀の小説の方法であみだすことなしには、小説の視点は一つの視点だけに限らなければ本当らしくないというようなふうには、新しい小説の優位性を主張することはできない。

トルストイの視点の移動はじつに意識的で、ピエールは突然に遺産をうけついで金持ちになったあと、美しいだけで内容はないと自分でも思っていたエレンという女性と結婚してしまうのですが、そのエレンとの結婚を決意する場面は、映画のクローズアップに似た微視的な視点で描かれ、失敗する結婚の、その時点での自然さを表わすのです。エレンの肩の美しい皮膚を近ぢかと見ると、単に肉体的な衝動から、自分はこの女と結婚するほかにない運命だと考えてしまうというふうに。

その微視的な視点に対して、巨視的な視点が導入されるのは、戦争の情景です。しかもここでその全体が執拗に把握されようとする戦争は、ただ一様に巨視的に描かれるのみでもない。戦争を構成する個と集団のダイナミックな関係がまことに多様に呈示されて、ついに全体としての戦争が描きあげられてゆく。戦争は、一等はじめまず不正確な、視野を限定された人びとの噂するものとして現われてきます。もちろんその噂は正確な視点による戦争像がわれわれの前に現われてくることで正され深められる。それもついには戦場で死ぬアンドレイ・ボルコンスキーの戦争観という形でくっきりと現われます。これは個のとらえる戦争です。つづいて個が体験している感情を、その個の集団が参加している戦争の、集団全体にあたえるインパクトにひろげて把握する見方が出てくる。軍隊の全員の不快な意識。その戦争にひきずりこまれて生死をかけている、その現場での個の不快感が、しだいに全体としての怒りと憎悪になってゆく。それは直接には、まずい戦争を指揮しているドイツ人将校たちへの怒りと憎悪に集約されるのですけれども、その描写は一挙に軍隊という集団のなかの個を、集団ぐるみ呈示する効果をあげる。個人の内面を通じて描かれはじめた戦争が、その個人の怒りの感情を契機にして、一挙にその戦争に参加しているロシア将兵全体の怒り、憎悪の総体を突きつけてくるものへと構成されてゆくわけでありま す。

この個の感情をきっかけに集団の全体の感情を表現する方法は、われわれの文学の世界では大岡昇平氏の

『レイテ戦記』にも効果的に使われています。この総合的な戦記は、むしろ個人の感情をおさえて書き進められながら、レイテの戦いに参加しているところの日本人将兵全体にこみ上げてくる怒りを描いて、それが戦争の性格そのものを決定してゆく過程を、全体的に浮かびあがらせています。それは太平洋戦争の歴史の実体そのものであるような、集団全体の怒りの表現になっています。

　このような技法にはじまり、トルストイは戦争の全体像を描き出すためにありとある方法を駆使します。附表に整理したものだけでもその多様さは明瞭でしょう。しかもトルストイはとくに後半繰りかえされる戦争論、個と集団、歴史についての議論を、そのままこの小説の書き方、エクリチュールの説明、正当化にも役立てていると私は感じるのです。すなわち戦争の進行はこのように全体化されてはじめて、個人の意志を超えた真の実体をあらわす。

附　表

『戦争と平和』ひとつの読み方

＊『戦争と平和』を、A、B、Cの三つの柱にしたがい、五十の部分を選び出して読んでゆく。ページ数が示されているが、その周辺にまたがってそれらの部分が展開している場合もあるし、一応の目安にすぎない。テキストは岩波文庫版、米川正夫訳。I 100は訳書第一巻一〇〇ページを指す。また第一巻の終りまで巻名の表示は省略する。各巻について同じ。

	1 2 3 4 5 6	7	8
A アンドレイ・ボルコンスキーと死			II 27 アンドレイと死
B 戦争			
C ピエール・ベズーホフとナターシャの生き方	I 33 72 74 87 90 121 ピエールの様ざまな印象が描かれる。視点をかえることによって、多様な側面が出てくるが、自己認識においてもまだピエールの巨大さは実現していない。しかし約束としての巨大さ。ナターシャの少女としての登場。	174 父伯爵の死の床の情景が、はじめてピエールの内面を個性的に示すところの、ピエール自身の視点で描き出される。	

小説も全体化を進めることによってしか、そこに描かれる個人の全体的な姿を、作者の恣意から自由なものにたかめることができない。このように単純化するとこぼれおちるところが多いのですが、私は作品自体をあらためて読みかえして、戦争論と小説論の重なり方、共鳴音の響き方を検討していただきたいと考えます。

　さて、妻の裏切りと決闘を経験したピエールが、絶望の深みから救われるのは、フリーメーソンになることによってでした。もちろんそれによってピエールの精神的放浪は終らぬのですが、トルストイのこうした回心の経験の描き方の特徴は、すくなくともピエール

	9	10	11	12
との出会いの序となる部分。平和時のアンドレイが変化しはじめている。		130 死についての他者の考えにふれるアンドレイ。かれの戦争観はまだ単純な軍人のそれである。		
	68 戦争を見、戦争を思考する焦点の多様化。それが視点の変化でつくり出されてゆく。戦争の全体化のはじまり。		166 アンドレイの内面に深く根ざした眼がはじめてとらえる戦争。	170 戦争を巨視的にとらえる見方。とくに戦争を描いて多様にあら

がフリーメーソンになった段階では、その選択にすべての救いがこめられていると、われわれに信じさせる力を発揮することです。つづいてすぐにも破綻は生じます。ピエールは次の絶望と回心とを経験しなければならない。それはアンドレイについても同じです。したがって、かれらの生涯の二時点は論理的にいえばつながらない。それを解決するために、トルストイは時間の要素を導入します。時間軸にしたがって二つの時点の矛盾が統一される。ピエールがはじめはフリーメーソンに救いの実現を見、しかもしだいにそれによって満足しえないものを自分のなかに発見して、再び停滞のなかにおちこ

	13	14	15	16	17
			306 明日おとずれるかも知れぬ死についてアンドレイが、やはり軍人としての名誉とともに考える。		339 359 363 戦争という
われてくる視点。				320 戦争が個の不快の意識の全体へのひろがりをつうじてとらえられる。個と全体のダイナミックな関係。	
	181 伯爵の相続人として金満家になったピエールの生活の変化。他人の見方の変化とかさなる新しい自己認識。	190 ピエールの結婚への決して自発的ではない決断。きわめて微視的となる視点。			

んでゆく。しかも、そのようにしてフリーメーソンから離れていくが、ピエールの精神にはフリーメーソンの時代に最も明らかになっていた、かれ自身の神秘主義的に巨大な特質は残ってゆく。それが後の時点でのピエールの行動を説明するのであるし、そのようにして全体化へのいちいちの要素は積み上げられてゆく。あの時は錯誤していたのだ、ということで切り棄てられるのではないのです。

　ナポレオンのモスクワ侵入にあたって、ピエールはたしかにフリーメーソンとつながる神秘的な考え方に取りつかれる。ナポレオンは「黙示録」に描かれた、あの世界が滅びる前に出現す

18　19	20	21	22	23
巨大なものにまきこまれていたアンドレイの死に瀕しての回心。無限の大空にあらわされる超越的なものへの開眼。				194　妻の死によって生
	Ⅲ 54　決闘によって妻の情人を倒したピエールが、ついに妻に怒りを発して別居する。	112　ピエールがやがてフリーメーソンの一員となることによって達成する回心へむけて死と生について考えはじめる。	169　フリーメーソンとして更生したピエールの、その回心が早くも相対化される。	

る獣であって、ロシア人ベズーホフたる自分こそが、名前の数字的解釈によれば、かれを殺さなければならぬ人間だと、ピエールは決心します。しかも、ナポレオンを殺戮しようというような非常に巨大な願いを持って、燃えあがるモスクワをうろついていながら、ピエールは東洋系の一婦人が辱しめられているところを見ると、たちまち激情に捉えられて彼女を助けようとし、フランス軍の俘虜になってしまう。しかも時間軸にしたがって大きく揺れ動くピエールを見てきたわれわれには、そのように不合理な冒険に自分を駆り立てるピエールを、かれの人間としての全体性のなかで認めるほかないのに気

	24	25	26
と死について懐疑的になっていたアンドレイが、ピエールとの対話をつうじて新生活への転換をおこなう。アンドレイとピエールのお互いに内面がいれかわっているような複雑な構造の対話。	254 アンドレイが再び諦観にもどる。それはすぐにくつがえされるが、この時点では真実である、というトルストイの繰りかえす書き方。	261 アンドレイが現実への参加を決意する。非論理的つながりが、時間の軸によって正当化される。	Ⅳ 33 アンドレイの現

がつくのです。フランス軍の俘虜としてその退却行についてゆく仲間に、プラトン・カラターエフというひとりの民衆がいる。かれがピエールにはじめてロシアの農民がもっている人間としての知恵、全体としてのロシアの民衆のなかに生きているひとりの農民というものを、その存在感を教えてくれる。ピエールはカラターエフの人間性にふれることで、俘虜の立場にいながらも、自分を自由な強さをもった不滅の魂の人間として自覚するにいたる。そのようにしてピエールは、多様なかれ自身の素質に統一性をあたえつつ、人間としての全体性を実現してゆくわけであります。

	27	28	29
実復帰、その頂点でのナターシャとの婚約。それはピエールの停滞と照応する。			49 アンドレイの反・回心、神秘的なものへの眼をうしなう。ナターシャへの愛の時期から、死に直面して新た
		V 8 個の自由と歴史、集団、全体との関わり方をめぐる戦争論。それはトルストイの小説の書き方の自己分析にかさなるようにして、繰りかえされてゆく。	
	310 ナターシャがアンドレイと婚約破棄。ピエールはよみがえりを経験し、はっきりナターシャを意識する。		

しかもトルストイはその周到な全体化への工夫を、ここでも網のようにはりめぐらしているのです。単にここに、ひとりの農民と、その経済的基盤を農奴制におきながら農民をしらなかった貴族とをつきあわせるだけで終っているのではない。モスクワ占領の情景のうちに、職工たち、労働者たちが一種の叛乱、暴動に近いものを起こすシーンを描いて、すでにロシアの下層階級に照明を与えています。またボルコンスキーの領地では、百姓たちが領主に抵抗するというモティーフを描いておいて、プラトン・カラターエフという農民出身の人物の、ありうべき奥行を拡大しておく。

	30	31	32	33
に回心するまでの「猶予期間」。				
			161 ナポレオンが破れる条件がつみかさねられる。その戦争論と小説自体の共鳴があげてゆく巨大な全体としての戦争の、小説による実現。	227 アンドレイの領地での農民の反抗。後の
	117 ナターシャが立ちなおってゆく。神にむけての安らぎと幸福の祈り。	121 ピエールの神秘的な使命感の自覚、ナポレオンという「黙示録」の獣に対抗する巨大な人間としてのピエール。		

戦争はその全体性が描き出されつくすとともに終りをつげ、アンドレイは様ざまな回心、反・回心のあと死にあたってキリスト教的な愛を発見する。そして生き残った人びとに深い影を残します。その影の底から浮かびあがるようにして新しい人生を歩みはじめたナターシャと、さきの俘虜生活での啓示によってやはり新しい人間となったピエールは結婚します。

私はE・H・エリクソンの方法、人間観と、トルストイの小説の世界の全体性のつくり出し方とが深く照応しあうと考えていますが、エリクソンの言葉でいえば「アイデンティティーの危機」を乗り超えて成熟したピエールと

		モスクワでの労働者の蜂起にちかい状態とともに戦争への下層からの視点。	
34		281　アンドレイのクトゥゾフ将軍論による、戦争のもうひとつの全体化。	
35	VI　5　アンドレイの戦争の現実への幻滅。戦場へ訪ねてくるピエールの戦争観との対比。		
36		71　ナポレオンのはじめての恐怖心。そのようにじつに多様な方法での戦争の全体化。	
37	86　アンドレイが死に向けてはっきり進みはじめる。同時に愛への昇華の方向性もはっきりしてくる。		

ナターシャの、結婚後の生活を穏やかに描いて小説は終ります。

しかもわれわれはその穏やかな終結のうちに、ある確信をこめて、このピエールとナターシャの生涯には、これまでのかれらの経験したよりもっと大きい事件がおこるにちがいないと予感するのです。それもその苦難を経験した後も、ピエールとナターシャはわれわれがいまその人間としての全体をつかんだ、そのとおりの人間だろうと感じられる。むしろこの大部の小説は、実際には書かれることのない、これからの事件への助走のようなものだったのではないか、とさえわれわれは考えます。そして、これからの事件が書か

38	39	40	41	42
	293 アンドレイのキリスト教的な愛への回心、そこにあらわれるナターシャとの和解。			102 アンドレイの死。ナターシャとともに、われわれの意識はこの
108 様ざまな戦争論の総合。それがそのまま、この小説を全体化する書き方を説明することにもなる。				
		311 戦火のモスクワでのピエールの行動。ナポレオン殺害のかわりに一婦人を救おうとする。	Ⅶ 80 ピエールが俘虜となり、はじめて出会う民衆カラターエフ、その全体観。	

れないまま小説が終るのは、すでにこの二人の人間の全体性がわれわれの意識の中に実現された以上、むしろわれわれ自身がそれを自然に書きあげてしまう、そのような方向性のうちに自分の意識が解き放たれているからだと気がつくのです。

この後に起るべき事件についての、実際に書かれているヒントは、次のようにわずかな会話のみです。ピエールは戦後復興した社会のなかで重要な位置をしめている。そのようなピエールの考えることとならばすべて自分はそれを受け入れようという方向にナターシャは成熟しており、そのナターシャに映る自分の像にピエールは満足を覚え

	43	44	45	46
地上にないものへの投企の姿勢をあたえられていることに気がつく。				
		193 全体と個とのからみあいとしての戦争の把握の、もうひとつのかたち、パルチザン戦。そして戦争の終りへ。そこにはトルストイ自身をふくめてあらゆる戦争論への相対化の視点も見える。		
	151 俘虜でありながら、ピエールは自由な不滅の魂としての自覚をもつ。新しい回心の始まり。		283 ナターシャがその生命の盛りあがる力によって、アンドレイの死から回復してゆく。	327 解放されて回復期

ているのですが、かれはナターシャに自分がペテルブルグでどのように有力な人びとをまとめることができたかを話します。《それに私の思想はきわめて簡単明瞭なんだ。私は別に誰それに反対せよとは云わない。我々にだって間違いはあり得るからね。私はただこう云うのだ、善を愛する者は互いに手をつなごうではないか、そして実行的な善を唯一の旗幟とせよ、とこうなんだ。》

　それに対してナターシャはただ、プラトン・カラターエフなら、あなたの考えに賛成するだろうかと、ピエールへの愛をこめていうのみです。私もこの会話の場に立ちあっているような思

	47	48	49	50
にあるピエールの自由の感情と、神の存在の感覚。	VIII 36 ピエールとナターシャとの間の愛の成就。未来におこることへの予感的萌芽。	93 ナターシャの結婚後の成熟としての変容。	100 ピエールの同じく成熟としての変容。エリクソン流にいえば「アイデンティティーの危機」はピエールもナターシャもそれを乗り超えている。	140 デカブリストとしての新しい苦難にみちた未来へピエールとナターシャ、そしてわれわれみなが、押し出される。

いで、こんなふうに考えます。ピエールは二つの戦争の時代をあのように生きてきた。かれの人間としての全体性を実現するための生き方をずっと見てきた、むしろともに経験してきたわれわれには、いまピエールが私の思想は簡単明瞭なんだという時、それを信じずにはいられない。そしてその考えに立ったかれが、悪において手をつないでこちらを迫害するような人びとに対するには、自分たちもまた実行可能の善の旗幟のもとに手を結んで、実際行動をしなければならないという時、われわれは自分もそれに賛同しないではいられないのです。

そのようにわれわれを信じさせる力

は、まず二つの戦争の苦難を経たロシアのこの時代の全体像に発しています。同時にその全体的な時代のなかで、しだいにそのような人間としての全体性をつくりあげたピエールという人間の強い存在感に根ざしています。こういう時代に、こういう人間が生きているならば、かれはかれをかこむ世界に対して、またほかの人間と自分自身に対して、どのような方向性をもって生きるだろうか。それは単純明快な方向性、実行可能の善に向けての方向性であって、かれがそのために苦難におちいっても、われわれはそれを納得するだろうと思うようになる。このようにして『戦争と平和』を読み終るとき、われわれの眼にはピエールとナターシャがはっきりと見えている。そしてこのような二人は、かれらの時代の世界のなかで、その世界全体にかかわりながら自分自身の全体性を裏切らぬよう、どのように行動するかということが、はっきり見えているのでもまたあります。それこそが小説を読むことで時代の全体が把握され、人間の全体像が認識されることの、読み手の経験の内容だと思われるのであります。

トルストイが『戦争と平和』の構想を、ロンドンのゲルツェンに語った手紙は広く知られています。自分が書こうとしているのは、戻ってきたデカブリストの物語であって、それは三十年間の刑期を終えクリミヤ戦争直後のモスクワに戻った老デカブリスト夫妻の眼に、ロシアがどう見えるかを描きたいのだとかれはいって、実際にそのように小説を書きはじめたのでもありました。しかしそのように出発しながら、この二人の老デカブリスト夫妻が現代のロシア社会をどう見るかということを描こうとすると、彼らがどのような時代に生きる経験をして、彼ら自身の人間としての全体性をつくり上げてきたかということを見なければならない。しかもそのように、かれがどのような時代によって、その人間をつくり上げられたかを明瞭にするためには、かれらの生きた時代の全体像が描かれなければならない。実際に小説を書きはじめてあきらかになったその方法的自覚から、しだいにトルストイは過去の歴史のなかの戦争と平和の時代に向けて、その時代全体を描くべくさかのぼったのでした。そこで老いたるデカブリストの妻は、喜びに叫び声をあげながら駈けてくる少女として、われわれの眼の前にはじめてあらわれ、つづいて『戦争と平和』に描かれたすべての経験をすることになったのです。それはある人間の全体を描くために、その時代の全体を描かねばならぬということの、内実をよく示していると思います。しかも、いったんそのように描かれて、一時代を生きることでその人間としての全体性を実現した人間が描きあげられてしまうと、もうその人間が老いたるデカブリストとして同時代の世界をどう見るかは描かれなくてもよくなってしまう。ここにこのような人間であるところの夫婦がいる。かれらは現実世界と人間とをこのようにとらえ、このようなまなざしを未来に向けている。それがすでに示されている以上、かれらがデカブリストとしてどのように行動せざるをえず、そして三十年の刑期をどのようにすごし、ロシアに戻っていま現代の社会をどう見ざるをえないかということは、すでに明瞭であるからであります。それは『戦争と平和』を読みおえたわれわれが、自分自身のうちにこそ発見すればいいものなのです。

作家といっても、われわれはひとりの個人的な限界に縛られた人間にすぎません。したがって全体を見る、全体を把握するといっても、それはもともとまさにドン・キホーテ的な試みなのであります。しかもなお文学をつくり出す者は、自分の個に発する言葉によって、世界と人間の全体を把握したいと希求する。そのためにトルストイが採用した方法は、繰りかえし戦争の全体を把えなおしつづけるように、小説の全体を可能なかぎり多様な視点でつくりあげ、それを否定する視点をもちこみ、また新たにそれらすべてを超える視点を積みかさねることでした。

いまや現代世界は、その全体を捉えようとする者にとって、トルストイの方法ではなお充分でないほどの、多様さをそなえたものであるのかもしれない。しかし文学をつくり出す人間は、それでもなお自分の表現しようとする全体にむかって、個人的な方法を模索し続けるのであります。もとより私は現代世界においてそれがよく成功しうるものかどうかを、具体的に予言する視点をあたえられているのではない。しかし私は自分が少なくとも人間をその全体性においてとらえようとしているのだ、という自覚はつねにもつことができるように思うのであります。自分がいまこの現代世界の全体を把握しえたということはできぬけれども、自分という一個の人間の全体性を実現することをめざしながら、表現を行なっているのだ、ということは自己検証の可能な問題であります。しかもその表現は、言葉を通じて同時代の他人にも伝わりうるメッセージでもあろうと思うのであります。

高橋和巳さんの言葉を思い出すならば、たしかにわれわれには、この現代世界とそこに生きる人間の全体像が把握しえないために、自分自身の全体像の解体がおこっているということがある。自分の人間としての全体像が解体してしまっている人間に、その行動の根本的な倫理性をはかる規準がありうるだろうか？　たとえばそのように自分の人間的な全体像が解体している青年が、政治的な一党派に属する。そしてその党派に対立する党派の青年を、政治の言葉にしたがって殺さねばならぬ立場に置かれる。その時かれに人間の根本に立った言葉をみずからつくり出して、殺人を拒むための、そのような歯どめがどこにもとめられるだろうか？　大学闘争の渦中にあってそのような人間の全体像の解体を見てきた、そしてその解体した青春の行く先をもっとも傷ましい、真暗な心で見こしていた高橋さんが、あえて文学に望みをつないだのは、文学を通して、そういう解体した青春にもう一度かれ自身の人間としての全体像を把握させる、そしてついにはそれを現代世界の全体像への方向性につないでゆこうという希求からであったろうと思うのであります。

高橋さんを失った後もわれわれこの講座の編集をつづけた者たちは、かれのそのような考えの照りかえしをいつも心にとめていたし、自然社会科学者、科学者たちとの討論もその方向に立って、かつその認識を拡げるためのものであったといっていいかと思います。

われわれがいま人間とは何かということを全体的に考えようとすれば、生物学あるいは分子生物学の進歩のもたらしたものを見ないわけにはゆかない。人間は初めて生命を科学技術によって作り出すことができるところに到達しようとしていると同時に、細胞の遺伝子を操作することもできるような新しい展開を示している。そのような現代世界に生きるということは、われわれが自分の人間としての全体性を把握しており、人間とはどういうものか、どのように進歩してゆくべきものかということを、現代世界の全体にかかわって、そのような力をそなえた分子生物学者をも納得させる形でとらえていなければならないということであろう。すくなくともそれをとらえようとする姿勢において生きているのでなければならないだろうと思います。

細胞の遺伝的テープのように極微のものの逆に、極大の課題についていえば、われわれはいまや原子物理学者の支配するテクノロジーの王国に住んでいるともまたいわねばならない。われわれの細胞の遺伝的テープが切り張りされて、つくり変えられた新しい人間が現われるかもしれぬと同時に、この宇宙のなかの地球のあり方自体を、原子物理学者とテクノロジーがつくり変えようとしているのであるかもしれない。そういう時代としての現代世界において、われわれが分子生物学者や原子物理学者に対して、人間の全体性の名において抵抗しようとするならば、あるいはそのような学者たちと手を結んで、やはり人間の全体性の名において、真に望ましい未来を切り開こうとするならば、まずそこで必要なのは人間の全体性についての、また現代世界の全体についての、すくなくともそれを把握してゆこうとする態度であろうと思います。

私はその態度の構築を、文学における表現の希求とかさねたいというねがいにたって、この講座の編集に加わったのでした。この講座にわれわれが呼びかけとして納めたものがはっきり受けとめられ、新しい文学の作り手によって、われわれを含めてまだ誰もがはっきり把握していないこの現代世界の全体を、しかもその危機を乗り超えるような力として表現する文学が、生み出されることを私は夢みています。またこの講座の呼びかけが文学の領域を越えて、現代世界の全体と、人間の生き延びる未来を考える、多様な専門の人びとの、実行的な善を語りあう契機ともなることをねがっています。

〔一九七五年〕

III

諷刺、哄笑の想像力

　祖母に庇護されつつ女中の腕に焼火箸を押しつける、粗暴でいやしい子供を、幼年時の自分の肖像として江藤淳が書いている。女中自身がこの子供の行為を咎めない。子供をこらしめるためにその焼火箸を逆に押しつけぬ以上、祖母の怒りもにせのものだ。江藤淳は舌なめずりするようにして、その許される、無限に許される幼児としてのかれ自身を描いて、その文章には、ほかならぬその文章を書きつつあるかれ自身への、無制限の許しの感情が、甘い蜜さながらしたたっている。その、かれ自身への限りもなく優しい許しが、興味をひく。

　また訪米した天皇についての江藤の論評は、やはり幼年時におけるかれの父親をそこに転移して、しかもこの父親が、成長したかれの援助なしにはやってゆくことができぬ弱者となっている、そのような存在として転移して、「飾らない威厳」に眼をほそめている。そこにもそのように天皇を見まもっている自分、天皇の側に立って、しかもかなり深く内側に立ちえて満足している自分への、全面的な許しがある。さきの許しとかさなりあって、それが僕の興味を強くひく。

　僕は江藤淳の政治的役割についていうのではない。それはかれの思想・信条と、それを表現する自由に属する。僕が興味をもつのは、いわば政治的には「零度のエクリチュール」としての言葉自体であり、その言葉がまといつかせている、その書き手自身の全面的な許しの感情である。僕は江藤淳の書きつける言葉にそれを見るようになって以来、またかれが他を罵倒する言葉の、これはじつに徹底的な不寛容の感情にも、新しく興味をひかれた。それは江藤の言葉として、現象的にも表裏一体をなしているが、その両者には本質的なつながりもあろう。

かれが他を罵倒する言葉、と僕がいうのはもちろんかれの批評する言葉、きびしく否定的に批評する言葉、ということにそのまま置きかえられるのではない。まともな否定の批評は生産的だ。江藤が新人創作の選評で、あるいは同業者との印刷される座談で、およそ身も蓋もない言葉で、他を罵倒する。その行為自体に、なにか得体のしれぬ使命感でもせおってそうしているような昂揚がほの見えたりする。こちらにはわからぬ業界筋の権威の名において語っている気配もする。もちろんこのような罵倒は当のその他者に対して教育的でないし、一般にとっていかなる生産的な批評の経験ももたらさない。われわれはそこにただ書き手の自分への許しの、裏がえしとしてのその言葉を見るのみだ。僕の理解してきたかぎりでは、文学の言葉とは、それを書く人間がかれ自身を全面的に許しているという言葉ではなかった。そのような言葉は、文学的に質の低い言葉とみなされた。むしろそれは、非文学の言葉であった。

江藤淳はしばしば異様に明敏に先駆的である。すぐにもかれの後を追って、この種の言葉、書き手自身に対して全面的な優しい許しをみなぎらせている言葉と、加えてそれと対になった罵倒の言葉を撒きちらす若年寄風が増えるだろう。われわれの文学的状況《シーン》には、いましばらく自己許容の蜜の、饐《す》えたように甘い香りがみちるだろう。それが一九七六年をむかえるにあたって、僕の気ぶっせいな文学的辻占である。

もちろん僕は、そのような言葉ではない言葉によってつくり出される文学について書こうとしている。まだ遠くない以前、「自己否定」という言葉が多くもちいられたことがあった。この言葉を、その青春の生き方の中心にすえようと意識した青年たちは、かれらの意識をこえた社会構造の、大きく永い動きのなかで、辛酸としての「自己否定」を、多様なかたちで経験してきただろう。爆裂弾をもちいる少数派をはじめ、現在の社会状況のいくつかのモメントとして、そのような避けがたい「自己否定」の結果としてあらわれてきているものを見ぬわけにはゆくまい。異様に転換の早い時代ではあるが、やはり五年から十年の歳月は、現実におこったこと、おころうとしておこりえなかったことの全体をあきらかにして見せる。三島由紀夫の文学およびその行動の全容も、裸の骨格を風が鳴らして吹きぬけるように、いまや明瞭にその評価の全体が見えてくる。かれの文学の規模は質において小さくなり、行動の位置づけは、かれ自身のロマンティシズムが計量したものよりずっと着実・地味に、体制の現代史のなかで動かぬ拠点となりつつある。この拠点の石を掘り出す作業は、およそ困難な仕事となろう。三島はまたその異様さにおいて輪をかけて、明敏に先駆的であったと思う。

「自己否定」という言葉の、このように社会的状況とかかわりあった用語法と、かならずしも無関係ではないが、もっと原理的なその意味は、文学の言葉のそなえている基本的役割のうちにもまた見られるだろう。文学の言葉は、つねにその言葉としての機能の根本的なもののうちに、すでに括弧つきでいう必要のない、自己否定を置いてきた。書かれた言葉が、ただちに書いた人間を否定する。すなわちそれは、全面的に自分を許容する感情にあふれた、蜜の香りのする言葉とは別の、文学の言葉であった。むしろ言葉は、その、そのようにある書き手の自分自身を拒否し、否定し、乗り超えるために書かれるものであった。そのようにある自分を許して、まるごとそのようにある自分を文章の世界に実現するために、自己批評において鈍感な奴が、いい気な手前味噌を書きつけるのではなかった。

そのようにある人間としての自分を、そのようにあるままでは自己否定の対象とできない。そこで言葉を書きつける。言葉はそのようにある自分を意識と肉体ぐるみ対象化する。対象化はすなわち自己否定の始まりである。原理は単純だが、言葉については、むしろ単純でなければ原理的でない。この単純な原理の実現の道が、多様であり複雑だった。それはすなわち文学の、とくに散文の歴史そのものだった。いうまでもなくそれは、韻文を排除することを意味しない。現に僕はこの文章を韻文の書き手を中心にすえて展開してゆくだろう。僕が主張しているのは、この原理の実現のための悪戦苦闘が、散文の、それも近代小説の世界においてもっともよくそのモデルを提供する、という事実にすぎない。

ひとりの人間が言葉を書きつけるにあたって、その言葉を書いている状態においてそのようにある人間としての自分を、全面的に許容することを目的とする。かれ自身に対して許容する言葉を自慰的につむぎだすのみならず、他者に対してなんとかその自己許容の言葉をまるごと認め、受けいれさせようとする。それは詐欺師の手紙の言葉であったり、政治家の自己宣伝の演説の言葉であったりする。マス・コミュニケイションの治世での、広告の言葉もまたそのようなものだ。そのもっとも端的に今日の状況に根ざしている実例は、政府や電力会社が最近つづけさまに打ち出している原子力発電の宣伝広告である。この場合、許容されねばならぬものとしてそのようにあるままに呈示されるのは、一個の人間ではなく、原子力発電という人間支配の一構造であるけれども。原子力発電が人間支配の一構造である、という言葉に説明を附すならば、僕はそれが人間生活にあたえるものの規模の大きさ（ついには原子力発電によって厖大な量の電力を補給されていた都市生活が、その突然の電力供給の停止によってパニックをおこすほどにも原子力発電に大きく依存することになろうが、われわれはいまそれよりほかにない唯一のものとして原子力発電を選ぶことから始めるのではない）、またそれが放射能汚染や温排水をつうじての海洋の温度のバランスの破壊による、人間への死の根源となりうる可能性の大きさを考えることによって、それを人間支配の一構造だとみなす。

　この原子力発電のための広告に参加する、わが国の文筆業者たちの宣伝文は、そのようにある原子力発電を全面的に許容することへの情熱において、非常なものであるが（その根拠なしの情熱の吐露によってしか、政府・電力会社への忠誠心の披瀝はなしえぬのだから、かれらの情熱は不安にかられるようにして自己肥大する）、しかし原子力発電の問題点については、積極的な面・消極的な面ともに、まったく知識と判断が欠如したまま書かれている。しかしこの広告を主催する、人間支配の構造の側の人間たちにとってみれば、かれらが支配しようとする側の人間たちの示す、全面的な許容の意志だけで充分なのだから、あの内容空疎な広告群は、成功しているのだろう。

　そのような言葉にくらべて、あらためて文学の言葉を見れば、その特質はあきらかである。文学の言葉を書こうとする人間は、そのようにある人間としてのかれ自身を全面的に許容するために言葉をつむぎだすのではなかった。また、かれをもふくむある人間たちを支配しようとする構造にむけて、そのための宣伝の言葉をつらねようとするのでもなかった。いうまでもなく天皇制は、人間支配の一構造であることで、さきの原子力発電とならべられねばならない。

　文学の言葉はそのようにある人間としての自分を否定する契機として書かれる。それはまた、自己否定をつうじて、あらゆる人間支配の構造への全面的な許容を拒む人間の、自己表現として書かれぬわけにはゆかない。自己を否定する人間が、そのようにある人間として、ひとつの人間支配の構造を許容するといいたてることは、すなわち否定をつうじて新しくなる自己が、その構造を否定している、ということしか示さぬではないか？

　したがって文学の言葉を書きつけることでわれわれは、蜜の香りのする自己許容の気分のなかの、そのようにあるままに全面的に許容された自分に再びめぐりあうことはない。むしろ、許容された自分への幸福な再会などを期待して、われわれは文学の言葉を書きつづりはしない。許容された自己は（全面的に許容されれば、むしろそれゆえに、と文学的言語感覚のなお生きている人間ならば自省しうるだろう）、いかにも卑小なものだ。人間の等身大の卑小が悪いとはいわぬが、その卑小な等身大の自分に、蜜の香りのなかでヤニさがって再会するためだけのものならば、どうしてそのようなものである文学の言葉をつくり出す仕事に、日々新しい人間の行為としての意味があろうか？

　われわれは、文学の言葉を書きつけることによって、そのようにある人間の否定に立った、新しい人間を把握する。その人間は全体的にも部分的にも、その言葉を書きつける人間によって許容されている必要はない。むしろかれはその言葉の書き手からも拒まれた自立者として、その赤裸の立ち姿をわれわれにさらすだろう。しかしその新しく把握された人間をつうじて、われわれはそのようにあるまま許容された人間ではない、全体的な人間像の把握に向って、一歩、進みはじめているのである。またその全体的な人間の生きる、全体的な現実世界の把握へ向って、一歩。すくなくとも、文学の言葉によってつくり出されたこの赤裸の人間の把握が、その言葉を書きつけた人間自身を、そのようにある人間の住みなれたそのようにあるままの現実世界へむけて、優しく押しもどしてくれることはありえない。それが文学の言葉の機能の根本にある。その根本の機能が死んでいる言葉によって書かれたものは、饐えたほどにも甘い蜜の香りをはなっている美文でも、文学ではないし、それを読む者に文学的経験を共有させることはない。もちろん極度に明敏な江藤淳がそれを知らぬことがありえようか？　かれの野心の射程が文学的領域を越えてからすでに久しいことのみを思い出せば了解はできよう。

一九七五年五月、僕は数寄屋橋のテントで、これはいうまでもなく文学の言葉による表現の行為と無関係であるし、政治の言葉による表現行為としても性格のあやふやなところのあるやりかたなのではあったが、ハンストをする人びとの群に参加していた。テントの奥まであがりこんできた誠意あふれる顔つきの青年が、さて内緒話のように口を開くと、ハンストのすべてを罵倒して引揚げて行って、そいつの胸倉をとるなりなんなり応対しようとしても、おもに心理的な饑餓の脱力感から、尻を持ちあげて二、三歩追うことができぬ、という滑稽の一幕もあった。もちろん非暴力の行動としてのハンスト。それは韓国の朴政権にむけて、詩人金芝河を殺すな、と要求する非暴力の行動であった。しかし政治の言葉による表現行為として性格のあやふやなところのあるやりかたと、他ならぬ参加者のひとりでありながら僕がいうのは、次のような理由にもとづいている。

ガンジーの非暴力の行動が、心理学者によって分析されているところにならうまでもなく、ある非暴力の行動が政治的な表現行為として意味をもつためには、確かな条件がみたされねばならない。すなわち、その非暴力において行動をおこしている者たちは、暴力においてもじつは対立者を制圧するだけの実力を持っているのであり、しかもなおかれらは非暴力の行動をおこなっているのであること。その非暴力の行動の論理が、対立者にはっきり伝達されるコミュニケイションの道が開かれていること。

朴政権は核兵器までひきずり出して、その政権の延命のためにはありとあることをやろうという、ファシズム体制である。僕は核兵器に対して意味をもちうる非暴力の行動がありうるだろうかと(非暴力の側に核兵器に比肩しうる暴力がありえない以上)、深いペシミズムにおちいることがしばしばある者だが、しかしやはり金芝河と韓国カトリック教会を中心とする非暴力の民主化運動は、効力を持ちつづけるだろうという希望を、よりしばしば持つ。そこには潜在的に朴体制を超える暴力の蓄積がありうるだろう。すなわち民衆の力としてのそれがありうる上での非暴力の行動なのだと、金芝河たちの運動を受けとめねばならぬ。

しかし東京の数寄屋橋にテントをかまえて坐っているわれわれが、もちろん在日朝鮮人の参加者までもをここでわれわれとは気安く呼ばぬとして、そのわれわれがさきの金芝河を最先端の表現とする、韓国の民衆の、潜在的な、統禦された暴力を背景にしての、非暴力の行動者の一員だといいたてるわけには絶対にゆかない。しかもわれわれと朴政権との間にどのようなコミュニケイションの道が開かれて、われわれの非暴力の行動がそこから伝達されてゆきえようか?

そのように思いをすすめると、僕にはテントのなかに坐って若い無名者たちの援護を受けつつハンストを続けること自体に、ある心やましさの思いが湧いたのである。しかしともかく僕は尻をおちつけていなければならず、そこで守護神を呼び出すように、渡辺一夫訳『ガルガンチュワとパンタグリュエル物語』を読みつづけていた。ガルガンチュワがはじめてパリに上ろうとして、街道筋のボースで牛蠅やら馬蜂やらを退治する。そのボースの貴族が《欠伸で朝飯をすませるが、御当人どもは満悦至極、いよいよ盛んにぺっぺっと唾を吐くということである》という奇妙なくだりにも、この訳書を特徴づける注釈がある。《ボース地方の貴族は零落して食物にも事欠いた。「ボースの貴族は犬を売りて朝食を食う」というような俚諺もある。尚、断食をすると翌朝欠伸を催し、唾を吐きたくなるものである由。》そして僕は、自分がハンストの終る朝、唾を吐きたくなったかどうかを、この翻訳者・注釈者に報告しようと気負いたつようにして考え、一週間前に先生が鬼籍に入られたことを、茫然として思いかえすのだった。

直接にその理由から、僕は渡辺一夫全著作・全訳業を読みかえし始めようと、そのテントに岩波文庫版を持ちこんでいたのである。しかし、フランス十六世紀の宗教戦争の乱世に、ラブレーがその文学の言葉を、どうしてこのようにも徹底した諷刺、哄笑の全面的表現にそそぎつくしたかと、もちろんその愉快な昂揚のうちに沈思するラブレーの相貌を見ながらもあらためて考えつづけると、僕の思いはおのずから、われわれがその生命の持続をすくなくとも祈念して、そこでハンストをしている詩人金芝河の、やはり諷刺、哄笑にみちた譚詩にむかったのである。渡辺一夫の生涯の業績によって、われわれはフランス・ユマニスムの展望の上にラブレー的なるものを広く深く鋭く理解しうる位置にある。しかし文学の言葉として、ひとつの文学作品に rabelaiserie, rabelaisien という言葉を真に冠しうるような機会は、われわれの近代・現代文学にあたえられなかった。そしてそれが韓国の現代文学の状況《シーン》において、しかも金芝河の譚詩において初めて発見されると僕はみなすのである。ここで僕が金芝河の譚詩と呼ぶのは、翻訳によって読みえた『五賊』『蜚語』『桜賊歌』『糞氏物語』の、それぞれに長篇詩である四作品を指す。

わが国の、翻訳による大方の金芝河の詩の読者の経験と、僕は自分の金芝河の詩の読み方が重なっていると思う。そこで平均的な一例として自分の経験をあげるのであるが、僕はまず金芝河をかれの民族の集団的想像力とみなすことが可能であろうような、独自の抒情性に立つ詩人として受けとめてきたのであった。もちろんかれの民族の集団的想像力は、その民族の近代・現代史における運命と切り離しえぬかたちでからみあっている。したがって金芝河の抒情性は、メイラーも指摘していたかれの暗喩《メタファー》の力をつうじて、もっとも政治的な局面にまで、人間の内実からの鑿《のみ》を突き出さずにはいない。そのように激しく全体的に緊張した抒情詩。このような詩人を抑圧しようとする体制のなかでは、その緊張はそのまま社会的な悲劇性の表現となる。

『苦行―一九七四』はこのような悲劇性の着実な表現として全体性をそなえていた。そこに金芝河の呈示した「政治的想像力」の主題は、この詩人が表現者としての悲劇性を、しかも積極的にどう把えているかをわれわれに明確につたえた。《真の意味における政治と芸術の統一を表現するもの》としての「政治的想像力」。《統一！　これであったのだ。私はとうとう、あの長い年月の間私を苦しめてきた、自分の民衆運動、芸術創作の間の、あのもどかしい気が狂いそうな間隙を、ひとまたぎでのりこえたのであった。》(鄭敬謨訳)

金芝河の「政治的想像力」という言葉は、かれの政治的な生き方・自己表現が、その芸術活動の想像力的な生き方・自己表現に統一される、統一されたものとして自分に経験しうるという、啓示の感情をあらわしている。そして『苦行—一九七四』を、金芝河の朴体制に異議を申し立てる生き方の文脈のうちに読みとったわれわれは、詩人と同じく、その「政治的想像力」の現実化をそこに経験したのであった。

しかも僕はあらためてラブレーを契機にして、金芝河の諷刺、哄笑の想像力の大きさを、それまでの自分が充分に受けとめえていなかったことに思い到ったのである。そこを経過しないでは、かれの芸術活動の重みをよくはかりえたとはいえなかったのであるし、またかれがそこからどのようにして民衆運動に橋をかけようとしたのかをも、よく把えることができない。したがって金芝河がついに到りえたと自分でいう「政治的想像力」の啓示の光も相対的になってしまう。僕はあらためてかれの譚詩を読みかえし、そこでラブレーがかれの乱世にあたっておこなった諷刺、哄笑の想像力の発揮、それを劇的におさめこみ、躍動させる仕かけとしての、大きい喜劇の構造の設定につらなるものを見出しつづけた。

もちろんラブレーのそれこそ人文主義者的全体性には、現代のいかなる芸術家もその壮大な規模において拮抗することはできない。しかしそのラブレーの全体性のなかに確実に包含されている、しかもそのなかのとくに核心に近いものに向けて金芝河を読む、その読み手の想像力の運動が、まっすぐ上昇してゆくのを経験する。それが繰りかえされるのである。人文主義者が火刑に処せられ、それが体制からの弾圧にとどまらず、新教の側も人文主義者と呼んで決して不都合でない人間を火刑に処しはじめる。火刑に処せられる人びとの数は異様に増加する。戦乱はつづき、宗教戦争の緊迫はおよそいかなる方向へ向けても、人びとに自由な呼吸を困難にする。そのような大きい乱世にラブレーというひとりの人間が、途方もない規模でその時代(すなわちフランス・ルネサンスという比類ない栄光と悲惨の時代)の、全体を囲いこむ文学的構造をつくりあげて、その内部を諷刺と哄笑で満艦飾にする。しかもそこから力強く穏やかな、人間・人類への信頼の声も聞こえてこないではいない。いったいそのような言葉による挑戦を、かれ自身火刑にされてしまう危険をおかしつつ(ラブレーはしばしば《但し火刑に処せられるのは真平御免》とすぐさまことわりながら、しかしあえて火刑に処せられることをも賭けていうのであるような言葉を発した、それも哄笑のうちに)、どうしてひとりの卑小な個にすぎぬ、その言葉を書きつけることによって自己表現をする人間がおこなうのか? それも諷刺と哄笑の言葉で。いったいなにがこの人間をそこへと突き出すのか?

僕は金芝河の譚詩を読みながら、この基本的な文学の課題への、つねに繰りかえし自分の言葉で答をつくり出すほかにない種類の文学的課題のひとつへの、具体的な答の契機をあたえられるように思ったのであった。

ラブレーの諷刺、哄笑の対象にどうしても、もっとも危険な敵であるソルボンヌ神学部が選ばれねばならぬように、金芝河が今日の韓国の状況のなかで詩を書いている以上、諷刺、哄笑の的の中心に置かれるのは、朴体制の支配層と、そこに国内的に結託するものたちであり、そして国際的に結託するものとしてのアメリカ人と日本人、とくに日本人でなければならない。僕はひとりの日本人の読み手として、いうまでもなく金芝河の日本人への諷刺、哄笑の箭《や》を雨あられと射かけられることをあえて望む、そのようにしてかれの譚詩を読む。それらの諷刺、哄笑の言葉が、いかに奇態な飛躍にみちた豊かさを構成する場合も、それらが浮きあがらず着実な衝撃力を持つように、全体の物語、人物像の誇張したスタイルが、まことによく考えぬかれているのが金芝河の譚詩の特色である。むしろそのような骨組と人物像の創出に、かれの諷刺と哄笑の想像力の総体がまず繰り出されるのであろう。

物語という言葉を漢字語としては持たぬという朝鮮語の世界で、わざわざ『糞氏物語』と原題した譚詩が、日本人への諷刺、哄笑を、じつによく構成された骨組と人物像において示す。われわれはそこに典型的な金芝河の想像力の発現のありようを見出す。いちいちの諷刺、哄笑の言葉の盛んな湧出は、これを実作について見るよりほかにない。もちろんそれは厳密には、聴きとるほかにないというべきであろう。僕は朝鮮語そのものにおいてそれを聴きとる能力をもたない。ただ金芝河自身が自作の詩を歌ったカセットと、そこに伴奏として用いられた各種の打楽器、鼓、太鼓、そして琴、弓で弾く琴の音楽をなかだちに、これは金芝河と敵対するのかもしれぬ人びとの指導する韓国国楽院の、しかし秀れた民俗音楽の実演につなぎ、そしてあらためてかれの譚詩の、言葉の音楽の旺んな充実の現場をのぞきみることを夢みるほかにできない。僕はそのように限定された条件でかれの詩について語るのであることを告白しなければならぬ。

《玄海灘の　あの海のむこうの　日本国に／どうにもこうにも　にてもやいても　食うことでけん　倭の野郎がひとり　住んでいたということなんや／こいつ

／姓は　糞／名は　三寸待《さんずんまつ》／身の丈　一尺三寸五分／タイコ腹　シッラッコン首／アヒルの足　内股　これ見てくれの　つきでた尻　たすけてくれといわんばかりのヒザ／面《つら》がまえは　そのまま　猿／ミソサザイの細い不快な眼　ネズミの　毒々しいヒゲ／シシッ鼻に白魚の突きだしたクチバシ　ヒョウタンのカケラの耳ノミの額をしきりに　ヒョコリヒョコリ／チンポコはなし／まっくろけの　ふたつのキンタマが　ゾロリぶらさがって　東西南北　ブラリ　ブラブラ　ブラブラリ／背より高いゲタはきよって　カランコロンカランコロン　カラン／コロン　カラン》（塚本勲訳）

　この主人公の徹底的な戯画化は、しかしもっと奇想天外な詩の骨組の進行にしたがって、その畸型の肉体、意識のままに、濃いリアリティーを持ってくる。かれの家系は、それぞれに朝鮮に対して侵略的に対し、かつ誰もかれもがそれにかかわる見苦しいくたばり方をして、《クソと朝鮮　不倶戴天の敵／家訓は／李舜臣《イスンシン》剖棺斬屍／家銘は／バカヤロ　チョウセンジン／家風は／雪辱の日まで　死んでも／クソするのは　がまんせい》であるという。

　その糞三寸待が、民間訪韓団というものに加わって朝鮮の土を踏み、おきまりの妓生《キーセン》観光のあげく酔っぱらい、なにがなんでも韓国のもっとも高い所へ登ろうとする。すなわちかれは家訓において棺をあばき死体の首を斬りおとせというほどにも憎んだ、朝鮮の愛国者の銅像によじ登ってゆく。

《家門のあだを討たんとし　臥《が》薪嘗胆《しんしょうたん》　その月日／切歯《せっし》腐《ふ》心《しん》　ひたすら　家訓　家銘　家風を守りぬきクソを／耐え　食うことだけに　精進してきた　不肖の末裔　糞三寸待は／本日　某年某月某日某時　いまや　宿敵／朝鮮の地　不倶戴天の　李《イ》　舜臣《スンシン》　その頂頭を　しっかと踏みつけ　謹んで／ご先祖さまの　雪

辱果たし　雄志ふるうに　至ったことを／御報告申しあげたてまつる！　九天に於いてもなにとぞ　なにとぞ　安らかにお眠り下さりませ！／嗚呼　過ぎ去りし　三十の　その星霜は　如何ほど　恥辱に満ち満ちたか／如何ほど恥ずべきものであったか　如何ほど耐えがたきものであったか　如何ほど憤懣やる方なきもので　汚辱に満ち満ちて耐えがたき／卑屈な姿勢で屈辱の　如何ほど　鬱憤と　狂うがごとき　苦しみと金銭／稼いで食《くら》うため　東奔西走　粉骨砕身の　日を送る毎日　毎日で／あったことか！　嗚呼　如何にロスケに劫奪され　ヤンキーどもに／蹂躪され　虫けら如き朝鮮の　朝鮮野郎　タイ国の　タイ国野郎／中国野郎　マレー野郎の　顔色ばかり　覗《うかが》って　過ごす日々であったことか！／見よ！／起死回生　苦尽甘来！　見よ！　世界の大勢と／自然の法理は　今やあらゆる　悲惨　屈辱　苦難／踏みしめ　立った　偉大なる　日本人糞三寸侍をして／小心　脆弱　卑屈貧困　すべてそなえた朝鮮を　心ゆくまで籠絡《ろうらく》し／心ゆくまで　もてあそび　搾取　劫奪　滅種させる　偉大な／権利を　下賜なされた　見よ！　ヒヒヒヒヒ／いざ行かん　いざ　いまぞ／いで行かん　見よ！／こらえに　こらえたあのクソよ／嗚呼　クソ！／そうだ！／クソ！／クソなるかな　クソ　またもクソ　クソ　クソ　クソ！／ぴちちっ！／ぴちちちちっ！》

　そして地上が糞だらけ、糞の海になるまで、詩の行にして三百行に及ぶ、諷刺、哄笑の言葉が、こぞって糞の大盤振舞いにささげられるのだが、その厖大な糞の言葉の噴流のなかで奇妙に心に残るのが、「清掃糞」を叫びつつ銅像の上の三寸侍に投石し、かつ糞を片づけようとする学生、善男善女、農夫にニコヨンである。また、じつに醜い乞食としてあらわれ、三寸侍に結局は無力な抗議の言葉をかける、この詩の語り手金《キム》チハである。もちろん糞三寸待はその呼びかけを一笑に附し、これから自分は鵬《おおとり》のようにアジア大陸を超えて雄飛するのだという。しかしかれは投石をさけようとして小雀の糞にすべり、銅像から墜落してしまうのだ。

《天皇　ヘイカ　万歳——／学生たち　善女　善男／農夫　日やとい　わきめもふらず　クソをかたづけ／もえる　夕やけ／落ちる　三寸待／なにもかも　おしまいや　天命や　三寸待も　もう　あかん／天皇　ヘイカ　万歳——》

そして譚詩はこのようにして死んだ日本人が他にも多いのだといい、三島の死のイメージを喚起しつつ、滅亡に魅力を感じる者がいるところにこそ、糞の力の秘密があるのではないかと問いかけて終るのである。語り出しと、この末尾のスタイルが、金芝河の譚詩をかれの民族の言葉の伝統のうちにすえるものであることは、他の譚詩作品みなが同一形式を踏んでいることによって示されよう。全行、八一八行、朝鮮とのかかわりにおける多様な日本人像を総合的にとらえようとする。しかもとらえられた日本人像は自由奔放な発想によって繰りかえし呈示されつつ、長丁場を間断なくみたしている。そのような日本人像の照りかえしとして、同じく表現される朝鮮人像も一様なものにとどまらぬのはいうまでもない。それはおそらく金芝河自身によって意識された、民族の自己批評を越えているであろう。

しかしこの譚詩を読み終る時、落日のなかを落下する日本人の主人公に、それまでかれを表現するために乱射された厖大な量の諷刺の言葉、そして嘲笑がたかまったものとしての哄笑の言葉に矛盾することなく、われわれはある赤裸の人間に接した上での人間的な悲哀が滲み出てくるのを、あるいは直接にその日本人への挽歌の響きを聞く思いすらも感じとるのではないであろうか？　例にひくにふさわしいとはいわぬが、それは江藤淳のとめどのない他者罵倒の、不毛な冷たさから受けとるものとはすっかり異質の感情である。また作中にことさら醜い恰好であらわれる金芝河自身が、いささかもそこにかれ自身への甘い許容をあらわしてはいない。ここにはまさに文学の言葉が書かれているのであって、その真の文学の言葉は、朝鮮人と日本人のやがて達成されうるかもしれぬ本当の和解を思いみる自由を、諷刺と哄笑のうちに決して妨げていない。文学の言葉として、それはあらゆる人間的なるものに不寛容でないのである。糞に対してすらも。

子供っぽい問いかけになるが、このような譚詩を金芝河がなぜ書くか？　《私はそれを誰かを利するために書くのだろうか。そんなことはない。書きたいから書くのだ。とうてい書かずにはいられない、胸の奥の底から噴出する、抑えることのできない衝動に駆られて書く。書かざるをえないから書くそれだけだ》、と金芝河はいう。その衝動は政治的なもの、あるいはもっと根本の社会状況に身をおくことに発するもの、というよりも、おおいに想像力的な、言葉の課題に根ざした、文学的な表現への衝動であるように僕には思える。それが金芝河の文学者としての基本的な大きさを支えているであろう。その意味では、おおいに政治的パンフレットとしての効用がめざされたものであると感じられる『民衆の声』は、それが実際に金芝河の作品であるとして、文学の言葉としては痩せた、かれ自身の資質のこの大きさによく根づいていない仕事に感じられたのだが。

金芝河のこの想像力的な衝動、言葉を生み出さずにいることのできぬ衝動。それがいったんかたちをとりはじめると、そこに湧出して多様な方向性へめざましく動き始めるのは、諷刺、哄笑の想像力であり、諷刺、哄笑の言葉である。それらがどのように構造的なものとなり、もともとの多様さをなお多様にし、その上での総合性を獲得し、かつ今日の韓国の状況のうちに過去と未来をつなぐ鎖のひとつの輪として生きる詩人の、人間としての全体性を表現する作品にたかめられ、鍛えられてゆくか？　金芝河はいまだその構想するさなかにあって、不定型の想像力と言葉とが沸騰するひとつの作品に具体的によりつつ、かれの創作の発展の構造をあきらかにしている。

金芝河が獄中からひそかにおくり出してきた『良心宣言』は、拷問によってもぎとられる、あるいは全面的な捏造による転向声明が発表される時を見こし、あらかじめその無効を宣言する文書であって、むしろもっぱら倫理的な動機づけによる「良心」の言葉を冠するより、かれ自身のいう《抑圧者に対しては一寸の譲歩をも肯じない、徹底的不服従と非妥協を前提とする》非暴力主義の、その「非暴力」の闘いの宣言と呼ぶほうが、語感としてしっくりしよう。その戦闘的な散文に、制作過程にある譚詩『張日譚《チャンイルタム》』について、金芝河が発展的なかたちをとった創作体験を語っているのである。（『世界』訳載）

若い結核患者の金芝河は死の恐怖を感じ、かつ韓国における精神的非人間化、物質的貧困の克服について渇いた心をいだいていた。そのような時「人が即ち神である」という東学の言葉にふれ、それは「除暴救民」の東学農民戦争の饑餓行進のイメージと力強くかさなった。かれはその発想を育てつづけてこのイメージに「神と革命の統一」という名をつけたし、「人が神である」という政治の言葉は、「飯が神である」という文学の言葉におきかえることをした。そのような文学的発酵の過程には、またかれが韓国キリスト教の人権運動の実践に参加してゆく経験がかさなっていたのでもあった。
　しかもなおこの段階では、かれの表現への欲求と、やがてその表現の根幹の思想にみのるはずのこれらの観念は、まだ充分にむすびついてはいなかっただろう。その真の結合の上に文学の言葉が湧出しはじめるために必要な、いわば心理学的な「猶予期間《モラトリアム》」の時期がすぎさって、「飯が神である」という最初にかちとられた文学の言葉を契機に、『張日譚』はかれの想像力を具体的に展開してゆく媒体となる。《メシが天であります／独りでは天に行けないように／メシは分ちくらうもの／メシが天であります／共に見るものが／天の星であれば／メシは皆んなが／分ちくらうもの／メシが天であります／メシがノドを通るとき／天は身の内に迎えられます／メシが天であります／ああ、メシは／皆んなが分ちくらうもの》
　張日譚は、被差別部落民と娼婦の息子である。かれは盗賊としてとらえられた監獄から脱走し娼婦たちに母と呼びかけて、《あしうらが天である》《神はそなたらの、腐った子宮の中におわす》《神のありかはどん底である》という入信《イニシアシオン》の宣言をおこなった後、その信仰を伝道して、ついには信者たちをひきい悪の都ソウルへ向けて乞食行軍する。そして反共法、国家保安法、内乱罪のかどによって斬首に処せられるにあたり、かれの歌う歌が右にあげたものであった。
　金芝河の諷刺、哄笑の想像力は、観念あるいは信条の平面から、すでに張日譚というなまなましい型破りの人間をつくり出して屹立させる。しかしその張日譚が、金芝河の観念はもとより創作の見取図をもなお超えた自由奔放さで躍動しはじめるには、実際にさきの詩句のような言葉が、諷刺、哄笑の言葉が必要である。それゆえにこそ覚書のうちに、もっとも早く創作の実体に近いこれらの言葉が書きしるされねばならなかったのであろう。しかもそこに発せられた言葉の誘い水は、なお厖大な言葉の湧出をみちびく。それらの言葉が詩人の内部に、氾濫にむけて水位を押しあげる、この大きい勢いに乗って、金芝河の想像力は、張日譚の運命の展開を、まことに奇想天外な躍動においておこなう。処刑された張日譚は福音書のかたちにしたがって三日目によみがえるのだが、その首は密告した背信者の首を刎ね、そのあとにくっついてしまうのだ。背信者の躰は聖者の首によって救われたのである。《メシは分ちくらうものという、歌声、暴風雨となって、韓国の津々浦々に、いま吹き荒れていると、伝えられている。》

譚詩『張日譚』のための覚書は、われわれに金芝河が詩を創造するにあたっての、その根本の観念と想像力、そしてそこから具体的な言葉へ到る生きた過程を教えるのだが、そこでわれわれはすでに書きつけられた誘い水の言葉にみちびかれる言葉の湧出を待つのみなのだが、それも諷刺、哄笑の言葉の奔流を待ちうけるのみなのだが、この覚書は金芝河のように真正面から生きている詩人の状況とのかかわりあいについて劇的な強調をあたえる契機ともならざるをえなかったのであった。

金芝河を監禁している朴体制は、ほかならぬこの『張日譚』のための覚書を、反国家的表現物製作予備陰謀の証拠とみなしたのであるし、そしてこの譚詩のなかで張日譚が叫ぶべき言葉として準備されたものを、金芝河自身が共産主義者としてなまの信条を吐露した政治の言葉として、鬼の首をとったようにおさえこんだのであるから。かつて金芝河がつくり出した「政治的想像力」という言葉は、かれの芸術表現の想像力の行為が、どうしても政治的な表現行動として状況に根ざした重い衝撃力をもたざるをえない、どうしてもその衝撃力を剝ぎとることはできないということを、朴政権の側からも認めるほかにないということにおいて、はっきり逆の側からの照明をあびたことになろう。このように真に状況に根ざした詩人の発する文学の言葉は、それが純粋に文学の言葉としてとぎすまされればとぎすまされるほど、現実的な状況に対して動かしがたい力のある言葉たらざるをえない。とくに諷刺、哄笑の言葉は。そしてそのような詩人は、ついにかれの真の文学の言葉こそが、対立する体制にとってもっとも許容しがたい政治の行動であることを、自分でも認め敵にも認めさせるほかになくなってしまうのである。

この認識に立って、しかもなお詩人を殺すなという声を発して抗議する時、非暴力運動としてのこの抗議の性格は、ガンジーのそれの原義により近いものとなろう。すくなくともこのようにして抗議する側は、かれらが救おうとする詩人にかかわって自分たちの内蔵する暴力の規模を、よく確かめえているわけなのだから。

僕は韓国の詩人の言葉を眼の前に置いて、諷刺、哄笑の想像力について語ってきたが、ほかならぬわが国の文学的状況《シーン》において、諷刺、哄笑の想像力はよく文学の言葉として現実化しているか？　それはそうでないとすぐさま認めぬわけにはゆかない。パゾリーニが撲殺された日、もし三島由紀夫が生きていたならば、諷刺、哄笑についていかにも敏感かつ判断の早いところのあったかれは、いやあの死に方こそが自衛隊乱入屠腹の死よりも、男らしいものとして一貫しているよ、と自己諷刺の眉をしかめていった後、哄笑したであろうと思ったものだ。しかしわが国では当の三島の死を、諷刺、哄笑の対象とする文学の言葉は、金芝河がそこに日本人の生死の一典型を見て繰りかえしそれを詩の言葉としているのにくらべても、実際少なかった。ひとつの国の文学的状況がまるごと諷刺、哄笑の言葉を失っているのだ。そのような禁圧の卸し蓋をおろす工夫が、おれは自分の死後おれについて諷刺、哄笑することを許さぬぞ、と禁忌の綱を張りめぐらす工夫が、三島の晩年の思想、死に方の中心をなしたとまではいわぬが、副次的な、しかし大きく副次的な柱としてあったろうことを僕は疑わない。天皇制はその禁忌の源の力である。そしていったんこのように奇矯な行動で揺りおこされた天皇制の呪術的な力は、三島自身の思想の奥行、その射程とはまた別の影響力をもつ拠点をなして、われわれの総合的な状況の一モメントとなっている。おなじ呪術的な力を、こちらは生きている自分の栄光を諷刺、哄笑から守る禁忌に利用したい江藤淳が、《陛下に拝謁を賜わりし日》を銘記するのも、当然なことだ。かれは陛下の文学博士である。

このようにして諷刺、哄笑の想像力、諷刺、哄笑の言葉のひとつの出口が絶対的な禁忌にふさがれてしまえば、文学の想像力、文学の言葉は根源的に痩せずにはいない。戦前・戦中そして戦後、ラブレーの諷刺、哄笑の言葉を翻訳、注釈することに生涯をかけた渡辺一夫は、その死にのぞんでどのように苛烈な絶望の眼を、あいかわらず天皇制の禁忌のもとにあるわれわれの文学的状況、また総合的な日本人の全状況に向けたことであっただろう?

しかし諷刺、哄笑の想像力、諷刺、哄笑の言葉が、禁忌に天窓をふさがれた状況にあるなかでも、かならずしも希望を棄てることはないのかもしれない。がんじがらめに縛りつけられた閉塞の状態でこそ、なおさら激しい逆転の力を発揮するのが、ほかならぬ諷刺、哄笑の想像力と、その言葉なのだから。文学的状況の専門業者が、その諷刺、哄笑の言葉を疲弊させてしまったにしても、この言葉を母国語にもつ民族全体の反撥力まで見限る予想にはどんな根拠もなかろう。そうではないか？《世にも名高い酔漢《さけのみ》の諸君、また、いとも貴重な梅瘡《かさ》病みのおのおの方よ》　〔一九七五年〕

道化と再生への想像力

言語学者、民俗学者、文化人類学者をはじめとして、人間の肉体と意識の仕業の総体について、科学的な方法による探究を次つぎに新しくつくりだしてゆく先行者たち。われわれ文学の現場で仕事をしている者に、かれらがあきらかにしてくれる方法は、それまで自分がとらえられていた次元からの、それも自分自身の内部に喚起された推進力による乗り超えを一挙に可能とする。しかもいったん乗り超え、跳び超えてみると、ほかならぬ文学の伝統的な現場ですでになしとげられた仕事のまん前に、着地している自分を見いだすこともある。それはやはり永い歴史に立つ文学の現場で仕事をしつづけている者にとってみれば、むしろあたりまえのことだが。それでいてしかし乗り超え、跳び超えを経験した者の眼が、眼の前にあらためてあらわれたもののうちに、それ以前とおなじ様相を見てとるということはないのも、またあたりまえの話であろう。

僕は神話的な世界のなかの、どうしても冒険的たらざるをえない放浪の道を歩みつづける道化の祖先、トリックスターについて眼を開かれた時、自分がいつもそれを意識の隅に感じとりつづけてきていながら、しかし当の問題の正体そのものに光を投げかけることは、いわばそれが意識という箱の、どこからも照明をあたえることのできぬ隅にあるように不可能であったものが、たちまち解決可能の確定された問題として眼の前にあるのを知った。

トリックスター神話は、人類学者ポール・ラディンによって採集されたアメリカ・インディアン、ウィネバゴ・インディアンの神話としてまず僕の関心の領域にはいってきた。そして僕はただちに、わが戦後文学がすでに確実に生み出している同じ性質の業績の前に、しかし乗り超え、跳び超えを経験したばかりの新しい昂奮とともに眼を開いている自分を見出した。

大岡昇平の『野火』のヒーローは、敗戦の戦場で軍隊の群《い》れから離脱せざるをえなくなった一兵士であるが、かれの存在、かれの物の見方、行動には、まさに直接、ウィネバゴ・インディアンのトリックスターを思い出させるところがしばしばあるからである。本質的な両者の近さについてはしだいに考えすすめてゆくとして、まず現象的に両者に共通しているところとして次の二例を引こう。(『トリックスター』ラディン、ケレーニイ、ユング共著、山口昌男解説、晶文社刊)

人肉を喰うことを余儀なくさせられた、危機の『野火』のヒーローの右手と左手が対立・抗争する。《その時変なことが起った。剣を持った私の右の手首を、左の手が握ったのである。この奇妙な運動は、以来私の左手の習慣と化してゐる。私が喰べてはいけないものを喰べたいと思ふと、その食物が目の前に出される前から、私の左手は自然に動いて、私の匙を持つ方の手、つまり右手の手首を、上から握るのである。

ひとり集落を出て旅にのぼったトリックスターは、ただ右手だけをもちいて野牛を殺す。《この作業の最中、突然、彼の左手が野牛を摑んだ。「それをおれに返せ、おれのものだ！　やめないと、ナイフで突き刺すぞ！」こう右手がいった。「おまえをずたずたに切ってしまうぞ。おまえをそうしてくれるからな」と右手はつづけた。すると左手は摑んだものを放した。ところがしばらくすると、左手が今度は右手を摑んだ。今度は、右手が野牛の皮をはぎはじめたそのとたんに、左手が手首を摑んだ。何度も何度もそれがくり返された。このようにしてトリックスターは、両方の手を争わせた。その争いはやがてはげしい喧嘩となり、左手はひどく傷つけられてしまった。「ああ、ああ！　どうしてこんなことをしたんだろう？　どうしてこんなことをやっちまったんだろう？　おれは自分を苦しませてしまったわい！」左手は血をだらだら流していた。》

『野火』のヒーローの根本的なジレンマは、餓えに死のうとしている人間として、他の人間を喰うか、喰わぬかということだが、それはそのままほかならぬかれ自身が他人に喰われるかもしれぬ、という状況がそこにある。《後で炸裂音が起った。破片が遅れた私の肩から、一片の肉をもぎ去った。私は地に落ちたその肉の泥を払ひ、すぐ口に入れた。

私の肉を私が喰べるのは、明らかに私の自由であった。》

《トリックスターは自分の尻を焼いた。燃えているたきぎを尻に当てたのだ。それから彼はそこを去った。

道路を歩きながら、だれかがそこを前に通ったにちがいないと確信した。人が踏みつけた道とおぼしいものの上にいたからだった。まさしく急に、だれかの体から出たにちがいない一きれの脂肪にぶつかった。「だれかが殺した動物を切ってたんだな」と彼はひとり言をいった。それからその一きれの脂肪を拾って食べた。おいしい味だった。「いやはや、これを食べると何ともいえない味だ！」けれども進んでいくと、ひどくおどろいたことに、食べているのは自分の体の一部、自分の腸の一部であることを知った。自分の尻を焼いたあと、腸がちぢまって少しずつはがれ、それが彼が拾い上げたものだった。「いやはや！　おれがトリックスター、愚かなやつと名づけられてるのはもっともだ！　みんなはおれをそう呼んで、とうとうおれをほんとうにトリックスター、愚かなやつに変えてしまったんだ！」》

基本的にトリックスターとはどのようなものであるか？　ラディンがあらかじめ整理するかたちで説明する。《トリックスターは創造者であって破壊者、贈与者であって反対者、他をだまし、自分がだまされる人物である。彼は意識的には何も欲していない。抑えつけることのできぬ衝動からのように、彼はつねにやむなく振舞っている。彼は善も悪も知らないが、両方に対して責任はある。道徳的、あるいは社会的な価値は持たず、情念と食欲に左右されているが、その行動を通じて、すべての価値が生まれて来る。》

トリックスター神話を、その終りの極からさかさまの方向に読みとってゆくならば、かれはそもそも地球創造者によって、この地球へ使命をおびてつかわされた者である。トリックスター神話は地上の多くの場所に様ざまなかたちをとってあらわれ、中世の道化を通過して近代・現代にまで生き残っているものだとラディンは教えてくれるが、ウィネバゴ・インディアンの場合、地球創造者の住んでいる世界の下に、それとそっくりのもう一つの世界があり、この世界を、かれが管理している。そこから派遣されて、ウィネバゴ・インディアンのためにこの地球を整備する役割をはたし、かれはついには天へ戻って行く。しかしそもそもの初めには、かれは戦いに出ることを宣言してそのための宴会を開きながら、禁忌である女性との同衾を繰りかえして、部族の者たちにすっかり見放されてしまうような、反社会的な酋長としてあらわれたのである。

　つづいてかれはまことに反倫理的なやりかたで野牛を殺す。しかも荒野のただなかにひとりでいるかれは、宇宙の全体がかれの肉体と分化していないかのように、かれのものである右手と左手が対立して抗争する二つの極となることを、意識の力によってはとどめえない。また、わざわざ申し出て他人の子供をあずかりながら、その父親によって定められた秩序を守らなかったために、子供らを殺してしまう。報復しようとする父親に追われて海に逃げたかれは、大洋のさなかでどちらの方角に泳げば岸につくのかすらもわからない。いまやかれに敵対する自然のただなかで、かれは絶対的な孤立者として怯えている。そのような自分を、かれは自己嘲弄もする、なんと間ぬけなやつだと。そのようなかれはまた、ひどく長大なペニスを持った性の力の権化である。しかも奇態なことに逆の側の性に、すなわち女性に仮装して他の酋長の息子と結婚し、子供さえも生むのである！　そのような具合にかれは繰りかえし失敗し、ひどいめにあい、そして時にそれこそトリックスターらしく狡猾に他者をだまし、やっつけ、悲惨なめにおいつめる。そしてそのようなかれの冒険が、ついにかれと部族の社会・世界・宇宙とのかかわりと、そのかかわりをつうじてあきらかになる多様なその実態を呈示して行った後、とどのつまりには、地球創造者にあたえられていた自分の使命を思い出し、それを実現して天に上るのである。

山口昌男は次のようにトリックスターの文化的意義を要約している。《道化＝トリックスター的知性は、一つの現実のみに執着することの不毛さを知らせるはずである。一つの現実に拘泥することを強いるのが、「首尾一貫性」の行きつくところであるとすれば、それを拒否するのは、さまざまな「現実」を同時に生き、それらの間を自由に往還し、世界をして、その隠れた相貌を絶えず顕在化させることによって、よりダイナミックな宇宙論的次元を開発する精神の技術であるとも言えよう。》

『野火』のヒーローが、そもそもの初めにわれわれの前に出現するその仕方は、いかにもトリックスター的という言葉がふさわしいものであると僕には思える。かれは軍隊に動員されてレイテ島に戦い、敗戦まぢかな混乱のうちにありながら、しかも病人ですらもありながら、自分の部隊からも病院からも拒まれた兵士である。おまけに上官から殴られることだけがお餞別で、かれはひとりさまよう旅に出発しなければならぬ。この悲惨のきわみの、しかもみっともない境遇の兵士。しかしかれはいったんそのように追放されると、そのような身分になったこと自体による自由をはっきり受けいれて、したたかな人間的資質を示す。レイテ島の日本人に許された、軍隊という唯一の社会から追放され、反社会化したかれの、自然の中での放浪。そこでかれの感じとる自由は、その境遇を、むしろ意識的にかれの選びとった自己の反社会化にほかならないものとする。そもそものかれのありようが、こうして両義的となる。《奇怪な観念がすぎた。この道は私が生れて初めて通る道であるにも拘らず、私は二度とこの道

を通らないであらう、といふ観念である。私は立ち止り、見廻した。》

《私はいつか歩き出してゐた。歩きながら、私は今襲はれた奇怪な観念を反芻してゐた。その無稽さを私は確信してゐたが、一種の秘密な喜びで、それに執着するものが、私の中にあつたのである。》

しかし兵士はかれのうちに実在するその両義性をとくに気にかけることもなく、むしろ自然に歩いてゆく。山口は《両義性の人格化《パーソニフィケーション》》というトリックスターへのもうひとつの簡明な定義づけを紹介していた。兵士はフィリッピン人の小屋にいたって玉蜀黍《とうもろこし》を奪う反倫理的な行為に出るが、すぐさま顔色の悪いその原地人から嘲弄によってむくいられる。それはトリックスターと小動物たちとの間に繰りかえされる虚々実々の闘いを思い出させる。つづいて戦闘にまきこまれそうになって、それをあやうくまぬがれた兵士は、当然戦友と呼ぶべき自軍の負傷兵を救助に行くかわりに、ひとり哄笑している。

しかしこのように徹底的に反社会化することによって、同時に兵士は宇宙的なものへの交感の道を開いている。《私は吐息した。死ねば私の意識はたしかに無となるに違ひないが、肉体はこの宇宙といふ大物質に溶け込んで、存在するのを止めないであらう。私はいつまでも生きるであらう。》

われわれのヒーローの持っている銃が軍事教練のため学校へ払下げたのを回収した三八銃で、遊底蓋に菊花の紋がバッテンで消してあるものであり、かつまたそれをかれが自発的に水に投じてしまうにいたるのは、天皇制を頂点とする体系としての軍隊社会にそむいて、かれが徹底的におしすすめる、自己の反社会化を象徴する行為と思われる。

そして兵士はさきに引用した部分の、自分自身の肉を喰うことによって、人肉嗜食の禁忌を侵す者らとともに、かれ自身の内の、人肉嗜食を拒みつづけようとしてきた倫理との相剋までを、すべて批評的に逆転させてしまうのである。この奇想天外な第三の道の発見は、まったくトリックスター的というほかにあるまい。しかしそのように軍隊的な束縛の内外を自由に出入りし、敵意ある自然のただなかを放浪して、それらのまことに多様な局面をあきらかに呈示した後、突然にそして必然的に、兵士は神の怒りを代行する者となるのである。

やがて天に上るかわりに兵士は精神病院にあって、しかもトリックスターが地球創造者にあたえられた役割を思い出し、それをなしとげ天に上ったのと等価的であるような生き延び方をする。すなわち神の代行者としてのかれ自身の役割を認識し、なおかつそれがすでに、フィリッピンの山野で自分によって実践された役割であることを追認しているのである。神に栄えあれというのが、精神病院のわれわれのヒーロー＝現代のトリックスターの最後の言葉である。

そこで僕は、ひとつの仮定的な夢想にみちびかれずにはいない。『野火』に導入されているキリスト教的なるものよりも、なおいっそう根源的なところで大岡昇平の意識と無意識の根に発するものとして、トリックスター神話的なものがあることをそれは示しているのではないかと。もしわが国にトリックスター的な両義性を許す精神的・感受性的風土がすでに開かれていたならば、大岡昇平はわれわれのヒーローにあえてキリスト教的な経験をさせる必要はなく、精神病院でのキリスト教的な受難の意義づけの労役を課さないですんだのではないかと。すくなくともウィネバゴ・インディアンがかれらの言葉に『野火』を翻訳するとすれば、われわれのヒーローはこのように精神病院に閉じこめられるかわりに、宇宙的な仕事をなしとげた巨大なトリックスターとして、悠揚せまらず天に上って行くことであろう。

もちろんわが国にトリックスター的なものへの精神的・感受性的風土がすでに開かれていたならば、と僕がいうのは、われわれの精神史を古代にさかのぼって、また周辺的諸地方をめぐりつつ、そのようなものがいっさい欠落しているというのではない。古代以来の日本人に絶対に欠落した神話世界の一要素が、どうして大岡昇平の想像力の根源に突然変異のようにして立ちあらわれえよう？　むしろわが国の神話世界の諸要素に敏感なこの現代作家をつうじて、われわれは自分たちの古代に、これまでは見ることのなかった視角に光をそそがれるようにして、それを見たのであろう。そしてそれは、われわれの近代化された社会の精神的・感受性的風土に、まさに根だやしになっていたトリックスター的なものが再び開かれる機縁を意味するであろう。僕は、まことに遅ればせながらそれを現代の作家である自分の眼で見つめる契機を、いま獲得したように思うのである。そこに民俗学者、文化人類学者の直接・間接の啓示をかさねれば、われわれはかつてのような一面性において素戔嗚尊《すさのおのみこと》やアマノジャクを見ることはできぬだろう。そしていまその眼によって、われわれは檀一雄の『火宅の人』のヒーローを新しく見ることができる。しかも僕はバフチンによって総合的に構造化された、カーニバルを把握する眼をもまたかさねあわせてそれを見る。神話の世界からフォークロアの現実に多様なかたちでおりてきたトリックスターの直系、道化たち。その道化たちの祭りとしてのカーニバル。もちろん管理社会の今日の現実を生きる『火宅の人』のヒーローは、戦場にあった『野火』のヒーローにもまして、トリックスターとしての構造的一貫性をつらぬくことが困難である。『火宅の人』のヒーローはつねにカーニバル的なるものを志向しているが、それが民衆的な祝祭として完全に成就されるということはやはりありえない。しかし、むしろそれゆえにこそ、ここにはトリックスター的なるものとその末裔の活躍する、カーニバル的なるものの照明によって、われわれの時代に総ぐるみ欠落しているものが浮かびあがる。そのように欠落しているものへの現実感覚を喚起することこそが、文学の想像力的な機能であることはいうまでもない。(『フランソワ・ラブレーの作品と中世・ルネッサンスの民衆文化』川端香男里訳、せりか書房)

まずカーニバルの特質をなすものを、あらかじめ『火宅の人』と照応すると予想される部分に焦点をおいて、バフチンから学ぶことにしよう。それはわれわれが自国の文学と根源的に対比させながら、すでに渡辺一夫によって周到に翻訳・注釈された『ガルガンチュワとパンタグリュエル物語』を読みなおすことにもかさなろう。

カーニバルの美的概念を、バフチンはグロテスク・リアリズムと呼ぶ。《グロテスク・リアリズム(つまり民衆の〈笑いの文化〉のイメージ・システム)の物質的・肉体的原理は、全民衆的、祝祭的、ユートピア的様態《アスペクト》の中に姿を現わす。宇宙的、社会的、肉体的要素は、分割できぬ生きた総体として、単一な、相離れがたい形で現われるのである。そしてこの総体は陽気な、愛想のいいものである。

グロテスク・リアリズムにおいては、物質的・肉体的な力は極めて**肯定的な**原理となる。この肉体的な要素が現われるのは決して私的な、エゴイスティックな形ではないし、生活の他の領域とは決して切り離されてはいない。**物質的・肉体的原理**はこの場合、**普遍的**な、**全民衆的**なものとして把握され、そして正にこの

ために、**世界の物質的・肉体的根源から分離し、孤立して自分の中に閉じこもる一切の動き**と対立する。》

《グロテスク・リアリズムの主要な特質は、**格下げ・下落**であって、高位のもの、精神的、理想的、抽象的なものをすべて物質的・肉体的次元へと移行させることである。この大地と肉の次元は切り離し難い一つの統一体となっている。》

《格下げ・引き落としとはこの際地上的なものに向かうこと、一切を飲みこみ、それと**同時に**生み出す原理としての大地と一体化させることを意味する。つまり格下げ・下落させつつ、埋葬し、同時に播種し、殺すのであるが、それは新たにより良くより大きな形で生むためなのである。下落とは同じく肉体の下層の部分の生活、腹の生活、生殖器官の生活に関与することであって、それ故に交接、受胎、妊娠、出産というような行為に関与することである。下落は**新たな**誕生のために肉の墓を掘るのである。それ故、破壊的、否定的な意味だけではなく、積極的、再生的意味を持っている。下落・格下げは**両面価値的**であって否定すると同時に肯定する。投げ落とすのは、単に下方の無・絶対的な破壊に向かって落とすのではない、生殖力ある下層へと、受胎し新たに誕生し、豊かに成育する下層へと、投げおろすことに他ならぬ。》

《グロテスク・リアリズムは現象の特徴をとらえるのに、現象の変化の状態、まだ完了していない変容《メタモルフォーズ》の状況、死や誕生、成長と生成の段階を選ぶ。この〈**時**〉、**生成**に対する関係は、グロテスク・イメージに必須の本質的(決定的)特徴である。これとつながる第二の必然的な特徴は**両面的価値**である。このイメージの中であれこれの形式で**変化の両極——新と旧、死するものと生まれるもの、メタモルフォーズの始まりと終り——**が表現(あるいは指示)されているのである。》

われわれはまず『火宅の人』という総タイトルにおける火宅が、この言葉のオーソドックスな意味合いはそれとして、詩的言語の両義性によって、具体的に燃えあがる住家のイメージをも喚起することを認めるべきであろう。燃えあがって滅びる人間の住家は、まさにそのまま、再生する生命が育くまれる炎のなかの家である。滅亡と両面価値的にないあわされた再生への希求が、ほかならぬこの『火宅の人』のヒーローを、二十世紀後半の日常的世界でのカーニバルの実現へと闇雲に走りつづけさせるのであるし、このつねに遊行する道化＝今日のトリックスターの現実生活を描いた文学を、中世・ルネサンスの民衆的基盤に立ったラブレーの文学に、カーニバルに発するグロテスク・リアリズムをなかだちとして接近させるのであることは、誰もそれを否定しえない。

　さてこの小説の冒頭に象徴的にあらわれるのは、日本脳炎の後遺症の少年である。僕は自分自身、知恵遅れの子供を持っている父親としての経験から、そのような子供が、家庭という構造のなかの構造的劣性として、その全体の構造をいかにダイナミックに緊密にするものかを知っている。少年は家の外へ自力で一歩も歩き出すことはないが、したがってジェット機で世界中を遊行する道化＝今日のトリックスターの父親と行動をともにすることはないが、しかしかれはその父親の存在の全体性に不可欠の、構造的劣性であることにまちがいはない。少年の突然の死は、道化＝今日のトリックスターの父親にそれ以後の遊行への意志を崩壊させてしまう。じつは少年の死の時点で、このヒーローは根源的に進退きわまっていたのである。

　不具の少年はあきらかにグロテスク・リアリズムに立って描写される。《炎天の砂の上にひぼしになった蛙そっくりの手足を、異様な形でくねらしながら、畳にうつ伏せになっていたり、裁縫台の下に足をつっ込んでいたり、しかし私の大声を聴くと、瞬間、蒼白な顔のまん中に、クッキリとした喜悦の色を波立たせて、「ククーン」と世にも不思議な笑い声をあげるのである。》不具の少年の声はまた、馬の笑い声にもたとえられる。それは、蛙の形容ともども、グロテスク・リアリズムの格下げ、引き落しの実例だが、同時にその人間と云ういきものの微笑には余り似ていないかも知れぬ微笑が、ヒーローの鎮魂のよりどころだということもあかされるのだから、そこには両面価値的な発想があきらかであろう。

　不具の少年に、苦しみに似た歓喜の発作をあじわわせる引金をなすのはヒーローの大声だが、それは、テレヴィ時代より前の、われわれの誰もが街角でそれを聞いたことを思い出す、ほとんど民衆的祝祭であったオリンピック競技のラジオ放送の模倣だ。ラブレーの言葉の世界を豊かにしたカーニバル的な広場の叫び《クリ》にバフチンは強い照明をあたえるのだが、現実にそのような広場を持たぬわれわれに、あの誰もが街角で耳にしつづけたオリンピック水泳実況の叫び声は、それこそ今日のカーニバル的な叫び《クリ》ではなかったであろうか。とくにおよそ一切の外界への通路を喪い、ただ水泳実況の叫び声の道化的模倣にのみ情動を刺戟される、この日本脳炎の後遺症の少年にとって。そしてかれの反応をなかだちに、このヒーロー自身にとって、それはすでに疑いをゆるさない。

　さて『火宅の人』のヒーローのカーニバル志向の性格が、もっとも意識的にあらわであるのは、その料理にたいする激しい執着である。ヒーローがめずらしく心身の衰弱を意識するのは、(かれは常日頃、人並はずれた健康の保持者であって、その日常生活の心理的基調は、何はともあれ、生きると云うことは愉快である、というのだ）自分の手許に料理道具がなく、したがって自分では料理できないところに（心理的には）閉じこめられた時のみである。まずかれがどのように料理道具そのものに関心が深いかを見なければならない。刺身庖丁、出刃庖丁、薄刃庖丁、西洋庖丁と、ズラリとならべ、それをたんねんに研いでいる。登山用の俎板や庖丁やコッフェル。梅酒用の大瓶。大きなザル、大きな甕、大きな樽。大鍋。完備した台所と、味噌、醬油、油等、林立する調味料と、鍋釜庖丁の類。

バフチンはラブレーの描く修道士ジャンの好戦的精神と料理好きについて分析していた。《**「好戦的な精神」**、**戦争**、**戦さを交えること**、そして**また**、**料理——**これらは特定の一つの一般的視点において交差しているのである。そしてその一般的な視点になるものは、**寸断された肉体**、「小間切れ」である。》

『火宅の人』のヒーローが料理道具を自分の手許に発見するたびに勇躍するのは、それがかれの内部で武器と同一視されているからにほかならない。パリの庖丁、ボストンの皿を情人の前に土産に持ちかえると、たちまちそれはヨカナンの皿、首をかきとってもらう庖丁となる。敵を攻撃する武器のみならず、自分が攻撃される武器まで持ち出さざるをえないところは、いかにもカーニバル的な特質であろう。バフチンが民衆的な祝祭の重要な特性として、笑っている者自身もこの笑いの対象となる、ということをあげているのとそれは根柢において照応しよう。

われわれのヒーローの料理の材料のとらえ方には、あからさまに死、殺戮と再生のからみあうカーニバル的な雰囲気がにじみでている。材料はそのまま「寸断された肉体」である、丸ごとの豚の肝臓、牛の舌、猪の肉片、山のような青梅、山のようなラッキョウ。鶏の砂ギモ、生鱈の肉片、しかも両手に抱えきれぬほどのそれら。蟹の足、鋏、豚の足の巨大なハム。仔豚の丸焼。鯨の尾肉。大鰤、巨大な伊勢蝦。

この前提に立てば、われわれの有頂天のヒーローの獰猛なほどの料理のしぶり、料理される食物の量の厖大さに、再生を希求する者の激しい死・殺戮へののめりこみかたと同一のものを見ることは自然であろう。それはむしろもっとも理解されやすい、このヒーローのカーニバル的特質ですらあるであろう。そしてその方向性に立つものがついに最高潮に達するシーンが、ヒーローの道化的遊行の旅の、ニューヨークで迎える越年の飲食である。

それが旧い年と新しい年の移り変る、すなわちグロテスク・リアリズムにもっともふさわしい時を選んでの状況であることに注目しよう。われわれのヒーローは、かれの情人をかつて庇護していた黒幕の大物から殺されるかも知れぬ窮地にある。この突然の災難のふりかかりかたもトリックスター的だが、そこでかれは恐怖と嫉妬に苦しみながら、ホテルの七階の窓枠に腰をかけて、牛乳とウィスキーを交互に飲むことになる。ともに生命の誕生・燃焼の直接の象徴である特別の飲みものを体のなかにとりいれる、いかにもグロテスク・リアリズム的なこの行為から、あらためてわれわれは死と再生にかかわる強い呼びかけを受けとめぬわけにはゆかない。ヒーローはそのように牛乳とウィスキーを飲みつづけながら、実際に飛び降り自殺の真似事を二度三度くりかえす。それは確かに、猿真似だが、ひょっとすると、危険はその猿真似の習慣の方にあるかもしれぬというような自殺の真似事。しかもこの自殺の真似事は、脅迫者の大物に対して、殺されてたまるものか、という断乎たる戦闘をヒーローがもくろむことと共存する、両面価値的な身ぶりなのである。これらの矛盾するふたつの意味は、死を超えての再生のイメージにおいて固くむすばれている。

しかもわれわれのヒーローは、そのようにして自分が死ぬならば、それは犬どもの糞の上でであることを意識してもいるのだ。どうせ死ぬなら、犬のうんこの真上に粉々に自分の頭を砕き潰してやるさ。この自分自身の生と死の格下げ。糞そのもののグロテスク・リアリズムにおける意味合いも、ここで想起されねばならぬだろう。バフチンはほかならぬ糞による格下げについてこういっていた。《しかしこの種のすべての格下げの行為、表現は**両面価値的**である。これらのものが掘る墓は、**肉体の**墓であるから。また肉体的下層、生殖器官の領域は、**肥沃な**、**生み出す下層**であるから。そのため尿や糞便のイメージには、**出生**、**豊饒**、**改新**、**富裕**との本質的なつながりが保持されている。》

われわれのヒーローが、原始的な構造の便所を陽気に肯定的に受けいれる、そのような資質と経験をそなえている人間でもあったことをかさねて思い出そう。

われわれはこのようにしてグロテスク・リアリズムにみちみちた環境における、しかもカーニバル志向のつねに生きて動いているヒーローの生の冒険にしたがってゆく。ところがそのうちに奇妙なしっぺがえしをくわされることになる。突然にヒーローが人生五十にさしかかった愚者の鎮魂の祭、人生五十の愚者の祭を思いたつことになるからである。ヒーローはしかもそれを、一生に一度ヤケクソの祭とみなすと主張するのである。すなわち、祝祭につづく祝祭のようであったわれわれのヒーローの越し方は、この時点において当のヒーロー自身に、すべて流産したカーニバルであったと告知され、われわれはヒーローのその自己認識をくつがえしえないのである。しかし愚者の祭といういかにもグロテスク・リアリズムの世界に属する言葉によって設定されるこの最後の祭も、真にカーニバル的な頂上まで高まってゆくことはなかった。

そこでわれわれはついに、このヒーローの生涯は始めから終りまでカーニバル的な祝祭のみを志向する人間の生涯であったが、そしてその志向性の明らかさは失敗をつうじても揺らぐことはないが、しかしついにかれにとっても、二十世紀後半の現実世界でのカーニバル的祝祭は不可能だったのだと証明されるのである。それはそのままバフチンのグロテスク・リアリズム定義の根本をなしていた、全民衆的なものとしてカーニバルがあり、孤立した人間の一切の自閉的な動きはそれに対立するものだとする指摘に照明を投げかけ、またそこから反射光を投げかえされるものであろう。しかもとより全民衆的な基盤を失っているのは、今日のわが国の知識人のあらゆる営為に共通な事態なのであって、むしろわれわれはその現実に生きながら、なおかつカーニバル的祝祭の再興をめざして奮闘したヒーローに、稀有の実在性を見出すとこそいうべきであろう。かれの奮励努力する唯一の実在なしでは、われわれが今日の自国の文学を契機に、このようにしてグロテスク・リアリズムと幻のカーニバル的祝祭を検討することもありえなかったはずではないか?

『火宅の人』は確かにヒーローの恋愛を軸として展開したが、われわれのヒーローは本当にその情人たちを実体として必要としたろうか? かれが情人にもっとも激しい情動のあらわれを示すのは、当の情人を残して道化的遊行の旅に上ってからである。実際にかれらがひとつの生活をおこなっている間、情人の存在感は、ヒーロー自身の存在感にくらべていかにも稀薄である。またその情人と、副次的な情人たちとの間にくっきりした差異を認めがたい。そしてこの情人や副次的情人がわれわれのヒーローにたいして、もっとも生きいきした情動を喚起するのは、次のように奇妙なかたよりのある光景においてである。情人は突然、裾まくりしてアグラを組み、その両腿をかわるがわる打ちたたいて焦躁の思いを、突然、ユーモアで実演して見せる。そして調子がガラリと変り、自分の短い足に関わる冗談をいう。彼女にそう云われると、豆粒ほどの彼女の子供達(堕胎した子供達)が勢揃いして、彼女とそっくりの胡坐を組み、短い腿のあたりをピタピタピタピタ叩きながら、凄んでいるように感じられる。このグロテスク・リアリズムによって特徴づけられた情人は、ほかならぬ道化だ。われわれのヒーローは道化としての情人に、もっとも生きいきした魅力を見出しているのである。

副次的な情人は、ネグリジェの土人服に、マントを羽織って意気揚々、宿に乗り込んで、われわれのヒーローともども、旅廻りの夫婦漫才とまちがえられる。もとよりヒーローは遊行する道化を自認し、その道化の伴侶としての情人にのみ、かれの情動の大きい振幅に見あう関心をいだいているのである。あるいは情人・副次的な情人たちは、われわれのヒーローの一個の道化としての特質をあきらかにするための、構造の一翼をになっているにすぎぬともいえるだろう。しかもわれわれのヒーローはそれについて無自覚なのではなかった。《私は、いつも彼女らから逸脱して、自分の指顧できる明瞭なおのれの祝祭の中にばかり生きつづけてきたことを自覚するのである。》

したがってヒーローが降って湧いたような嫉妬と恐怖の深い悲惨をあじわいながら、同時に激しい勢いで回復の感情を見出す、孤独な放浪の旅立ちのジェット機上のシーンは、かれがなにより遊行する道化＝今日のトリックスターと呼ばれるにふさわしい人間であることを明瞭に示している。われわれのヒーローはまさしく一つの現実のみに執着・拘泥しない。四軒の家を持っていることが象徴的に示すように、かれは様ざまな現実を同時に生き、それらの間を自由に往還する。かれが出現することによって、ニューヨークの日本人社会は動揺し、ダイナミックなものに変貌する。大はしゃぎし、とめどなく浮き立っているヒーローの周囲に、実際新しい宇宙論的次元が開かれたかに見えるほどだ。ドライヴしながら、あれらの雲も水も森も自分の銀行が貸出している財産だ、と豪語しているわれわれのヒーローの眼の前に、アメリカの紙幣が路面いっぱいに散乱する。ヒーローはもちろんそれらを歯牙にもかけない。この全アメリカ的なドルの価値の秩序の引き落し。まだドルの威力が世界を覆っていた時代の、アメリカを放浪する今日のトリックスターの仕業にふさわしい、このような不遜さが他にありえようか？

　はじめにのべたように、今日の日本人のトリックスターは、ウィネバゴ・インディアンの神話における原型とはちがっている。かれは遍歴をつうじてこの現実世界の多様な実態をあきらかにした後、地球創造者によってあたえられた使命を実現し天に上る、というわけにはゆかない。しかし『火宅の人』のヒーローも、『野火』のヒーロー同様、その鋭敏・豊富な宇宙感覚に支えられる昇天への志向性をあらわすことにおいて、その昇天の失敗自体が、裏の側から、トリックスターとしてのかれの首尾を一貫させているのである。

　はじめから『火宅の人』のヒーローは、宇宙論的次元について自覚的だった。しかもかれはつねに肯定的に宇宙に対していた。太虚、また(死後の)空漠、というような言葉が、かれにとっての宇宙を表現する言葉だが、一度なりとそれらに対してかれが否定的であったことはない。もともと自然現象はかれにとってすべて善である。幸いと横なぐりの雨が降れば、かれは雨に打たれるままである。かれは自分の息子の肉体のあらわす熾烈な生命の本能にふれるとすぐさま、宇宙論的な思考に身をまかせる。《人体というこの危うい坩堝は、危ういが故に、巨大な人類の流れを今日まで存続させてきたようなものだろう。》

僕は次の感慨を、天に上らぬことでなおさら宇宙論的次元を強く志向する、今日わが国においてカーニバルの道化＝今日のトリックスターに近い自己を実現した人間の遺言として、聴きとるものだ。

《私と云う、とりとめのない逸脱の人間を、その逸脱の本源の混沌に還して、傷つくとか、破れるとか、愛するだとか、別離だとか、そのような女々しい人情につながることを一切拒絶した空漠のなかで、目にもとまらない、素早い、有頂天な、疾走をこころみてみたかった……、とでも云おう。

……しかし、……鳥でも超人でもない私の、ほんとうのありようは、……私と云う浮足立った、有頂天の代物を……、ひきずりながら、私自身が、この地上を、喘ぎ、走っていた、と云った方が本当だろう。……わが有頂天の醜鳥は、もがけばもがくほど、その緊縛は大きかった。いや、醜鳥は己の証跡を嗅ぎ漁る異常な好奇心の故に、空も飛翔出来ないで、地上をヤミクモにほっつき歩いていた、……》

さきに僕は金芝河の『糞氏物語』について、次のようにのべた。当の作者が、いや自分としてはそのような意味をこめて書いたのではないと主張することはおおいにありうるにしても、日本人を身の丈一尺三寸五分、タイコ腹シッラッコン首というあからさまに畸型の人間のかたちにとらえ、その日本人が朝鮮の民族英雄の銅像のてっぺんから、まさにラブレー的という名にあたいする規模で糞をひりちらした後、当の自分の糞の海に墜落して死ぬというこの譚詩に、それがたとえ両面価値的にであれ（むしろそうであればなおさら）

朝鮮人との相関の上での、日本人の再生の契機を僕は読みとる。詩的言語の多義的な読みとりの権利にたってそうすると、日本人としての自分のアジア的再生の希望そのものを仮託するようにして、僕は主張したのであった。渡辺一夫の生涯の努力にもかかわらず、わが国ではなお根づかぬラブレー的なるものの、金芝河において朝鮮の民衆文化の顕在化とともにあらわれている美事さをいう文脈に立ってでもそれはあった。

(前章「諷刺、哄笑の想像力」)

あらためてその譚詩のコーダを引用すれば、金芝河は誰の眼にもグロテスク・リアリズム志向の明瞭なイメージによって、じつに奇態な日本人像をつくり出し、死滅させて、次のようにしめくくっていた。

糞の海にむけて墜落して死ぬということ。《むかしのひとに　きいたことでっけど／こないして　亡んだやつ　その数《かず》　かぞえられんほど　あるんやそうでんな　なにも糞三寸待だけと　ちがうそうでんな　おのれが　死ぬこと　はっきり　わかってても　クソに狂い／クソをあつめ　クソを養うもの　いつの世かて今日このごろかて　絶えることが　ないんやそうでんなあ／わけの　わからんことでんなあ！／なんでっしゃろな　滅亡が　こたえられん／魅力で　おますところへ／なんや得体の知れん　もうひとつ　クソの秘密が　あんのんと　ちがいまっしゃろか》(塚本勲訳)

すでに検討したとおりバフチンにしたがえば、このまさにカーニバル的な糞の大饗宴による譚詩のしめくくりの、なんや得体の知れん糞の秘密は、グロテスク・リアリズムにおける民衆的根源にそくしてあきらかである。《糞は**陽気な物質**である。最も古い糞尿譚《スカトロジー》的イメージにおいては、……糞は生殖力、肥沃とつながりを持っている。他方において、**糞は大地と身体の**何か**中間**にあって、両者を**親近関係**に置くものと考えられている。糞はまた生きた肉体と死んだ肉体の何か中間にあるものでもある。肉体は死ぬと分解し土に姿を変え大地に帰り、肥料となるのである。肉体は生きている時は大地に糞を与える。糞は**死人の肉体**と同じように**土地を肥沃にする**。……さらにグロテスク・リアリズムを継承するラブレーにとっては、糞は**陽気な、酔いざましの物質であり、格下げと親しみを同時に持っている**。これはその**最も軽やかな、恐れを知らぬ、滑稽な形式の中に、墓場と出生とを総合している**のである。》

中世・ルネサンスの民衆の意識のなかの糞についての深い意味の陰影《ニュアンス》をラブレーはあきらかに感じとりえる人間であったとバフチンはいうのだが、糞の原理としての右のような意味あいは、文化の民衆的基盤の時間的軸、地理的軸をつらぬいて、今日の朝鮮の詩人の言語感覚の現場に具体的な湧出をおこしうるものであるにちがいない。朝鮮の神話・民話的世界に、すなわちよりまっすぐ・よりまぢかに、金芝河の糞を描くグロテスク・リアリズムへの確かな血縁を感じとらせる事例を、僕は孫晋泰の『朝鮮民譚集』に見出す。

昔、巨人が追放されて饑のため広野の土を喰い、渴いて海水を飲んで、いま白頭山のあるところで排泄した。糞は朝鮮の山やまをなして、白頭山がもっともそびえている。尿は鴨緑江となり、また豆満江となった。江《かわ》がその源を山に発しているのはそのためである。

ある男が蜜蜂の巣を食った後、大便が臭くないのでわずかになめてみると甘かった。かれは茄子を肛門につめて京城に行き、甘い糞を売り歩いた。大臣や富者が争って買ったのでかれは富みさかえた。それを聞いた男が生豆三升、水三升をたいらげ、腹が鳴りはじめたのでおなじく茄子を肛門につめて京城に出かけた。人びとが甘い糞を食べようと彼の肛門に口をあてていいるところを、彼は猛烈な悪臭のする下痢をその口に放射したので、怒った人びとにさんざんなめにあわされた。

糞が山河の創造のみなもとであること、また糞が富をえることとむすびついていること、それらはさきにみたグロテスク・リアリズムの原理にそっている。人びとが肛門に口をあてて下痢を受けとめるという構図は、いかにも陽気な笑いにみちた肉体的下層への格下げであって、これ以上カーニバル的なものは多くあるまい。金芝河も、かれの譚詩をつらぬく陽気な大騒ぎの基調を、このフォークロアの世界につないで読みとろうとする者に対してはそれを拒みはすまい。すでに引用したとおり、民衆的な祝祭の笑いの重要な特性は、とバフチンは規定していた。それは笑っている者自身もこの笑いの対象となる、ということである。

確かに『糞氏物語』における日本人のカリカチュアは近代・現代的諷刺だが、しかしこの譚詩の全体には単にその意味論的限界にとどまらないで、民衆的な祝祭の笑いの水源からもっとも豊かなものを汲みあげようとする、徹底的なカーニバル的熱情がある。それがなければ、どうして金芝河にかれ自身をもまた笑いの対象として滑稽に登場させる必要があるだろう？

≪……そこにぼろ着た　乞食／ひとり／面《つら》にクソいっぱいつけて　しきりに　初代駐韓／米国大使ムチョ　李承晩《イスンマン》に　赴任のあいさつするように／腕ふりまわし　消えうせろ　コンチキショウ消えうせろ　チョッパリめ　コンチキショウ／消えうせろ！　あんまり　みにくいので／おまえ　また　なんや？／三寸待　たずねる／こやつ　ヘッヘッヘッと笑う／あんた　ここで　あんたのこと　ひとっしきり　面白く話してやってる　金《キム》チハ／なる者が　正に　拙者《せっしゃ》　このおれさまだ　なァ　あんた！　さあさあ　はやく　消

えうせろ／あんた　酒のみたちが　待ってるよ》

金芝河の、朝鮮の民衆文化に深く根ざし、かつ全民衆的な祝祭の陽気な笑いを構築するねがいにつらぬかれて、歌いだされたこの譚詩が、糞という世界中のあらゆる場所において見出されるグロテスク・リアリズムの契機を採用することによって、それが持っている死と再生の両面価値的な意味合いを明確によみがえらせた。その時、諷刺される日本人、糞三寸待《くそさんずんまつ》は単に諷刺されるだけの対象ではない。かれは民衆的な祝祭の陽気な雰囲気のうちに、糞まみれで滑稽な死をとげていやが上にも祭を盛りあげ、それがそのままかれの再生を約束するものである、そのように奥深い民衆的祝祭の印象とともにこの譚詩は終っている。すくなくとも僕はそのように読みとるものだ。

そしてこの譚詩の続く間、新しい建設の方向へ向って、しかし糞の外でなく糞の中で、糞まみれの努力をかさねているのが、清掃糞！と叫びながらの学生たち、善男善女、農夫、日傭いであるのを見れば、金芝河がほかならぬかれらの像において、真の朝鮮人の民衆的な総体をイメージしていることはあきらかである。金芝河はこの民衆的総体のうちにあって、かれらとともに死と再生の劇に立ちあおうとする。むしろその死と再生の劇の機縁をみずからつくり出そうとする。しかも全民衆的な祝祭の、陽気で肯定的な気分のうちにそれをつくり出そうとしている。そのように具体的に未来に向う祝祭的な民衆性こそが、金芝河の詩の基調である。それがまたかれの「政治的想像力」の基調であって、かれの執拗な抵抗の総体を支えるオプティミスティックな力の根源でもあることが理解されるのである。あらためていうが、僕はそこに、朝鮮人と日本人の相関関係における、ほかならぬ日本人の再生がふくみこまれぬはずはありえぬと思う。いうまでもなくそれはカーニバル的な死とくみあわされている再生なのだが。

　そこで僕は金芝河が、この譚詩において達成しているところの、両面価値的な日本人像の把握・表現に敬意をいだかぬわけにはゆかぬ。朝鮮人蔑視をあからさまに示している・あるいはひそかにいだいている様ざまな日本人の朝鮮人像の、不毛な一面性についてはあらためていう必要もない。しかし日本人と朝鮮人との、今日の状況を乗り超えての再生としての、真の和解をねがう日本人の、その朝鮮人像にもまた、両面価値的な豊かな特質はしばしば欠落しているように見うけられるから。あらためてこの糞まみれの哄笑が、まずほかならぬ僕自身の朝鮮人像についてそれを声高に宣告する。

　すなわち僕が、あるいはウィネバゴ・インディアンのトリックスター神話をかりて、あるいはラブレーの創造を支えた民衆文化の発掘にみちびかれながら、『野火』と『火宅の人』のヒーローである、遊行する道化＝今日のトリックスターの、ついに達成されることのない宇宙論的次元の遍歴の完了と、個人的な限界を乗り超えられずに流産するカーニバル志向について語ってきたのは、単に文学の内部にとどまる課題ではなかった。

　それは今日のアジアにおいて、まことに多様な側面から迫ってくる死をくぐりぬけて日本人がどのように再生するかの、根源的な契機を模索してひろがるべき課題でなければならない。僕がねがっていることは、文学の現場から、言葉を試みの媒体として、この模索に参加することにほかならない。いまやわれわれ日本人の住家は、宇宙・世界・アジア的ないかなる視点から見ても、火宅そのものであることを認めぬわけにはゆかないだろう。そしてその現場から逃れることなしに、しかも再生の契機をつかみとるためには、根本からの転換をはかりうる新しい精神の技術がなければならない。しかもそのような今日のトリックスターの技術をわれわれが生み出しえるとすれば、それはわれわれが全民衆的なカーニバル的祝祭への、グロテスク・リアリズムの回復をねがう志向とあいまっていよう。

となれば言葉によって仕事をしている文学の領域の人間にも、その力のつくし方はあきらかになってくる。なぜなら言葉によってカーニバル的祝祭への激しい志向性をきずきあげてゆくことは、ついにはその致命的な欠落の場としての、今日の日本の実体を露出させることになるにしても、同時にもっとも今日的なかたちのトリックスターを生み出しうる契機を、負の契機であれそこにつくり出すかもしれぬからだ。ともかくわれわれには、ウィネバゴ・インディアンのように地球創造者からの使いとして、トリックスターがよこされてくるのを待ちうけているほどの、猶予期間《モラトリアム》が永くありうるわけではない。本当のトリックスターならば、把握した負の契機をまたたく間に正の契機にかえる、転換の力をどうしてももたぬだろう？

〔一九七六年〕

Ⅳ

わが猶予期間《モラトリアム》

表現生活についての表現

僕は仏文科の学生だった二十二歳の時に、最初の小説を発表した。本郷の大学の地下喫茶室で、そのむね僕が報告した際の、渡辺一夫先生の挙措動作を、その伏眼の微笑まで明確に思い出す。そのようにして僕の作家としての生活が始まった。もちろん先生の存在は、僕の小説と表面的には無関係であった。

しかしものごとの根柢においては、僕の作家としての生き方にもっとも大きい契機をあたえつづけたのが、ほかならぬその存在であった。一九七五年五月十日、二葉亭四迷の忌日に先生が亡くなられるまで、つねに一貫して。そして、人間はどのように死ぬかということを、じつにみごとに身をもって示すのが、先生の最後の授業であった。僕は先生の死があらがいようもなく急速に近づいてくることを知ってから、先生自身の翻訳によるベルナール・パリッシーの、すなわち宗教戦争の時代に改宗を拒否して入獄し、そこで死んだフランス陶芸の祖の言葉そのままに、《ほとんど希望を失い、毎日毎日うつむいていたが……》

先生の葬儀の直後、詩人金芝河《キムジハ》への弾圧にたいして、韓国政府とそれに癒着したわが国の政府に抗議するハンガーストライキに加わって、雨に閉ざされたテントに寝ていた僕は、まさに先生が肺癌であることを知らされた日のすべての情動の経験の、一挙のイメージ化とでもいうべき夢を見て、叫び声をあげた。傍らの李恢成氏は、この男は発狂したのかと疑ったということだ。あの前後には、いくらかでも酔うと、いささかも自己慰安の効果をもたぬ涙が流れだし、他人には攻撃的になり、むしろ敬愛することの深い人たちにこそ、迷惑をかけた。いま永久歯が生えてくる年齢の僕の娘は、彼女の弟にこういって、父親のそのような権威喪失の状態を説明した。——人生は苦しいんだよ、歯もぬけるしねえ！

彼女自身も、自分を励ますために、父親が涙を流し始めると『よりぬきサザエさん』を出してきて読んだ。この父親的なるものの失権の期間は、彼女の生涯の心理的な統合にひずみをあたえてしまうかもしれない。アードラーにしたがえば、おおかれすくなかれ彼女は攻撃的な性格になるだろう。僕自身は、それからほぼ一年たって、メキシコでの短期就職先に向うジェット機の窓から、真夜中の雲と海を見おろしているうちに、これらすべてに先生は遍在するという発想をいだいて、深いところから癒されるように感じたが……

ともかく僕は二十年にわたって、小説を書き、それを発表しつづけて来た。さきの十年分の仕事をまとめたのが《大江健三郎全作品》第Ⅰ期の六巻であり、つづいての十年分の仕事を、《全作品》第Ⅱ期としていま刊行する。その物理的な条件づけのみならず、右にのべた根本的な条件づけにもたって、いま僕は自分の生にひとつの中仕切りを置くようにして、これまで表現してきたところを検討し、かつ次の段階における自分の表現について考えることを望む。たまたま現在の僕はこの《全作品》第Ⅱ期の、最終巻におさめる長篇を書き終えたところだ。そしてかたがたメキシコで教師をしている。太陽と月のピラミッドにしても、闘牛《トーロ》にしても、毎日それに熱中しつづけているわけにはゆかないから、ひとりで暮らしているアパートの日々、僕にはものを考えるために充分な時間がある。

中仕切り、と僕は書いたが、いまの僕の職場で、すなわち《コレヒオ・デ・メヒコ》でこの言葉が出てくるとすると、どういうことになるだろう。アルゼンチンやチリー、コロンビア、そして当然にメキシコの、スペイン語圏の研究者たちに、僕は英語で講義している。その教室でこの中仕切りという言葉が問題になれば、僕はどうしてもわが母国語における近代化のはじまりにおける、この言葉の独自な使われ方について説明し、それを叩き台に、学生たちのスペイン語がひとしきり飛びかうことになろう。言葉。わが母国語も、他の国の様ざまな言葉とことなることなく、とくに文学的な遺産として様ざまな独自の使われ方をしている。そのような言葉は、とくに作家として生きている僕にとってみれば、自分の肉体と精神のうちに有機的な構成要素としてある。それらの言葉の特別な活性化のいちいちについても、しばしば立ちどまって考えてみるようにして、僕はこの文章を書きつづけてゆくことにしたい。

僕はさきの《全作品》第Ⅰ期を、長篇『個人的な体験』でしめくくったが、それと短篇『空の怪物アグイー』とに直接反映したできごと、現実の僕の生活における障害のある第一子の誕生は、これらの作品の後も、僕の小説世界を影響づけつづけることになった。この現実世界に僕がいなかったとしたら、息子もいなかったが、かれがいなかったとしたら現在の僕もこのように生きてはいなかっただろう。かれの誕生時の様ざまな雑用と混乱、出生届けを出しに行くと同時に死亡届けの際の配慮もまたしておいたほうがいいような、その騒がしさのなかで、僕は茫然と放心する具合のひとつの予感に身をゆだねて、かれを光《ヒカリ》と命名した。そしてその予感は正しかった。かれの存在は僕の意識の明るい部分はもとより、暗い深みまでをも照らし出して示した。長篇『洪水はわが魂に及び』を書き終えた時、僕はもうこれまでのような相互関係においては、父親と知恵遅れの幼児について書くことはないだろうとのべた。ところがそのように自分でいった瞬間から、その自分の言葉そのものが新しい契機をなして、これまでのような相互関係の逆転としての、新しい相互関係の小説へと、僕をたち向わせることになった。そしていま僕は、そこに発した構想にもとづく『ピンチランナー調書』を書きあげて、《全作品》第Ⅱ期をしめくくろうとしているのである。

　今度こそ僕にはもういかなる相互関係においても、息子と僕自身とについて小説を書く機会はおとずれないだろう。もとよりわれわれが一緒に暮らして行く以上、しかも息子は独立しえないだろうから、その期間は永いものとなるであろうが、そうである以上、あいかわらず僕はかれから影響を受けつづけるのであろうが。漠然と夢想することは、僕が生涯を終ろうとする時、そのように死んで行く僕と、僕の死後もこの世界に生き残る息子の意識に、それがどのようにとらえられるできごとなのかを、それこそ自分の最終の文章として僕が書こうとするのではないかということである。

　メキシコでひとり暮らしはじめてから三週間ほどたって、はじめて東京に電話をすると、この息子が発作をおこしてしばらく眼が見えなくなった、それも発作は繰りかえされていると、鬱屈した妻がいう。太平洋の海底の電話ケーブルは、そこここにたるみがあって、鯨がもつれこみ窒息死するという記事を覚えているが、実際この通話の間、世界最大のシロナガスクジラが一頭、電話ケーブルに引っかかって悶える気配を聴きとるような気がした。もっともキリキリ舞いを始めていたのは僕自身にほかならぬが。その夜更け、アパートから近い謀叛《インスルヘンテス》大通りを歩き廻りながら、僕は堀田善衛氏のコロキアルな文体を模倣して、次のようなことをつぶやいた。とくに外国に滞在して鬱屈すると、僕はいつもこの戦後文学者の、つねづねもっと大きく、もっと公的な鬱屈を、国際的に解決するために努力する作家の口調を思い出して、それを模倣している自分を見出す。《……しかし神様というものがあるとして、その神様もたいしたことをやってくれるものではないか？　僕の息子には、思春期になったといってもなにひとつ良いことがあるわけはないんだが、それでいて息子の、眼が見えなくなったという今度の発作は、かれに思春期が始まったせいだというじゃないか？　これはいったいどういう神様の御配慮かね？　神様というものがあるとして。》

この《全作品》第Ⅰ期を終え、第Ⅱ期の作品にいたろうとするひとくぎりの後の、実際の仕事を始めてから幾年かたってのことだ。僕はこういうふうに書いたことがあった。自分はすでに作家として生きるより他には、いかなる生きのびようもなくなっていると。その感想について、もうすでに永年つきあって来て、お互いをなぐさめる優しい言葉は使いつくし、正確な批評のみが友情の基盤をなしているような、いわば同志的編集者の誰かれから、ああいういい方は良くないのじゃないか、とたちまち批判された。左様、あれはよろしくなかった、と僕は認めた。いま僕が、作家として、自分の言葉を印刷する機会をあたえられている以上、その自分が作家でなくなった後、どう生き死にするかについて、現に印刷される言葉によって泣言を並べるのは、場所柄をわきまえぬ仕業である。第一、その後生きのびられるかそうでないかは、作家であることをやめてみなければじつはわからない。それより人格の問題として、もっとも非難されるべきは、自分はもうすでに作家であるより他の生き方をするのは厭だ、という防衛機制によってのみ、むしろ右の言葉が発せられていることにあろう。

僕の場合、すでに二十年間は作家として生きて来たのだから、その経験に立ち、かつこのように作家としてより他に生きのびようがないと、防衛機制をとるなどは、いかにも悪い状態だというべきであろう。人間とは、そのように存在するかれ自身を否定して、前方へ自分を投げ出す者の謂ではないか？　とくに想像力の職業である、作家という人間においてはなおさらに。そこでしかもなおさきの言葉を、あえて僕が繰りかえすようなことがあれば、それは自己批評の契機をしっかりとそこにふくみこませながらの表現でなければなるまいと思う。自己嘲弄に近いほどの、自己批評の契機をふくみこませての。すなわち自分がとくに独自な人間ではないことを熟知しながら（というのは、作家とはかれより他の独自の人間を想像力的につくりだすことにこそ熱中する存在だからだが）、しかも永い間にわたって自己表現の言葉を書きつらねてきた、この作家である自分とは、なんとも奇態な存在ではないかというように。もし作家としての表現活動を禁圧されるなら、なりふりかまわずいかなる職業にでもついて、自分の妻、息子、娘らとともに生きのびるであろう人間が、二十年にもわたってその自分自身を表現する言葉を書きつらねて、作家として生きて来たのだ、と認めるほうが正直でいい。そして今後もその自分が作家として生きのびようとしているのだと。

そのような自己認識に立って、いま僕は二十年間にわたる僕の仕事を整理し、さきの第Ⅰ期につづけて第Ⅱ期の《全作品》を刊行しようとし、その機会に、僕は自分自身の、なお表現しつづけてゆく作家としての、その総体を点検しようとする。現在の僕は事実上、外国に短期滞在する学校教師であって、その仕事は、わが国の戦後思想史の講義である。二十年前の僕なら、ひとつの短篇を書きあげたほどの時間と集中力をかけて、たとえば原爆体験にもとづく原民喜の詩を数篇翻訳し、あわせて日本語で書いたノートに英語やフランス語で注をほどこして、週に一度、教室に出かけて行く。同僚が不思議がってたずねる。きみはスペイン語も話せず、家族も友人もともなわず、ただひとりアパートでなにをして暮らしているんだ、講義のない六日間は？　実はこの翻訳とノート製作のために、多くの時間を必要とするのである。学生の時分に小説を書き始めて、ついに専門的修錬を自分の語学に課さなかった僕には。しかしもし小説を書き始めなかったなら、現在の僕は、やはり家族も友人もなくひとりアパートで沈黙して暮らしている、神経症の語学教師であったかも知れないのだ。自己表現こそが、自分自身を真に治癒する。ただ自己表現の道は多様なのだ、自分自身の神経症からの回復の出口を自分で閉ざし、無関係な他人に責任転嫁するようなことさえなければ。とくに青春において自己表現の道とは、いうまでもなく、作家となったり批評家となったりすることのみではない。表現とは生きることとの全体である。

　さてメキシコシティーの大学の教師である今、そして自分の作家としての仕事にひとつの中仕切りを置こうとして、僕は作家としてしばしば滑稽かつ悲惨にも生きのびて行くべき自分自身を、一定期間の猶予期間《モラトリアム》においたというべきかもしれない。そこでこの猶予《モラト》期間《リアム》において、これから自分が表現して行くべきものについて手さぐりしながら、これまで二十年間にわたってすでに表現してきたところについて、僕は自己検討をおこないたいと思う。

猶予期間《モラトリアム》という言葉を、当面僕はＥ・Ｈ・エリクソンの翻訳から、その意味のありようのまるごとを持ち出して来て使用する。それは誰でもがそうであるように、僕も自分が学ぶことのなかった専門分野の書物を、それも外国語で書かれたものを読む際には、翻訳をもっとも頼りにする。英語かフランス語かの原書が手に入る時には、それを脇におくか、または翻訳の方を脇において納得しながら読む。しかし僕は、専門家たちのように洋書店の棚へとつねづね眼くばりをおこたらぬわけではないし、大学の研究室とも関係がない。銀座の街なかにある、輸入された裸の写真の雑誌に人のたかっているような、通りすがりに入れる洋書店にしかゆかない。わざわざ丸善まで行って、専門家や専門家候補たちの間に頭を突っこんで、しかもその頭を斜めにするようにして、背文字を探しながら読むのは気がすすまぬ。しかしこの一年ほどの、断続的にしかし手に入るかぎりの翻訳はすべて読んだ、E・H・エリクソン期とでもいうべき僕の読書経験の期間、じつはその原書を一冊も手にいれることはできなかった。その経験のおしまいのころになって、山口昌男氏からエリクソンの研究書の原書を貸してもらったが。そこで翻訳のみの読者としていうわけだが、実際なんとエリクソンの翻訳の読みづらかったことだろう!

もちろん原書を参看しない、一面的な意見であるが、なかでもっとも翻訳が良質であると思われた『ガンディーの真理』の訳者は、直接エリクソンの弟子にあたるのであるらしい。しかもその訳者の後記そのものが、エリクソンの文章のわかりにくさを語っていた。そこでもっとも翻訳が悪質であると僕の思う(この場合、語学力の質が悪いのはもとより、それは wicked と、倫理的にすら非難したいような翻訳なのだが)、もうひとつのエリクソンの重要な作品『青年ルター』となると、我慢して毎日読みつづけながらも、行き昏れてしまうような気がした。そしてそれはエリクソンのせいではないと僕は思う。判断の根拠はたとえばこうだ。メルヴィルの『白鯨《モオビイ・ディック》』についてエリクソンが言及するところがある。それはいったんメルヴィルに魂を震撼されたことのある者には、誤解しようもないことの語られている一節である。ところがわざわざ割注をほどこして、あいまいな説明をすることによって、当の訳そのものの不適切を糊塗しようとする訳者は、あきらかに『白鯨《モオビイ・ディック》』を読んでいないのである。実際にこの個所にあたってみられることをおすすめする。邦訳がすくなくとも二種すぐに手に入る、このアメリカ文学最大の雄篇について、じつに奇態な割注がほどこされていて、ほとんど眼を疑うほどだから！

翻訳者は裏切者、というイタリア語の成句があったが、いったい「翻訳者」とは、なんという大きい幅のある意味されるものをふくみこみうる言葉なのだろうか？　アメリカ文学の例をもうひとつひけば、ノーマン・メイラーの作品の山西英一氏による訳は、それに対してつねづね難解、癖の強さというような評語を眼にするが、しかしメイラーの英文にしたしんだ者なら誰もが、日本語ではこれほど当の英語の等価物に近いところまで肉迫した訳文がありえぬことを、納得するはずだ。ところが他の翻訳者による、マリリン・モンローやムハメッド・アリについてメイラーが書いた、かれの散文として比較的読みやすい文章の翻訳の、なんと犯罪的に悪いことだろう。それは破廉恥犯罪的に悪いとすら、僕は思う。いくつかの機関で翻訳に対する賞が出されているが、僕はむしろ質の悪い翻訳をチェックする、民間の委員会がつくられることを希望する。そして学界では新参ながら、翻訳の権利を取得したい若く真摯な研究者は、かれの専門分野で悪訳を発見した場合、この委員会にそのむね具体的に例示した報告書を送る。そして一定の猶予期間《モラトリアム》の間に、翻訳者と批判者をふくめて委員会が翻訳を検討する。その結果さきの出版社に、改訳を勧告することもありうるものとする。

……僕は七年も毎週書評をしていたころ、結局は実現される可能性のないこの夢想を、しばしば切歯扼腕しながらいだいてきたのだが、もっともこの話はこれくらいにしよう。たまたま猶予期間《モラトリアム》という言葉もあらためて出て来たことだし、この言葉に戻って話を進めることにしよう。僕がこの言葉をそこから借りた、E・H・エリクソンの、その独自の方法による分析的伝記はすばらしいものだ。その特質は構造的な巨大さである。一般に、それが自分のうちたてた分析的理論であれ、あるいは他人がうちたてた理論を受けついでのものであれ、分析的な著作というものは鋭く深く凝縮しうることはしばしばでも、このように全体的な大きい構造に結実することはまれなものだ。エリクソンの、著作家としての才能の偉大というほかにあるまい。心理学者における、そのように大きい著作家としての才能としては、僕にはユングよりほかに思いうかべられない。単に文学の領域にとどまらず、われわれの世紀の一般読書家むけに、大著作のアンソロジーをあむとすれば、心理学の領域では、ユングの『自伝』とともに僕はエリクソンのさきの二著作を選ぶ。だからといって大著作家であるかれらが、心理学者としてフロイトより重要だという説をたてるのではないが。

エリクソンがその著作の構造的な大きさを築きあげるにさいして、有効にとっている方法は、それらのどれもが、じつにめだたぬやりかたで導入される。それは偶然じゃないのか、実際にそれが最初から意図されて、最終のあの結実にむけてしくまれていたのかと疑う読者もいるかもしれぬ。しかもそれらの方法が、いちいちの著作ごとにことなっているのである。ルターについて書く時には、様ざまな立場の評伝作家によるルター伝を、多様なままに導入して、しかもそれらの様ざまな立場ということをくっきりきわだたせながら導入して、それらの多様な鏡に多くのルター像を反映させ、そしてついにはすべての反映の光が総合的に構成するものが、エリクソン独自の、赤裸の青年ルターであることがわかってくるというように……

　ある対談でエリクソンの語っていたところでは、ひとりの明敏な学生が、印度へ旅立とうとするエリクソンに対して、あなたはルターをつうじて青年期のアイデンティティーの危機を乗り超えたから、今度は中年におけるその克服のためにガンディーを検討に行くのだ、といったそうだが、その印度行の成果であるガンディーについての著作を、エリクソンはひとつの旅行記でも書くように、軽快にはじめる。つづいて少年、青年、壮年期に顕在化した、互いに矛盾しあうガンディーの様ざまな性格、そして同じく様ざまなもののいい方を(それはディスクールという言葉で書きあらわしてもよかろう)、はっきりと呈示してゆく。それはやがてガンディーが自分自身と印度そのものの大きい危機を乗り超えて、「戦闘的非暴力」というアイデンティティーを、かれ自身と印度全体にあたえる劇を、多面的にあきらかにする効果をはたす。この構造的な巨大さにいたる著作の仕組みは、書き手によって考えぬかれたものなのであるが、しかもじつに自然に感じられる。自然なものほど、それがよく考えぬかれているのだということを、われわれは見てとらねばならぬ。

　一般に、ものを書く人間それぞれの、生身の人間的規模は、かれらが書きあげる著作の規模ほどにも、大小の差をもつのではないだろう。ほんとうに特別な存在をのぞけば、たいていの人間はいわば似たりよったりのものであろう。ただこのように巨大な構造の著作を可能にするところの、ある独自の仕組みを、かれがよく考え出しうるかどうか。ついにそれを考え出すにいたるまで、試行錯誤をくりかえしつつもあきらめずにがんばりうるかどうかに、ひとりの著作家がぬきんでて大きい仕事をなしうるかどうかがかかっている。しかもいったん大きい仕事をなしとげた著作家は、最初の苦しかった作業の痕跡を、その仕事に遺さない。苦しかったことはみんなすぐ忘れる、という楽天家の農婦が、僕の育った山間の村にもひとつのタイプをなしていたが、著作家も彼女たちのようであったほうがいい。とくに作家はいったん書きはじめた小説をなんとか前へ押し進めようとした時期の苦労は忘れて、その小説をしあげるほうがいい。書き手の自分がそれを忘れることができなくて、どうして読み手に対して、難行苦行の痕跡を見つけ出されずにすむだろう？　それは構造的な仕組みがあらわに眼についてしまう欠陥とみなされざるをえない。フォークナーが、その巨大かつ複雑な小説について、どのようにあれを書きはじめたのかと問われた時、いや樹をよじのぼって二階の窓から入ろうとする女の子のズロースの、お尻が汚れているイメージがまず最初にあって……、というように答えたのは、これはもちろん小説制作の原動力としての、想像力の機能について語っているのではあるが、もう一面では、やはりフォークナーが、苦しかったことはみんな忘れる、楽天家の農婦のタイプなのでもあろう。

　さてその自然かつ巨大である構造を実現しているエリクソンの著作を読みえた喜びは深いが、そもそもなぜ僕がかれを集中的に読みはじめたかといえば、それはいかにも端的に、僕が中年にさしかかった人間の、アイデンティティーの危機を感じとっていたからである。かならずしも僕はいま、エリクソンの定義そのまま厳密に、アイデンティティーの危機という言葉を使っているのではないようにも思うが。青年期も大変な時期にはちがいないけれども、と僕はすでにそこからはっきり遠ざかった年齢の人間として、現時点の青年たちにいくらかの気がねを感じつつ、やはりそういうのであるが（実際こんなことをいい出せば、人間の禍いはかれがかつて子供であったことがあるからだとさえ、ニイチェはいっているそうじゃないかと苛だつ早熟児まで出て来かねないが）、やはり中年はなかなかに大変なものだと、かつて子供であり、かつ青年であった僕はいいたいと思う。子供たちよ、青年諸君よ、だって第一、中年という期間はじつに永い時にわたるんだぜと……

具体的に、作家の中年についてみよう。三島由紀夫は、まだ少年であった時から小説を書き、のみならず印刷し、そして青年期の最初から、文化英雄の光輝をその全身にあつめたスターだった。かれは神様だか悪魔だかに、かれ自身の青年期の期限延長すらをも申請したし、それは快諾された様子であった。写真や映画で名高いかれの肉体の鍛錬は、青年期への訣別にあたってではなく、青年期のすくなくとも後半の、決定的完成のためになされた。それは年譜を見ればあきらかだが、三十歳を期して始められたはずである。そうしたことが端的に示すように、自分の肉体の年齢的な区分について敏感だった三島由紀夫が、四十歳を出発点にさだめて、自己の偉大を証明するための四部作を書こうとしたのであった。それがなによりもかれの、中年のアイデンティティーの探索と実現のための試みであったことを僕は疑わぬ。そしてそれが成功しえていたとすれば、どうしてかれがあのように死なねばならなかっただろう？　日の丸の鉢巻きをして、私兵集団の制服で演説するかれの最後の写真を、僕は印度のべナレスで英文紙上に見たが、それは青年期のアルバムの最終ページに飾られるべき写真でこそあれ、中年においてアイデンティティーを確立した人間の写真ではなかった。そしてエリクソンが三島由紀夫について実地調査に来たとすれば、死の直前に三島由紀夫の脳裏にひらめいたはずの絶対天皇制と、かれ自身の比類ない合一の自覚は（僕は自分がつねに批判しつづけてきたこの死者の、決して不愉快でない生前の思い出のために、この自覚が実際に獲得されたであろうことを信じたいが）、しかしにせのアイデンティティーの確立であったと、ついには分析したであろうと思う。

　知ったことかい!?　きみはおれの死の政治的・社会的・心理的後遺症の荒波のなかで、それ、きみにもやってきた中年の鬱屈に、おおいになやみたまえ！　という声（英霊の声）が聞こえてくるようだが。ともかく僕の方は、なお生きのびることを望む中年の作家として、自分のアイデンティティーの確立を必要とするのであったから、もとよりそこに他人がつくりだしてくれる筈があると期待したというのではなく、自分の模索の方法的整備をおこなうために、来る日も来る日もエリクソンを読んでいたのであった。

　猶予期間《モラトリアム》のなかの人間。エリクソンはそのもっとも描きにくい状態にある人間像をじつに周到にきざみあげている。まずエリクソンの著作自体を読んでもらいたいと思う。それは心理学の論文とちがって、秀れた小説の本質的な要約しがたさに属する文章であるから。猶予期間《モラトリアム》である以上、そのなかの人間が劇的に本質を展開するということはない。それがあるとすれば、すでにこの人間は猶予期間《モラトリアム》を脱して活動を始めたのである。猶予期間《モラトリアム》にある人間の、本質的な属性は、なかば眠っているようである。しかしこの期間にこそ、やがて新しい活動期の開始にあたり堰を切って噴出するものがたくわえられるのである。猶予期間《モラトリアム》における人間は、その直前にあった活動期におけるかれ自身の、発展としてのかれにほかならないが、その活動期のかれを知っている者が外部からかれを見ると、いわば人が変ったかのようだ。またその他人の眼にかれはちぢみこみ静止しているかのようであるが、しかし内部で噴出の時を見出しえぬままに複雑な渦をなして廻るものは、もっともダイナミックな潜勢力をそなえている。このような状態にある人間を、その内部の勢いをもまた表現しつつ描き出すことが、いかに微妙な技術を必要とするか。その厄介な、持続的努力。そしてエリクソンはまさにその猶予期間《モラトリアム》のルターやガンディーを、生きいきとそれも的確に描き出すのである。生きいきとはともかく、なぜ的確だといいうるか？　猶予期間《モラトリアム》を脱して、大きい歩みを踏み出したルターやガンディーの、これは誰の眼にも劇的な人間像に対比して、それが的確だから。しかもそのように顕在化した偉大さから逆算し、つじつまをあわせて、猶予期間《モラトリアム》におけるかれらの像が構成されるというのではないのである。当の猶予期間《モラトリアム》にあってかれらの書いたことども、外部の観察者の認めたことども、それらを臨床的な細部として積みかさね、診断・復元の基盤としているのである。しかもその時点におけるルターやガンディー自身によっては、なお自覚されているのではない、かれら自身の内部の芽が、えぐりだされてもいるのだ。

さて僕は、自分自身の猶予期間《モラトリアム》において、これはやはり自覚的にくりだしてゆかねばならぬのである自分の言葉を書きつけつつ、ここで一応エリクソンから離れて、僕自身の意味づけにたちながら、猶予期間《モラトリアム》という言葉をもちいることにしたい。このように書く僕のことを、え！　あいつが自分をルターやガンディーに対比したって？ と嘲弄する批評家たちのことも頭に浮かんでこないわけではないから。朝から曇っていた空が(真に広大な空、なぜならそれは永い歴史にわたって沙漠こそを覆っていた空なのだから)、午後遅く、にわか雨をふらせる。それもにわか雨としてはわずかな量の、勢いも弱い雨をふらせ始めたとみるや、雷鳴がとどろいてくるころにはなかば晴れあがっている。そのようなメキシコシティーの驟雨。その間は点していた燈を消して、あらためて快晴の夕暮前の時間を、紙に母国語を書きつづけている僕の、東京の文壇からかなり遠くなった頭にも。

さきほどから猶予期間《モラトリアム》と書きながら、僕がそれこそいかなるエリクソン的世界とも無関係に思い出していたのは、僕が子供の時分に、大蛇や鶴が人間の妻になった話に喚起された特別な感情である。そのような話を、僕は集落の老人たちに聞かされた。老人たちといっても、かれらはついこの間まで生きていたのだから、あの時分はまだ五十歳そこそこで、それこそ谷間の村社会における中年の危機を乗り超え、そのまま老年にいたるべきアイデンティティーを確立していたのだと僕は思う。老人たちの語り口は、つねにそれがこの近在でおこった話として展開するところに、その特徴があった。僕がそれらの話のどういうところにショックを受け、しかもなかば官能的なショックを受け、つづいて自発的に進行するその新しい脚色、僕の内部での上演《レアリザシオン》に移行させたのであったか？

人間の女になった大蛇は、妻として立派に暮らしてきたが、そしてその生活にはいかなる危機的な徴候もなかったが、いったん出産の時がせまってくるとそうでなくなる。有能な妻は、自分で建てた産屋につつましくひきこもる。そこを夫が覗くのだ、無法にも。中では大蛇が幾重にも輪にかさねた躰をのたうちまわらせている。または生産する鶴が、いたましくも自分の羽毛をぬきとっては機《はた》にむかって力をつくしている。なぜそのようなところを無法にも覗くのか？　孤独な自分自身で切りぬけねばならぬ、肉体的にも精神的にも最も苦しい危機。そのさなかにあって、ただ自分の内部に眼を向ける余裕しかなく、赤裸で闘っている妻を、どうして外側から覗いてしまったりするのか？　出産あるいは、死をかけての生産という高次の作業にたちむかう故にのみ、恐しい危機にある妻たちを？

僕はこういうふうに憤ろしく思って、妻を裏切る夫を糾弾したものだ。しかもエロティックな感情にも誘われていたのであって、大蛇の女房、鶴女房の、このようにひとり閉じこもり赤裸の異形となって、出産・生産するありように、情感にみちた敬愛の心をひきつけられた。息をつめるようにして。子供としての僕の現実世界は、森や川の暗闇の領域と直接むすばれていたのであるから、いつなんどき当の僕が、大蛇や鶴とはゆかぬまでも、青大将の女房、山鳥女房くらいはもらってしまいかねぬ気がした。いったん彼女と暮らしはじめて、さてその出産の時がくるとどうするか？　もちろん僕がもっとも動揺したのは、自分もまた大蛇や鶴の妻の無法な夫同様、その産屋を覗きにゆくのではないかと怯え、かつ魅惑されたからだった……

産屋のなかの、また機小屋のなかの大蛇の女房、鶴女房は彼女自身の危機のうちにある。しかし夫からその危機のさなかの自分の、赤裸の姿を見られてしまうことによって、たとえ悲しみをあらわしながらにしても、決然と夫のもとを去る。その彼女たちの、次の段階の行動と対比して考えるならば、この産屋、機小屋における彼女たちは猶予期間《モラトリアム》にあり、しかも猶予期間《モラトリアム》が内蔵している危機の、その核心にあるということができるだろう。無法な夫どもが覗きこんですべてをだめにしてしまうことがなければ、彼女たちは確固とした新しいアイデンティティーを獲得して隠れ場所からあらわれ、夫婦の生活は新しく確実な局面をむかえたはずではないか？

黄泉《よみ》の国から暗闇の道をたどって妻をつれ戻って来る神話・民話では、これは出産や生産の逆に、忌わしい雰囲気のうちにおいてであるけれども、夫がついふりかえって、死者の恐しく醜く不吉な姿を見てしまい、なにもかもをぶち壊してしまうことがなければ、かれらの現に歩いている道は、光のなかの再生と新生活へまっすぐ続いていたのだった。そこにおいては、新しいアイデンティティー獲得へむかう象徴的な意味づけはもっとあからさまである。この型式の神話・民話をさきの二種の話にかさねる動機は、ただ子供の時分の僕が、それら全部をつらぬいて、同質の感銘と恐怖をあじわったからにほかならぬが。ある日僕は、自分が未来の妻、それも死んだ妻を黄泉の国から連れてかえるところなのだと夢想しつつ小さな峠を越える道を歩きとおしたことがあった。ずっとふりかえることなしに。思えば太平洋戦争時の山村の少年には、ありあまるほどの夢想の時間があった。それが毎日のことであったように思われる、あの血のような夕焼けのもとでの夢想。アルゼンチンの作家リカルド・グィラルデスは、牛の血のように真赤なとよく書くが、まことにそのように真赤であった、あの僕の小宇宙たる谷間の、長方形の空いっぱいの夕焼け。

さて僕もまた当然に他人の眼をさけて、自分の産屋、自分の機小屋に閉じこもらねばならぬ猶予期間《モラトリアム》にありながら、じつは自分からその姿を人目にさらすようにして、言葉を書きつらねていることになる。作家とはそのような矛盾をはらんだものであるようにも思えるし、あるいはまたこのようにして猶予期間《モラトリアム》の直前の自分を検討し、猶予期間《モラトリアム》の直後の自分をはるかにのぞむ言葉を書きつらねた後、これはもう沈黙して全身を汗にまみれさせひとり躰をのたうちまわらせるほかはない時期がやってくるのかもしれぬと思う。どちらにせよ、そしてその猶予期間《モラトリアム》の危機をよく乗り超えて、自分のうちに次の活動期への原動力をよくたくわえうるかどうかは、やはり作家である僕としては、次の第Ⅲ期の《全作品》の、その最初の巻にあてられるべき作品をもって、判断をねがうほかにはないのだが。そのように考えるところから出発して、僕はこの猶予期間《モラトリアム》における文章を書いてゆく。

作家として他人の眼にとらえられるようになって、すなわち他人のまなざしにおいて作家である自分を発見するようになって、まずなにが新しい体験だったか？　日常的・具体的な、ありふれたレヴェルで。この二十年にわたって僕が経験してきたのは次のようなことだ。会う人ごとに、忙しいでしょう？　と聞かれること。また新幹線のプラットフォームや空港に立っていると、取材ですか？　と訊ねられること。そしてこれはトルーマン・カポーティーの用語をかりれば、それこそガーデン・パーティー的な話題となるが、仕事は昼ですか、夜ですか？　と問いかけられること。もちろんこれらはすべて、まったくガーデン・パーティー的というにふさわしいものだ。本当の会話を展開することが厄介に感じられる時、本当の会話を望まぬ時の、にせの会話をささえるための言葉にすぎぬだろう。ただ沈黙しているかわり、というのみの言葉。むしろ沈黙が表現してしまうものを、封じこめるための蓋である言葉。沈黙による正しい伝達を攪乱するための、妨害電波としての言葉。

こんなにせの言葉の対処の仕方としては、ただそれに早く慣れてしまうほかにないが、僕はかなり遅くまで、このにせの会話の媒体に慣れることができなかった。今でも充分には慣れていないのかもしれない。妻の友人がモスクワで会ってきた、僕の小説をロシア語に翻訳してくれる学者が、僕についてこう噂したという。あの人は面白いです、考えているとおりに話します！　外国人の日本語理解には、どんな優秀な人にもつねに、知識のひろがりのなかのバラツキ現象があるから(いうまでもなく日本人の外国語理解にもそれはあるにちがいない)、この批評の言葉の意味も、僕には正確に限定しえるとはいいがたいのだが。

　今日のモスクワでは、たとえばソルジェニーツィン問題についてなど、考えているところをそのまま口に出してはならぬことがあるのに、思ったとおりになんでもいってしまう、という意味なのか？　あるいは口語的にでなく、文章を書くように話す、文章のかたちで考えるままに話すということなのか？　後者だとすると、僕は、それを幾分かは自覚的に受けとめることができる、……たとえば僕がいまこの文章を書くのをしばらく中断して、肉屋へ行くとしよう。アントルコテ、五百《キニエントス》グラムス、というような片言で注文した後、美男かつ勇み肌の、それも重おもしく勇み肌の肉屋に、スペイン語がすこしよくなった、¡Poco más! などといわれて喜んで戻ってくる。メキシコシティーについた三月はじめには、裸の幹に真紅の豆莢のような花のみが咲いていた、ずんぐりした街路樹に、いつの間にかポプラのような若葉が茂っていて、あの花の木はどこへ行ったのか、と錯覚をおこす。

　そういうふうにして裏通りを歩く。その間僕は頭のなかでこの文章のつづきを、紙の上に書いてゆくままのスピードで、それより遅くもなく早くもなく展開しているにちがいない。あるいはもう一種の花の木、これは黒い幹の大木にアカシアみたいな細かい葉をつけているのだが、見あげる高みを薄紫の霧がたちこめるように漏斗状の花をつけ、一瞬、三好達治の詩句を思い出させたりする。その花の木の下に陽ざしをさけてひと休みする時、やはり僕はここに書きつける文章を、そのまま紙に書く速さで展開してみているはずなのである。記述と思考の、その速度におけるシンクロナイズ現象。そこに肉体が介入することによって、つまり指の速さによって決定づけられる速度。僕はそれが作家にとって、文体の形成に大きい意味をもつと思う。そしてこの具体化をつうじて考えてはじめて、僕は野間宏氏の、想像力的な創造における、肉体の参与の理論を了解する。二十年間にわたって、日々文章を書きつづけてきた生活が、僕に職業的なこのシンクロナイズ現象を訓練した。やはりメキシコの、定員だけをのせるから、運転手が指でその定員の空きの数を示して傲然と運転してくるバスの座席のような、夢想にふさわしい場所では、僕はいつも文章を書く速さで思考を繰りひろげている。とくにこの場合、話しかけられることはおろか、他人の日本語が聞こえてくることすらもないから、僕の内部の文体は絶対に攪乱されない！　ダシェル・ハメットは私立探偵が頭のなかで硬貨の裏表をうらなう有様を、tossing a mental nickel と書いていたが、僕もそのように架空の文章を書きながら、ゆっくりと自分の考えているところの核心に近づいて行き、実際にそれを書くことの成否をうらなうのだ。

　さて僕が書こうとしていたのは、自分が作家として他人の眼にうつるようになってから、僕に向けられることになったにせの会話についてだった。忙しいでしょう？　これに対しては、すべてのにせの会話の返答の鉄則どおりに、はい、おかげさまで、と答えればいいわけだった。しかしなかなかこの種のにせの会話に慣れることのできなかった僕は、いいえ、忙しくありません、しかし……と答えはじめて、しばしば相手と自分とをともに苛だたせるディスコミュニケイションの迷路に入ってゆく結果になった。一般に作家の生活は忙しいか？　もちろんわが国の流行作家生活の異様な忙しさのことは、これは考えの枠外におくことにしよう。たとえば僕が、三、四年かけてひとつの長篇小説を書く。そうしながらも現実の状況のなかで生きているのだし、小説を書く自分の内部構造もまた方法的に整備してゆかねばならないから、年に四、五篇かそこいらの、状況と文学にかかわるエッセイを書く。またいくつかの講演をし、たいていの場合、その速記を加筆訂正して発表する。かつては熱心に書評をした時期があったが、いまはむこうからあたえられる本じゃなく、こちらからまとめて読んでゆきたい本が多くあらわれてきたので、いかなる書評委員会とも関係をなくした。すなわちこれくらいの仕組みでなりたっているのが、僕の文学的生活である。どうしてそれを忙しいと主張しえよう？

しかも僕はつねに追いたてられているように、日々忙しいと感じてきたのである。本を読む、それもある著作家について感銘すれば、可能なかぎりその全著作を読む。これは高校の一年の時、それまでは名も聞いたことのなかった小林秀雄氏の全集が刊行され始めた際に、ほとんど偶然のようにその購読者となった僕が、小林秀雄氏から学んだことである。僕は早速、その最初の版の小林秀雄全集をすべて読むことから、教訓を生かしていったのだが、教訓は永つづきしていまも有効である。この種の読書のための時間ならば、それはいくらあっても充分ではない。メキシコへやって来る直前の僕は、エリクソンをひととおり読んだ後、バフチンや山口昌男氏の著作をつづけて読んでいたが、かれらの浩瀚《こうかん》な著作そのものが、他の学者たちの著作群への豊かな喚起性をそなえているので、その指示にしたがうかぎり夜を日についで読みに読んで、息をつぐひまもない感じなのであった。したがってメキシコへ飛ぶ僕のトランクには、書きかけの小説の草稿よりほかには、ほとんどいかなるものもつめこまれていず(準備のための買物に出られなかったのだ)、税関に立ちあってくれた大使館員によって、一口話の種にされた。

本を読んでいる間も、いない間も、自分自身の小説あるいはエッセイは、肉体と意識にかかわってつねに進行している。したがって僕はこの二十年間、本当に日々の時間をもてあまして、暇つぶしになにをしようか、と考えあぐねたことなどはなかった。すくなくとも短いメモのようにしてつけている日記に、そのような記述を見出すことはない。酒は飲むが、それは僕にとって酒の味を楽しむためでも、酔いを楽しむためでもない、いわんや暇つぶしでなどあったことはない。それはただなんとかよく眠るためなのである。こういうことを告白してしまったのでは、人生を楽しむ技術と哲学の諸大家たちに、いかに軽蔑されてしまうことか、あらかじめ予想されてたじろがれるほどのものではあるが……

とくに外国から日本に来て滞在する日本文学研究者の誰かれが、あるいは尊敬しあるいは愛している友人たちであるかれらが、その研究の時間と慰安の時間を、いわばプロフェッショナルに賢明に分けていて、今週の何曜日にか食事をしよう、と誘いをかけてくれる。ところがそうしたことにいつまでもアマチュア的な僕は、書くべき本と読むべき本とに終始はさみうちにされている。このようにして幾たびかれらを失望させたことだろう。いったん思い立って食事に出かければ、おおいに楽しんで酔っぱらい全面的に羽目をはずして、ついには翌日の午後(!)宿酔いで帰宅したりもするのに。すなわち僕のパーティー嫌悪は、単なる心理的自己規制にすぎないことが立証されているのに……

さてそのような日々をつづけて、二十年を生きて来た僕にしてみれば、忙しいでしょう、という問いかけに簡単な答をかえすことがむずかしい。作家とは客観的に、あまり忙しくあってはならぬものだと思います、しかし主観的には、その当面の仕事に四六時中たちむかっているものでなくてはなりません、肉体と意識のすべてをこめて! などと答えてしまっては、相手をしらけさせるどころか、それ以上に、ドキッとさせたりしかねないではないか?

仕事は昼ですか、夜ですか? という問いかけは比較的処理しやすい。昼も、夜もつねに! などといってみることはない。一般に実在している、夜働く者への漠然たる特別視の感情は、作家にとって有利だ。夜、真夜中に働きます、まともな生業じゃありませんね、と答えておけばよいのだから。実際に紙に文字を書いている時のみが、作家にとって仕事をしている時ではないのです、したがって今も、すくなくともあなたがにせの会話をしかけてくる直前までは、仕事をしていたんです! と答えて鼻白ませる必要がどこにあろう?

そこでもうひとつのにせの会話、取材ですか? という問いかけ。それはおよそ新幹線のプラットフォームで、空港の待合室でぼんやり出発の時を待ちうけているところを見つけられれば、決してまぬがれることのない質問なのであった。数年前、郷里に帰って、僕の母親がひとりでその管理をしている庚申堂へ彼女と参りに行く途中、僕が当の村の生まれであることを熟知している人間から、ごく自然に問いかけられもしたのだ、取材ですか？　もっとも一般にこの言葉は、かならずしもにせの会話の始まりをつげるためのみの言葉ではないのかもしれない。しばしば雑誌のグラヴィアに、取材中の作家某氏というネーム入りの写真が載っているから。しかし個人的に僕に関するかぎり、小説を書くという動詞と、取材するという動詞とは、それぞれ直接にはむすびつかぬ言葉である。

　取材する、という言葉を、いま講義の準備にいつも椅子のまわりにおいている和英辞書で引いてみよう。このアパートには書物机がないので、紙挟みに原稿用紙をのせて、椅子の上で組んだ膝に支えながら文章を書いている。メキシコの家具屋のどこにでもおいてある、がっちりした木椅子は、肱かけが平べったくて広いので、辞書をのせるのによい。もっとも僕はこのメキシコ滞在まで、机に向ってでなしに自分が文章を書きえると思ったことはなかった。十年ほど前までは、本を読むのもやはり机に向ってでなくては不可能だと思いこんでいた。もちろん長椅子に寝そべって週刊誌を読むのは別だけれども。そこである夕刊紙のインタヴィユーに記者と一緒に来たカメラマンが、布団のなかで原稿を書いているところを撮りたいと執拗に主張しつづけるのに対して、本気で腹をたててしまった。その結果、逃げるようにして去って行った記者の心理的補償のためだろう、あらゆる会話のすみずみを曲げて書いたインタヴィユー記事は、この二十年間の作家生活でも、郷里の地方紙にかつて女流作家志望者によって書かれた妄想の産物と双璧をなすもので、僕はすこしでも楽天的になった時には、自己教育のためにそれらを取り出して読むべく保存している。作家という職業にも、この種の、なみたいていでない苦労、しかも本質的にはまったく不必要な苦労がある！

　さて口語的な英語では、取材するということを collect(gather) data(materials)というし、新聞記者が取材する時には、たとえばある会議を cover する、というべきなのだそうである。もちろん小説を書くことは、ある会議を cover するということとはちがうから、これは除外しよう。僕には、小説を書くために data や materials を集めるということが、そもそも不自然なことのように思われて、すくなくとも違和感がある。他人の例をあげることにするが、僕が東京を発つころ、僕とほぼ同年輩の一作家で、現実に取材し、念いりに data や materials を集めて書いた、犯罪記録としての小説が評判になった。僕はそれを読み、また作者を中心としたテレヴィ討論も見た。作者は小説全体の新しい方向を、記録的なものへ擬しているようであった。この作品を読む前に、もちろんデフォーの『疫病年代記』にまではさかのぼらぬが、僕はトルーマン・カポーティーの『冷血』に感銘を受けたことがあった。ノーマン・メイラーの『夜の軍隊』をはじめとする、その現実の政治参加の経験をドキュメンタリーとして書いた作品には、どれにも感動した。こちらに来てからもおそらく今ごろ翻訳が出版されているのではないかと思いながら、ミルクを買いに行ったスーパー・マーケットで見つけたトム・ウィッカーのアッティカ刑務所暴動の記録“A time to die”を読んだ。この『ニューヨーク・タイムズ』紙の政治コラムの書き手も、あきらかにメイラーの創始したスタイルに、しかしメイラーの緊迫は無しにならっている。それはかれが自分で無力な調停者の役割を演じたこの暴動の、事実にそくした小説だが、いくぶんセンチメンタルではあるが、やはりかれの信条をあきらかにしたものとなっているのに感心した。

これらすべてが僕には、取材によってというよりも、そもそものかれらの内部の根源から出て来た作品だと思われるのである。そしてわが母国語の花やかな賞を受けた犯罪小説も、昂然たる作者がテレヴィ画面で主張した、新しい小説の方向は想像力の小説へでなく、事実の小説へでなければならぬ、という意見にもかかわらず、その文学として読みうる部分、すなわちなかで秀れたわずかの部分は、かれの内部から想像力的にあらわれてきていると、僕には思われた。正直にいうと、かれのテレヴィ画面における理論では、想像力でとらえられ表現されるものと、事実として呈示されるものとの対比のさせ方が単純で、意味のレヴェルもまた混乱しており、なによりかれの否定する想像力の機能について、かれがよく考えつめていないと思われたが。われわれはつねに自分が否定し、棄てさろうとする対象こそを、まずじっくりと検討して、それから批判行動に移らねばならぬ。たとえば具体的に、離婚というようなことを念頭においてみれば、僕は右のように一般化しうると思う。

事実との関係ということをいえば、僕はとくに『個人的な体験』以後、現実に自分の家庭に起こった、出産時すでにあきらかだった嬰児の肉体的異常と、その後のかれの精神的遅滞について、多くのことを書いてきた。しかしまずそれは、私小説として書いたのではなかった。僕は私小説の最良のものを、わが母国語の文学の最良のもののうちにおく。そして僕は、確かに脳に異常のある嬰児の父親であり、かつそのような物語を書いた作家であるが、かれのことをそのまま私小説として呈示したのではなかった。現実生活におけるかれの存在が、僕自身の深みに向けて多様なインパクトをあたえつづける。僕がこの世界で生きるということは、かれとともに生きることだ。しかし僕はそのインパクトのもたらしたもの、かれとの共同生活の根幹にあるもの、それらが想像力的に自立して、あらためて僕の内部から出てくる時にしか、それを書いたことはない。そのような書き方は、小説に書くことを前提に子供の日常を観察し取材し、記録するように書く、ということとはことなった次元に属するだろう。

僕が一個の人間としてこの宇宙・世界・社会のなかに生きている。その僕の肉体と精神の構造のありようを、この子供の存在が深く鋭く影響づけているのだ。したがって、僕がたとえば樹木について書き、あるいは鯨について書くにしても、とくに象徴的な意味あいをもつそれらの言葉は、すべて子供の存在の影をやどしている。また逆に、僕がひとりの白痴の幼児について実際に書くとして、その言葉は、現実の僕の家庭の知恵遅れの子供をそのまま描写するのではない。僕の言葉は、あの決して一流ではないが魅惑的なルネ・マグリットの、人間の形の穴ぼこに空や海が描かれる、シュールレアリスムの絵のように、その白痴の子供の肉体と精神をつうじて僕がかいまみる、この宇宙・世界・社会のイメージなのだ。そのような創造の手続きのはじめにあるものは、決して取材ということではないであろう。

そしてそれはこの子供についての経験のみならず、僕の現実生活のすべての経験について、同じくそのようにいうことができる。僕が日々の経験という時、それは活字や演奏された音による経験をもまた、大きい比率としてそこにふくんでいる。本を閉じよ、再生装置のソケットを抜け、そして街なかへ具体的な経験をもとめに行け、とうながされたとしても、すぐさま僕がその気持になることはない。書物のもたらすものも、レコードのもたらすものも、具体的な現実の経験である。僕はいま来週の講義を、渡辺一夫先生の一周忌の記念講演とする準備をしているが、その著作を読みかえすことが、先生の肉体と精神とを、いかに濃密に僕のうちに現前させることか。

準備のあいまにバスに乗ってメキシコシティーの中心、ソカロ広場に行くと、地方から出て来た様子のインディオの、すくなくとも三世代にわたる一家族が、その祖先たちであるアステックの勇者たちの像を眺めて、いつまでもたたずんでいる。この眺めの全体を、帰国してすぐ先生に話すことにしようと、僕はさきの濃密な先生の存在感の連続のなかで考えている。……また僕は質の悪いカセット・テープによってマリア・カラスが歌うフランス・オペラのアリアを聞きながら、たとえばオルフェに扮した彼女の歌う声の再生のうちに、この部分は確かにマリア・カラスそのものだと感じとる一瞬があると、それを契機にして、自分が永年調整してきた再生装置の記憶をまるごとよみがえらせ酔ったようになる。

さてこのようなすべての経験は、自分の深い内部に沈みこんで、やがて小説にむかう想像的な湧出の原動力とつくりかえられてゆく。そしてそのありようは、ひとつの構造をなす。それはすでに小説のためのdataやmaterialsを集めるということではない。現実生活の経験、それも宇宙・世界・社会のなかで、人間として全体的に生きていることを自覚しうる経験。そしてそれこそがわれわれの生きる意味である。どうしてそれを、結局は様ざまな表現のうちの、ひとつの相対的な表現にすぎぬ小説の、その取材のための対象におとしめえよう？

しかし現代の作家が、かれの現実生活をまるごと誇大なものに演出して、そしてかれの描く小説とかれの擬似実生活とを一組のユニットに、マス・コミュニケイションへと提出することも見られる。三島由紀夫の生涯と死とはそのようなものの典型であった。僕はニューヨークの街を三島由紀夫と歩いていて、アメリカ人の通行人がいくたびもかれをアイデンティファイするのに接し、一種驚嘆の思いにとらえられたことがあった。羨望の心はそれにともなわなかったが。もちろんすでに世界的に(といっても南の世界はふくまぬのであるが)著名だった、わが母国語の作家は、かれをひとめ見れば、かれより他のいかなる日本人でもなくかれ自身だと見わけられる服装、顔つき、態度をつねにたもっているのであった。

　さて僕自身は、かれのタイプの作家生活と対極的な現実生活をおくることをめざしている。僕自身の小説が、ある確実な数の読者を得るならば、それよりほかの他人たちの眼から、現実生活の様ざまな局面での僕が、あれがあの小説の書き手だとアイデンティファイされる必要などどこにあろう？　しばしばその作家の作品はなにひとつ読むことなしに、かれのマス・コミュニケイションにおける名前つき顔写真と、その本人がそこにいることだけをアイデンティファイするのが、他人の眼の好んでやることであって、そこにおいてこそ、あのにせの会話が繰りひろげられるのである。そもそも僕の経験では、これまで僕が会った作家たちのうち、その小説の魅力よりもなお人間として魅力的である作家は、誓っていいが、ただひとりもなかった。なおその小説によく表現されえていない特質を、この作家はその人間的特質として持っている、と感じることはある。また僕は自分の敬愛する友人である少数の作家たちを、およそたぐいまれな魅力をそなえた人間だと思う。しかもなお、かれらの人間より、絶対に秀れているところのかれらの作品を、僕がいかに容易に見出すことだろうか。それはまったく当然のことなのだ。作家が言葉による表現を、その特質の中心におく以上、その人間としての実在総ぐるみにおいての表現は、言葉のみによる表現よりも平均値がさがるはずではないか？

　僕がフランス文学科に進学して一年たち、最初の短篇小説を大学新聞に発表すると、級の友人たち共通のあこがれのまとであった女子学生が、僕の脇にはじめて近づいてきて（もちろんそれから後、彼女があらためて僕の傍に持続的に近づくということはなかったが）、つくづくと僕の風貌姿勢を検討しつつ、こういったのを忘れることができない。——人間はその外観や声の印象で判断してはいけないものなのね！

　僕はこの二十年にわたって、他人たちの眼の前で自己表現するにあたり、自分の肉体的外観、声によってではなく、文章に書かれた言葉によって、それをおこなってこられたことを幸運に思う。もっとも僕は、あまりしばしばではないが、講演をする。その際は肉体的外観をさらし、かつ声による自己表現をおこなう以上、それとこれまでのべてきたことに矛盾が生じないか？　確かに、僕は講演をする。しかし僕はその後、頭をうなだれるようにして聴衆の前からひきさがり、意識的にはそのまま頭をうなだれつづけたまま一週間ほどをすごすと、届けられてくる講演筆記の書きなおしに熱中するのである。書きなおしてゆく言葉による表現によって、自分が声とわずかな身ぶりをつうじておこなった表現の、名誉挽回の機会をなんとかつくりだすために……

　そこでただひとつ例外的に、他人のまなざしにあれは作家だと、そのようにして出て来ているのは作家として認められるためだと、そうとらえられるのを覚悟しながら、いやむしろそのように見られることこそを期待して書斎を離れる場合。それは政治的なデモンストレーションの集会や街頭行動においてである。しかもその多くの場合、作家として独自の特質に立った役割をはたすことはできないのが普通である。集会に向けて文章を書いてメッセージとする、ということがもとめられることはほとんどない。あるとすれば、作家としての僕をそこにひきずり出すことができなくて、やむなくそのかわりに、名前だけ利用しようという時だ。もとよりそのメッセージもまじめに受けとめられはしない。もともとこのような集会の参加者たちは、いいいい、いいいい言葉などは信じない、言葉をむしろ拒む、という精神傾向の若者たちなのであるから。僕は具体的なその若者たちの誰かれに、言葉というものについての、発展的な思考と経験をもとめたいという心を持って話しかけたりもするが。ともかくかれらにとって、しばしば作家をふくめた知識人とは、さきのウィッカーの本の暴動直前の受刑者たちの言葉でいえば"a lot of words"の人間という、その否定面がはっきりしている。そこで言葉をその生活の中軸にすえている職業の人間である作家は、意識的あるいは無意識的に侮辱されることを覚悟し、かつ時には期待して、集会や街頭行動におもむくのである。ともかくディスコミュニケイションの認識は、コミュニケイションのはじまりだから。

僕はこの二十年間のうちのかなり永い期間、被爆者二世のある政治組織と関係を持っていた。かれらのなかには、とくに真面目な行動家たちがいたこと・いることを今も僕は疑いはしない。真面目で実践的なかれらは、その思考と行動の積みかさねによって、集団ごと、より大きい政治組織にコミットして行かざるをえなかった。そしてその大きい政治組織は、対立党派と暴力によって抗争する状況にいた。かれらの側からいえば、反革命との抗争、vice versa. そこで殺人すらもが繰りかえされれば、僕は被爆者二世が直接にそのような行動に参加したという確証はもたぬが、その逆の確証も持たぬ以上、その大きい政治党派に属する者としてのかれらの存在に疑問を持たざるをえない。もちろんあらゆる行動はかれらの自由な選択による。かれら自身の肉体と精神によってかれらはそれをおこない、そのもたらしたものをまたあがなわなければならぬのでもある。しかし僕は一個の主体として、そのようなかれらの行動に参加・協力することは望まぬ。僕の考えてきたところでは、被爆者・被爆二世とは現代世界でもっともはっきりと「戦闘的非暴力」の主張をおこないうる人びとである。かれらがその思想的立脚点を放棄すれば、もう誰もかれも見わけのつかぬ、暴力の荒野があるのみだ。そこでどんな言葉が有効だろう？

フランツ・ファノンについてサルトルがこう書いている。《私には分っている。彼らのうちなる激烈な理論家は、暴力のなかに自己を解放しつつある一世界の不可避的な宿命を見ていた。だが心の奥底で、人間ファノンは暴力を憎んでいた……》美しい言葉だと多くの人びとがいう。しかし僕には、生きていたファノンにとっても、死んだファノンにとってもどうしてこの言葉が“a lot of words”でなかったはずがあろうと疑われる。一般向けの政治集会は、その宣伝のためにむしろ“a lot of words”の発し手こそを必要と判断する。被爆者二世の集会について、僕はすくなくとも二度、右に書きつけた理由を、それも集会を組織する様ざまなレヴェルの人びとに別べつに繰りかえし話して、ある時期以後、集会参加を拒否した。しかし広島でも、東京の大学でも、かれらの貼ったビラは幾たびか僕が一作家として講演することを約束していた。僕の家の電話は、対立するふたつの政治党派に属する人びとからの呼出しで鳴り響きつづけた。集会の予定の日どりの前も後も。あるいは威嚇し、あるいは裏切りを責めて。

そのような日々の一日、僕は広島で死んだあるジャーナリストの墓参に行って、貼りつけられたまま汚れはてているが、破れているのではないビラに僕の名を読んだ。永い間、多くの人びとが軽蔑をこめて、その不参加だった講演予定者の名を読んだだろう。そのような侮辱にさらされるのもまた、作家であるひとりの人間の名の運命である。こういう時、僕は渡辺一夫先生がしばしばのべられた言葉を思い出す。いたしかたありません。ただひとつそれを並たいていでない侮辱だと思うのは、さきの集会の組織者たちが、僕の不参加の意志を当の集会の進行中もかくしとおし、最後に、あの作家は金芝河《キムジハ》のための運動に忙しくて広島に来ることができなかったと、中国新聞記者のいうところでは会場にアナウンスしたことである。

　金芝河救援の運動。僕はそのひとつながりの集会、デモ、ハンガーストライキに加わったが、しかしそれが忙しくて他のことができぬなどとは、それこそ口が裂けてもいわぬ。もとより金芝河は、朴ファシズム政権のもとに死によって威嚇され監禁されている詩人である。日本の知識人たちが、かれの生命と安全と表現の自由を朴ファシズム政権に要求して、具体的な効果がありうるとは、僕といえども早急には思わない。それでは自己慰安のためにハンガーストライキをしたのかといわれれば、僕はそうではないと考えていることを答えよう。中央公論社のジャーナリストが、この点について小田実氏と僕との仕事と運動を罵倒する文章を書いた。かれは日本人知識人への金芝河の嫌悪と敵意をいい、本当にかれを救援するつもりならハイ・ジャックをしろとさえ煽動した。すくなくとも僕はこのような品性・知性のジャーナリストと生涯ともに仕事することはしたくない。

　日本人の一作家として個人的に確実にいえることの

みをいおう。なぜ僕が、金芝河の救援を主張する日本の知識人の運動に参加するか？　それはわが母国語の文壇が、いますぐにでも金芝河の生命をおびやかし、その表現の自由を奪う体制に、まるごとふくみこまれかねぬものだからである。型どおりの反共封じ込めイデオロギーから、批判的に自由になるために、アジアの状況を全体的によく把握しようという意志が、わが母国語の作家たち、批評家たちのどれだけの数をその作業に向けて動かしていよう？　そのような風土ではひとりの人間が作家として自分の生活をまもりその表現の自由を確保しようとすれば、金芝河を救援するための運動を、ほかならぬ日本で展開することが必要である。

さてこれまでの二十年間の、あらゆる実際行動においてそうであったし、今後もまたそうであろうように、集会やデモや、そして当然にハンガーストライキにおいて、僕は作家としての本質に発する行為によってそれに参加しえたのではない。ハンガーストライキの場合、そのマス・コミュニケイション用の宣伝効果のために、新聞やテレヴィへむけて、腹をすかせた哀れな顔を曝しものにするのが、学者や市民活動家より顔を一般にしられている者として、作家の役割である。テレヴィ司会者や俳優がそこに加わってくれれば、まずかれらが第一に引き受けるはずの役割を、僕や李恢成氏が代行しているのである。デモにおいてもまた同じ。市民運動の集会では、多様な発言者の、それぞれ運動の経験に立った実質的報告のなかの、いわばアトラクションとして、作家が受けもたされる役割は、たとえば詩の朗読である。文学としての効果のあげにくい、金芝河の翻訳詩の朗読というようなことを、練習をかさねて僕はいくたびかやったのではあるが……

そこでこのような場合にも、頭をうなだれて書斎に戻ってから、僕がはじめる名誉回復のための作業は、一個の作家としてあらためて文学的分析を、金芝河の生きている状況とその文学のありようについておこなうことである。実際そのようにして僕は、たとえばバフチンによるラブレーの諷刺や哄笑、道化や再生の思想の民衆的基盤の分析と、金芝河の作品とをつきあわせてのエッセイを書くことをした。

そしてそれはなにより文学的な本質に立つ自己教育のために有効だったのである。だからといってそのエッセイが、わが母国語の文壇を、朴ファシズム政権の消極的擁護者たちの集まりとする方向から、いくらかなりと遠ざけたとは決して思わぬが。なぜならその一連のエッセイは、かなりのスペースをとって文芸雑誌に掲載されたにもかかわらず、おおかたの文芸時評から黙殺されたから。あらためて、いいたしかたないという声の、自分の内部の空洞を響きわたってゆくこだまを聞く。もとより僕はいかなる他人たちに対しても自分のそのような言説をおしつけるつもりはないが……

それにまた、あらためていうまでもなく、僕がこれらの集会やデモやハンガーストライキに参加してきたのは、小説やエッセイのための data や materials を取材するためではなかった。僕はそれらの行動をつうじて、様ざまな秀れた人間のありようには接したが、しかしまず僕の経験としてそのすべてが内部の暗い深みに沈んでから、再びそれらが小説やエッセイの世界へ想像力的に浮上するのを、時間をかけて待機するのみである。

いまはっきりいうことができるのは、またいわねばならぬのは、これだけの経験によっても僕は、自分のこれまでの作品群に登場している幾人かの朝鮮人像を皮相的なものに自覚せざるをえなかったということだ。もしあのハンガーストライキの夜を徹して、雨水をいっぱいにたたえて重いテントのもとで鬱屈していたかれら、同じハンガーストライキながら僕のような日本人よりはるかに重いものとしてそれを耐えていた在日朝鮮人の知識人たちに、僕の小説の朝鮮人像を具体的に批判されはじめたとしたら、僕は餓えより疲れより、なによりそれにまいってしまっただろう。僕は新たに編集されて出版された、当のハンガーストライキの参加者のひとり金達寿氏の短篇小説群にじつに深く啓発されたことをそれにかさねていいたい。

……メキシコシティーでも、といって街頭ではなく、たとえば日本人学校の教師をしている滞在者と話していたりすると、永い滞在のつれづれからにせの会話を試みたくなっているかれらの俘虜となることがある。忙しいでしょう？　小説を書いているかどうか、ということでなら、今は昼も夜もいっさい小説を書いてはいません。取材ですか、メキシコの？　いや取材するという意識を持ってもいません、現に紀行文のような本を書く約束はしてきませんでした。いま僕はカメラもノート・ブックも持ってはいないでしょう？　もちろん僕が作家として生きてゆく以上、やがてメキシコ滞在中になにを考えはじめたかについては、書くことになるでしょうけれども。そこでたいていの話相手が軽い憤慨をあらわしていう。休暇ですね、優雅な休暇だなあ！　優雅、しかしそれはいまひとりアパートで暮らしながら、僕が肉体と意識に経験している事態の全体にふさわしい言葉ではないだろう。しかし休暇という言葉は、僕のいう猶予期間《モラトリアム》という言葉とも一脈あいつうじる言葉であるにちがいない。それは宙ぶらりんの恐怖をもこめた、非日常性の言葉であるから。

現実世界の乗り超え

小説の言葉は、想像力の言葉である。いったん現実世界の一局面を小説のうちに把握しようとすれば、それは想像力の言葉による表現となるほかはない。そうならなければ、それは小説として未だ熟していないものといわねばならぬ。現実世界の実際の現場で発せられ、そこに立ち合った者によって聞きとられた言葉が、小説の構造のなかに導入されて、想像力的に喚起性にとむことがある。しかしそれは、想像された詩的言語より実際の日常言語の方に力があるというような、もっともらしい理由によるのではない。そういう理由づけは、さきにのべた犯罪記録風な小説を土台として作家自身が主張していた、よく想像力の機能を考えこんでいないための、結局は通俗的な誤解と同じく、まちがっている。小説の構造のなかで、その日常的な言葉が、はっきり想像力的に機能しているからこそ、それに力があるのである。事実ハ小説ヨリ奇ナリ、という俗論は文学の理論に適合しない。奇という漢語を、想像力的な喚起力と読みとるならば、事実が小説より想像力的に喚起的であるという論述には、論理的な手続きの一段階が欠落していることが明白になる。

われわれがある事実に深く揺り動かされる。その事実を奇だと感じる。そのように感じる瞬間から、われわれは当の事実を、自分の想像力の発揮によって再編成しているのである。現に同じ事実を、まったく奇だとは感じない人間がいる時、われわれは内心次のような批判的つぶやきをもらすではないか、想像力のないやつだと。ガストン・バシュラールの有効な定義にしたがえば、想像力とはあたえられたイメージをつくりかえる能力である。この現実世界について、それまで自分にあたえられ、自分でも妥当だと感じていたイメージを、新たにつくりかえざるをえない経験。それをする時、われわれは事実が奇だと感じるのである。そのように奇だと、新しく発見した事実について、言葉によって他人に伝達してみるがいい。その時自分の発する言葉は、想像力の言葉である。逆にいえば、他人がこれこそは奇だといいはる事実に、聞き手としてのわれわれがいささかも揺り動かされぬ時、語り手はその奇なる事実を想像力の言葉で伝達しえていないのである。幼児が、われわれにとってはありふれたこの現実世界に、生きいきと発見する奇なる事実を見よ。そしてかれらがわれわれに向けて、なんとかその奇であるありようを伝達しようとする言葉に耳かたむけよ。

僕はこのメキシコシティーのアパートでその最終部分を書き、そして全体の書きなおしの仕事を終えた長篇小説、『ピンチランナー調書』のなかに、はじめ二つの夢のシーンをつづけて書きこんでいた。そして書きなおしにあたり、そのうちの第一の夢が、かならずしも小説の進行に必要でないことに気づいてそれを削除した。右にのべてきたことと、小説の構造それ自体とについて、あらためて具体的に考えるために、それを小説のなかの語り手が語ったままのかたちで、次にかかげよう。もともとこの夢の素材をなしているのは、こうしたことがすべて現実に起こったことだと主張する書き手のエッセイをある月刊誌で読んだことから来ている。そして僕が実際に、このような夢を見た。そしてたまたま第一稿を進行させていたこの小説にそれを書き込んだのでもあった。しかし小説は、作家が意識的に進行の枠組みをつくりつつ書きすすめてゆくものである。自分が見たままの夢のその記述が、小説からはみ出すところがあるのはむしろ当然である。その結果、僕は書きなおしの段階で、この夢の部分を削除してしまう必要を感じたのだし、逆に意識的につくられたもうひとつの夢は残したのであった。そのように、僕の経験では、小説の書きなおしはつねに必要である。

夢はふたつ見たのさ、まず、夢その1とでもするかね、ｈａ、ｈａ！　この夢は、戦中・戦後、意識の転換はなしに、すなわちつねにお国のためにという心がまえでさ、情報将校をやってきた男が(かつて帝国陸軍情報将校であり、つづいて自衛隊情報将校であった男がね)、雑誌に書いた記事を、おれが読んでのことなんだ。おれの夢の話を記述する作家のきみには、なんとも複雑な当惑をさそうにちがいないが、夢のなかのおれは、じつに「三島由紀夫」なんだよ、ｈａ、ｈａ、ｈａ！

それは夢の常套というべきだがね、おれは自分が「三島由紀夫」で、ほかならぬかれとして現実の行動に及んでおり、次には自分がどういう行動の局面に向けて展開するかもわかっているのに、なぜ自分がそのように確信こめて行動するかのな、内的な意味のつながりは不可解なわけなんだ。そこで「三島由紀夫」としてのおれの行動は、なにもかも演技あるいは遊戯にすぎぬと、自覚されてくる始末でね、夢を見ながらもさ。しかもその演技・遊戯の行動をつうじて、おれの「三島由紀夫」は、なんらかの改革を現実にもたらそうと張りきっているんだがね。そして夢の「三島由紀夫」の行動が、実際にどういうものだったかといえば、オリジナルの三島由紀夫がそうやったと、二つの軍隊で情報将校の職務をまっとうした男が書いたとおりなんだからね。ついに眼がさめてからおれは、そうだオリジナルの三島由紀夫もまた、その演技・遊戯の行動をつうじて、現実の改革をはかったんだと、遅まきながら納得する始末さ。そうは解釈しなかったかね、きみのようなかれの同業者は？

夢の現場の時間といえば、はじめは六十年代後半だったよ。おれの「三島由紀夫」は雑誌記者の腕章を巻いて、国際反戦デーのデモにまぎれこんでいる。現役の自衛隊情報将校が、そういうことをしていいんだかどうだかは、おれにもわからないよ。しかしともかくそいつがね、その場を個人的な訓練に利用していて、おれの「三島由紀夫」にね、サア、素姓ガバレナイヨウニシテ、情報Aヲトッテコイ、と命令するのさ。するとおれの「三島由紀夫」はね、たちまち左官の股引・半天姿に早がわりさ、もっともふだんのかれとあまり変りばえはしないがな、ha、ha。そうして情報Aをとってくる。こういう訓練を受けていたんだ。

つづいての夢のシーンは、おれの「三島由紀夫」が例のあれさ、私設軍隊の学生たちを前にしながら、情報将校にたずねているんだ、ワレワレハ間接侵略ニタイスル民間防衛ノタメノ組織ナンダガ、民族ノ名誉ヲ守ルタメニイツ立チアガルノデスカ？　ソノ状況ハドンナ状況デアリマスカ？　もちろん情報将校は答えるさ。暴徒ガ皇居ニ押シイッテ、天皇ヲ辱カシメル時！　そしておれの「三島由紀夫」の高笑いと決意表明、ソノ時ハ中隊長トシテヤラシテモライマス！　それまで黙っていた学生たちはこぞってね、**異議ナシ、異議ナシ！**

そのうちあらためて夢の局面が変ると、さっきまでいつもバックグラウンド・ミュージックのように聞こえていたデモ隊の喚声は消えていてね、静かな舗道をおれの「三島由紀夫」が、例の情報将校と歩いている。そしておれの「三島由紀夫」は憐れにもさ、ワレワレガ首相官邸デヤル演習ノ指揮ヲオネガイシマスヨ、とトリッキーな打診をするんだ。ところがいまや情報将校はにべもない。かれにはもう演技も遊戯もつづけるつもりはないいんだからね。ヤルナラバオレヲ斬ッテカラニシテクレ、演習ガクーデタニカワルコトモアル！　そういわれてみるとね、おれの「三島由紀夫」はその街なかを、剝きだしの日本刀を持って歩いていて、柄には一枚のエフが針金でとめてある。エフの文字、**日本刀ハ抜ケバ必ラズ斬ルモノ！**　おれの「三島由紀夫」は情報将校にこういってみるよりほかにはないいんだ、冷タイデスナア！

そしておれの「三島由紀夫」はね、かれの死後、この世界に遍在する眼となったかれ自身の眼でさ、血みどろの床に直立した自分の頭を、不思議そうに見つめていたよ。

作家はたとえその猶予期間《モラトリアム》にいる間も、決して隠者ではない。かれは現実世界にむけてその肉体と意識を曝して生きている。かれの観察力は、現実世界を自分の肉体と意識にとりこむ。外部からの言葉の刺戟は、かれの内部の想像力の言葉を沸騰状態におしあげる。しばしば進行中の現実世界のインパクトは、想像力の世界における、想像力によって再構成された現実を、それと併行的に進行させる。作家の想像力的に指向するところは、それ自体としてはつねに断片的・一面的にしか作家内部へ入って来ない現実世界を(なぜなら作家もまた一個人としては、現実世界に対し断片的・一面的な関係しか持ちえないから)、その想像力によって全体的・総合的に把握しなおし、構造づけることである。このふたつの世界のそれぞれの進行が、A時点での交叉からB時点の交叉にいたるまでに、それぞれの側で実現する特質の、そのちがいを検討してみると、作家自身にも、かれの想像力の性格を自己検証することが可能である。そのようにして作家は、自分の想像力の全体性・総合性をきたえることができる。その職業的な技術にひきつけていうとして、作家が歴史に学ぶとはそういう意味であろう。

やはりとくに作家の関心をひくものの性格のひとつである、些事としてのことがら、歴史という言葉などとはまったく関係のないように見える、そして実際に作家の想像力によって再構成されてのことでなくては、歴史に関係がつけられぬのであるかもしれない些事。そのようなもののひとつの記憶。まだ「復帰」以前に船で沖縄に行った際、聴覚に障害があって胸に《日本語デ紙ニ書イテクデサイ》と書きつけた板をさげているアメリカ人青年と同室したことがある。かれはどんなに拡大した、あるいは縮小した意味においても、およそインテリジェントな青年ではなかった。ひっきりなしにウィスキーを飲み、そして同船している娘たちをでなく、沖縄の若者たちを、行きあたりばったりに釣りあげようとしていた。ついに僕は腹をたてて、空いている船室をさがし倉庫みたいなところに移った。

それから二、三年たって、新聞に見いだしたベタ記事。深夜、ヴィエトナムの子供を救えという募金箱をかたづけていた活動家の青年に、酒気をおびたアメリカ人語学教師が、なんで日本人の子供じゃなくヴィエトナム人の子供をなのか？　と乱暴して、警察につきだされた。結局、両者は和解して、いくらかの募金がおこなわれた、という美談仕立ての記事。これはあの男だ、かれはこのようにして生きていたのか、と僕は考えた。そしてあの沖縄航路の船室で最後に見たままのその男の、僕の想像力のなかでのその後の生きのびかたと、現実のそれとを僕は比較検討したのであった。その上での結論は、残念ながら現実世界に起こりつづけていた事実の方が、僕の想像力の営為を乗り超えてなななましく力があるというものだった。しかし僕はあの朝、当の小さな記事を、もっとも想像力的に読みとりえた読者のひとりであっただろうと思う。もちろん、僕が沖縄へ向う船の男と、深夜の暴漢とを結びつける根拠といっては、両者がともに聴覚障害のある語学学院のアメリカ人講師であるということのみなのだが、僕には確信がある。

長篇『洪水はわが魂に及び』を、僕は実際に書きはじめてからすくなくとも四年間は、ただそれのみに没頭して書きつづけたことになる。はじめにあったこの小説の主題群のいちいちのなかで、あるものはそれをむりに展開させようとすると、むしろヒーローの性格づけを変えねばならぬことが明瞭になった。そしてそのような時、僕は長篇小説の仕事を中断して、文体と手法を新しくしながら、さきの主題で中篇小説を書いた。そしてあらためてもとの長篇小説に戻ったのである。十五年も前のこと、僕よりいくらか年長の女流作家が、一般に作家は十や二十の作品の題材をつねに持っているものだ、と教えてくれたことがあった。僕自身はその時、ただひとつの題材しか準備してはいなかったから、正直のところ居心地の悪い、不安な気持がした。実際にその女流作家はしばしば併行して作品を連載しているようだし、基本的に通俗的な書き物によってではあるが、いつも様ざまな大きい話題を提供しつづけている。むしろジャーナリスティックな才能ではあるが、やはり独特な創作力のある作家だ。

さて彼女の教訓にもかかわらず、いまなお僕にとっては原理的に、いま書こうとしている・いま書きうる作品は、つねにただひとつなのである。ある作品の制作の途中で壁にゆきあたってしまうと、すなわち多くの場合は自分の書こうとしている主題とヒーローとの間の不整合があきらかになると、その障害のかたまりを打ち崩し・把握しなおすために別の短い作品を書き始め、それが完成してはじめて、また本来の長篇小説にかえるということはあった。しかしそれはむしろ、いま書こうとしている・書きつつある作品は自分にとってただひとつしかありえぬということを、確認しなおすためのトレーニングとみなすべきであっただろう。おそらくはたいていの作家がそうであるように僕にもあるひとつの作品を書きおえてしまわなければ、次の作品の世界が浮かびあがっては来ない。いくつかの漠然たる見とおしはあるが、いったん作品をひとつ終って次の作品に近づいてみると、以前に持っていた新しい作品への予想は、いかにも不正確・あいまいなものであったことが自覚される。かつて中心の主題とみえたものは、すでにもう書かなくてよくなっているものであることを発見する。

結局、僕個人に限っていえば、それは僕の小説が、いかにも直接的に自己告白的な主題によっているからであろう。いやむしろきみは、現実世界での経験が浅いとはいわぬまでも狭い人間であって、きみの主題はブッキッシュな所から出てくることが多いというべきなのじゃないか？　きみの息子についてすらも、きみは私小説的には書かぬといったばかりだろう？　それでなぜ自己告白的なんだ、という疑問の声は、確かに僕に向けて発せられうるだろう。しかしいくつかすでに僕の長篇小説を読んだ後での、そのような疑問の呈し方ではないだろうとも、僕は思う。

僕は想像力によって自己告白的でありたいのだといえば、なおさらに僕のいいたいことはよく受容してもらえるかもしれない。したがってそのような小説を書きつづけ、ついに書き終え、その段階において作品と現実の自分を検証し、どこまで乗り超えているかを確認しなければ、つづいて書くべき課題たる自己告白的な主題は、たとえ想像力的にとただし書きをつけるにしても、いやむしろそれゆえにこそ、僕の眼の前に具体的にあらわれてこない。そこで僕の生涯の可能的な見取図のひとつはこうだ。幾番目かの長篇小説を、やはり何年かかけて書き終え、そしてついに自己告白的な主題を語りおえてしまっている自分を発見する！その時こそじたばたせずに、小説を書く職業から転業して、なんとか別のやり方で生き延びることにしよう、さきにその生き延びる方への意志を示したとおりに。しかし永年つづけてきた・永年つづけてゆくべき職業であることだし、あまり早まりすぎぬようにして……

もし僕が『洪水はわが魂に及び』を実際より二年だけ早く完成していたとしたら、僕はジャーナリズムから予言者あつかいを受けていたかもしれない。この小説の最初の草稿で、すなわちまだ全体の構造についてはは充分に見とおしのつかないまま書いている、そうである以上自由に造りなおすことのできる草稿で、僕は北軽井沢の、シラカバやダケカンバに囲まれた山荘を舞台にしていた。それは僕と家族とが夏を過ごすために、友人の建築家に建ててもらった山荘が、そのままモデルの役割をはたしていたわけなのだが、僕はそこで若者たち、若い娘たちによる銃撃戦がおこなわれるという構想をたてていたのである。夜遅くまでこの小説の草稿を書く、そして翌日の昼近く起き出して、居間へ降りて行く。そのようにして永くつづく毎日の、ある一日の始まりに、心をふるいたてることもできぬまま階段をのろのろ降りて行った僕は、居間のテレヴィが北軽井沢とは浅間山をへだてて反対側の、つまり本来の軽井沢の山荘で、実際に銃撃戦がおこなわれている情況を映し出しているのを見た！

もちろんこのように、現実世界によって小説における想像力の進展のスピードに追いつかれ・追いこされた以上、作家としてはそれまで書きつづけてきた草稿の構造をつくりかえるほかにはない。たいていの場合、構造のつくりかえは小説の世界を、より多面的にする。したがってその労をおしむことはない。そこで僕は現にいま書きあげられている形の、小説の方向へと進んで行ったのである。その僕にとって、まったく客観的にあの事件をテレヴィで見ていたかぎりでは、非合法に志願調停役をかって出て、包囲する警察陣の眼をくらまし、銃撃の現場に近づき、あっさり射殺されてしまった酒場の経営者が、想像力的に喚起的であった。わが母国語の文学は、まだあのような性格の人物像と、その宿命とを描き出しえていないのではあるまいか？いったいかれをあの無意味な悲劇にむけて動かした、わけのわからぬ情熱はどういうものだったのだろう？

もし僕があの事件の当時、長篇小説をでなく、短篇のそれも三十枚前後のものをおもに書いていたのだとしたら、成功するしないは別の問題として、あの酒場の経営者の死に喚起されたものを、短篇に書き始めていただろうと思う。しかし作家の生活周期《ライフサイクル》には、短篇を書くのにもっともふさわしい時期と長篇のそれとのふたつの極があって、われわれはその間を揺れて生きている。僕は作家としての生活のはじめに短篇を集中して書いた。短篇の数はすくなくないが、それはわずかな期間のことだった。つづいて長篇を書きはじめてからは、中篇あるいは長篇の単なる断片のようなものこそ書いてはきたが、自分はもう本当の短篇は書いてこなかったと感じる。したがって鋭く濃密な短篇に向けて、想像力的に再構成しなおすことができるかもしれぬと感じた、あの奇妙に酷たらしい附随的ハプニングも、ただそのように強く印象づけられたのみで、僕は実際に短篇を書きはじめようとはしなかったのである。

しばらくたって、この事件の「兵士」のひとりが年の暮に独房で自殺した時、その遺体をひきとりに行ったひとりである女性から、かれの全身の筋肉が、おそらくは死の直前までつづいた日々の鍛錬によって維持された硬さをたもっていた、という話を聞いた。その時にもやはりこの人間については、短篇でこそ想像力的に再構成しうるものだと考えたが、しかし僕自身はその仕事を始めることがなかった。作家の生活周期《ライフサイクル》には短篇にむいている時期と、長篇にむいている時期があるし、また死者への遠慮も当然になされるべきものであるわけだから。

現在の僕は長篇小説をひとつ終ったばかりであるけれども、やはり自分がなお長篇の周期にあると感じている。しかも右にのべたような、短篇の想像力的世界に類するところのことを生きいきと強く思い出して、この文章を書きながらもしばらくは、短篇を実際に書きはじめようとしているような昂奮にとらえられる。それはごく端的に、僕が数日来、ペンギン・ブックス版の英訳でガブリエル・ガルシア・マルケスの短篇を読んでいたからだ。『百年の孤独』を、すなわちラテン・アメリカ世界にとどまらず今世紀の世界最良の小説を書いた、コロンビアの作家ガルシア・マルケスは、いまメキシコで亡命生活を送っているのだが、かれの短篇はまたメリメやスタンダールを思わせる鋭さの、高い完成度のものだ。僕もあらためて短篇を書きつづけることのできる生活周期《ライフサイクル》にめぐりあえば、あらためて自分独自のものをつくりだす努力をしようと思う。

じつは作家としての生活のはじめに、僕は中篇や長篇によって自分自身を確立したいという野心にかられて、短篇には早すぎる別れをつげてしまったという、遺恨の心をもっているから。ラテン・アメリカの作家たちには、ボルヘスはもちろんのこと、なんという多くの短篇の名手たちがいることだろうか？　たとえある作家が立派な長篇を書きえたとしても、かれがすばらしい短篇をもまたいくつか書いている人間でなければ、やはり正真正銘の秀れた作家とは呼びがたいと、僕は牢乎たる私見をいだいている。

その理由は具体的にあげることができる。短篇においてその作家独自のイメージを、すなわちその作家がこの世に生まれてこなかったならば、われわれが決してそれに眼を開かれる経験をしなかったであろうようなイメージを展開しなかった作家には、長篇小説においてもやはり、真に独特のイメージ群を呈示はできぬように観察されるからだ。いかにかれが長ながと書きつらねる能力を持とうとも……

次に、短篇で鋭く的確な構成力を発揮できなかった作家には、長篇においてもやはり小説という有機体の構造の、微妙なバランスと危機の感覚がうまく把握できない。しばしばわれわれは、きわめて壮大といわれる小説に、ただ鈍感な構成の欠陥のみを読みとるものだ。もちろん真に壮大な作家たちは、その小説の巨大な構造を、とくに細部にわたって綿密に構成することによってのみ実現しているのである。トルストイはいうまでもないし、あの奔放なドストエフスキーすらもが、その小説の大きい構造と語りを、いかにこまやかな配慮によってのみ実現しえていることであろう。

最後に、これは実例によって反駁されるならいつでも自説をあらためるが、短篇においてかれ自身の意識と肉体について自己告白しないではいられなかった青春をもつ作家とちがって、はじめから客観的な事業のように長篇を書くことで文学をはじめた作家は、やはり根本的なところでの緊迫感と無縁なような気がする。もちろん僕は、作家の根本的な資質を絶対化するのではない。むしろ作家自身の意識と肉体は、共通の言葉の背後に沈みこませた上で、想像力の機能を前面に押しだそうとするのが僕の基本態度である。

じつのところ僕自身もふくめて、なまみの作家というものはうっとうしいかぎりだ。せんだって僕は、いかにも作家・ジャーナリストとして自己充足し、かつ他のラテン・アメリカの作家の、たとえばガルシア・マルケスのように世界的に知られている同僚には、敵意のような嫉妬をいだいているメキシコ作家のパーティーに出た。もし外国に滞在している人間の礼節ということを考えなければ、その作家に対して僕はこういいたい気がしたのである。なまみの作家などひとまえに出ては芸なしの道化じゃないか、おたがいに自分の密室に戻って、ただ言葉と想像力による構造だけに心をくだきましょう、パーティーで変にイキがったりするのは止めにして、と。

しかも僕は、言葉と想像力をつうじての激しく緊張した自己告白こそが、作家の真の仕事だと思う。そしてそのような希求にたった達成は、まず作家の青春期の短篇にあらわれ、かれの成熟期の長篇にみのってゆくと考えるのである。僕は青春の時の僕自身が、そのような短篇を書きえたと自信をこめていいはるのではないが、やはり一個の作家として二十年仕事をつづけてきたいま、ついにはそのような長篇を書きあげうるところの、真の作家たりたいと願っていることまでかくそうと思わない。僕はこの猶予期間《モラトリアム》をその準備のためにこそ使いつくしたいと思う。それより他の人生についての野心は、じつのところすべて二義的なものに感じられる。

さて僕は今度も、『ピンチランナー調書』を書きつづけているうちに、あらためて現実世界によって追いつかれ・追いこされてしまった。もちろん僕は、マス・コミュニケイションが拡大した現実のハプニングにかかわりつつ、冗談半分にこういってみたのであって、現実世界と想像力との、言葉をつうじての関係のしかたはこのように単純ではないが、ともかく僕がこの長篇で書きつづけてきたのは、政財界の超大物・黒幕というアンタゴニストについてであったから。

いわゆる社会派などと自称する通俗小説の作家とはちがって、僕は想像力の言葉によって仕事をする。したがって現実世界のある特定の人物が、直接のモデルとなることはない。とくに小説を書きはじめるにあたって、あれこれの人物を取材して、というようなことを考えたことすらもない。それはすでにのべたとおりだ。したがって僕の小説のなかの、喜劇的な意味もふくめた超大物・黒幕は、たまたま僕が三年をかけて書いてきたこの小説の、最終の数章を書きすすめるのと前後して、日々テレヴィや新聞をにぎわしはじめた実在の人物といかなる関係もない。

しかし僕は現にマス・メディアを覆う黒幕・大物たちの出現によって、自分の想像力の言葉としての黒幕・大物が侵犯されているのを認める。僕はすでにこれらの言葉がマス・コミュニケイションによる意味づけの汚染から自由になれぬということを、観念しないわけにはゆかぬ。

作家は普遍的に意味の開かれている想像力を媒体にして、表現をおこなう。したがって僕が書きつけた黒幕・大物という言葉を、いやあのテレヴィや新聞をにぎわせている実在の黒幕・大物をイメージにとりこみつつ読むのは止めてくれと、読者に哀訴するわけにはゆかない。小説の言葉とは、本来そのようにまったく俗なものであり、それゆえにこそ力を持つのだ。僕はそのように覚悟する。しかしマス・メディアの現場で、いったんかかげられたそれらの黒幕・大物たちのイメージが、つづいて奇怪な巨大さをうしなってゆく過程には、やはり落胆しないではいられなかった。そうではないか？　僕が自分の想像力の言葉をもちいて、深夜営々と怪物的存在をつくりあげる。ついに僕の小説はその怪物的存在のイメージをふくみこんで刊行される。しかしそれを読みとってゆく読者の眼が、黒幕・大物という言葉に実際に出あうやいなや、かれの想像力は、マス・メディアを一時埋めつくしていた現実のかれの、トランキライザーの多用によって、自決した将軍の幻影を見るという老人の、白毛まじりの不精鬚にうずめられた顔によって、浸蝕されてしまうのだから……

　このように具体的に見てくるうちに、僕にあらためてはっきりしてきたこと。それはかならずしも作家が、現実世界によりそって、その進行方向にむかいつつ、自分の想像力の言葉をつむぎ出しているのではないということだ。作家は現実世界と正面から向いあっている。現実世界の進行の前に立ちふさがりさえしているようにも見える。そこで想像力の言葉は、現実世界を否定し、乗り超えようとする試みの唯一の武器になる。僕の小説の言葉は、あのマス・コミュニケイションによって超大量にばらまかれた黒幕・大物のイメージをうちたおして、独特のアンタゴニスト像を樹立しえなければ、一敗地にまみれたことになる。いま自分に切実なこの危機感をつうじて、あらためて僕は、想像力の機能とはあたえられたイメージをつくりかえる力だ、というあのバシュラールの考えを理解しなおすのである。マス・メディアのイメージの洪水に対して、逆の光をあてて見ることを可能にしよう。作家がその洪水のうちに自分を見うしなうことがなければ、かれが想像力の言葉によって新しくつくりあげるべき世界への否定的媒体として、それらのイメージは呈示されている。そこに二十世紀後半における、作家の存在の有利さと必要性とを読みとることは、あまりに荒唐無稽とはいえぬはずである。

オクタヴィオ・パスも鶴見俊輔氏もあらためて指摘しているように、メキシコでは死が露出して見える。人類学博物館へ巨大な彫像を見に行けば、愛嬌ある骸骨の顔にお眼にかからぬわけにはゆかぬ。たとえばアステックの『生と死の神像』。ソチミルコの市場《メルカドス》をかこむ舗道には数しれぬ骸骨人形が、それもイルミネーションか花火かつきで木の枝にぶらさげられるやつが並べられている。そして大衆紙は連日、自動車事故の死者たちの、事故現場の血だらけの写真をかかげている。あれらに比較すれば、わが国では宗教も民俗行事もマス・メディアも、こぞって死の露頭を覆いかくすことに腐心しているといわねばならぬ。

それは直接の具体的な死についてのみにとどまらぬ。巨大な政治的死をわが国の民衆の上に課すやもしれぬ様ざまな契機が、マス・メディアにおいて隠蔽される。ヒロシマ・ナガサキが、わが国の壊滅した都市の名でなかったら、おそらく現代の日本は原子力発電の最先進国となったはずであり、かつその危険は日本人になにもしらされてはいなかっただろう。マス・メディアの一機関が、その崩壊の危険をかけて、政治的・司法的弾圧と闘いつつ、このように隠蔽されたものを剔き出しにするという冒険はおこなわれない。その反面、玄人の情報通は、いやあれには影の部分があってこうだと、低声でささやくことを、むしろかれ自身の存在証明とする。たまたまかれらから無償で情報をあたえられる時などには、僕はこういいかえしたい衝動にかられる。いや、あなたが新聞記者であり、総合誌の編集者であるなら、それを公的な言葉となさってください。そうでなければ、あなたは真の表現を忌避するためにのみ、今のようなにせの表現をしていることになります。僕にはあなたが、自分自身の表現の可能性をなしくずしにつぶしてしまうにあたっての、その自己弁明のためのバネになるつもりはありません、とくに一杯飲んでいるこんな場所で。

死をそのもっとも端的な表現とする、この現実世界の苛酷な、救助不可能な側面を、誰の眼からも見えるところには押し出さない。できるかぎりそれを隠蔽する。そのようなわが国のマス・メディアの根本的な特徴は、ついには天皇制タブーのもとのわが国の、文化全体を性格づける問題点である。隠蔽された毒には、われわれみながそれに感染している可能性がある。たとえばわれわれはいま、自分の子供らが日々それを食べている食物の汚染について、マス・メディアから情報をあたえられていない。隠蔽された悪には、われわれがいつその共犯であることを認めねばならなくなるやもしれぬ。たとえばすでにいいふるされたことでありながら、実態はおよそ知られていないところの、わが国の企業の東南アジア進出の悪。またわが国の子供らのために医師・看護婦を沖縄から奪い、その沖縄の子供らのために朝鮮から医師・看護婦を奪っている悪。

マス・メディアの隠蔽することどもを、いちいち小規模の手仕事ながら、言葉にしてゆくこと。それは告発の行為であるとともに、想像力の言葉の根柢にたった表現行為である。作家は可能なかぎり現実世界から眼をそむけずにいなければ、このような想像力の言葉の操作を職業とする人間の、存立の基盤をうしなう。

右のことを基本的な言葉の意味のレヴェルで、自分につきつけつつ検証してゆくことができるのが、作家の仕事のもうひとつの特質であることをも、僕は忘れぬことにしたいと思う。さきにあげたアッティカ刑務所の暴動についてのトム・ウィッカーの小説は、言葉を媒体とする知識人の仲介者たちが、人質をとって刑務所側の暴力に対抗する囚人たちのために、ブラック・パンサーの代表をもふくめてなにごともなしえない、ということのみを示して終った。数多くの死者の像の呈示とともに、そしてウィッカーのあまり実効性のなさそうな悲しい告発をあわせて。事実、その知識人としての言葉の無力さは、かれがついに作家ではなく、単なる『ニューヨーク・タイムズ』紙のコラムニストにすぎぬことを剔きだしにして、メイラーの思想的深みから引きはなしてしまう。しかしともかくかれの書いた言葉の全体は、大きい恥をになっている。そしてそれは暴力の巨大な呈示の前で、知識人が感じとる普遍的な恥と、地下水脈でつながっているものだ。現実世界のいちいちの局面に直面して、作家がすぐさま防衛的な自己欺瞞に走るということがなければ、かれの言葉は非力は非力ながらになにごとかを表現して、真実の露頭をあきらかにすると信じよう。それは想像力の言葉という、つねに不確かな媒体をもちいつつ仕事をつづける自分への、すくなくとも恐しい励ましとなる。

詩が多様に喚起する

文学のすべてのジャンルのうち、なにを偏愛するかと訊ねられるとすれば、僕はもちろん小説を読むことを好むけれども、しかもなお、それは詩です、と答えたい気持がある。しかもそのように詩という際、僕はこのジャンルにわが母国語の定型詩、俳句と短歌をも、積極的にふくめたいのである。四国の、しかも愛媛の山村ですごした僕の幼・少年期は、まったく濃密に俳句と短歌のジャンル的雰囲気にかこまれたものだった。予科練から戻ってきた長兄が俳句と短歌をつくり、そしてかれは俳句書・短歌書の相当なコレクターであったから、僕は戦後に刊行された俳句・短歌集の、すべてを読んだような気さえする！　もちろん斎藤茂吉の仕事が、その中心にあった。子供の経験の基本的性格においてではあるが、僕はある言葉を微細に動かすしかたによって、ほとんど宇宙的なものが大きく動くのを見る驚きを、芭蕉と茂吉にあたえられた。

いまも僕はわが国の現代文学者たちのうち、公然とあるいはひそかに俳句・短歌に愛着をあらわしている人たちが好きだ。窪田空穂の旋頭歌・短歌に対する谷川俊太郎氏、大岡信氏のありよう。伊藤左千夫に対する寺田透氏のそれ。僕がはじめて『道元の言語宇宙』の著者の名を、フランス文学関係の雑誌に見出した時、前田夕暮を父とする歌人と混同したほどなのだから、かつての僕の短歌への熱中も理解してもらえるのではあるまいか？　そして寺田透氏のこの書名も、僕にはやはり短歌の言語宇宙について、しばしば思いをはせた人のものに思える。

そのような言葉の世界に慣れていた高校生の僕は、

辞世の短歌の、言葉としての構造を分析した唐木順三氏の文章に、文字どおり震撼された。その経験は短歌から僕をひきはなすに充分な力をそなえていた。しかしいまもなお、短歌に感銘することはしばしばだ。かならずしも歌人のそれでなく、たとえば荒畑寒村氏の短歌。逆に散文畑の文学者の手すさびとでもいうか、ただ数だけをつくりためた類の歌、緊張も昂揚もなく、だからといって散文性も弱い偽短歌を、文芸雑誌で読まされたりすると、それを僕は当の作家のかれ自身の散文と、短歌というジャンルへの侮辱だと感じる。

僕の経験と観察では、散文作家にとってもっとも難かしいジャンルは短歌である。それは散文作家に俳句より御しやすいと感じさせる言葉の構造であるから、散文作家はその罠におちいりやすい。おそらく『歌のわかれ』の中野重治氏よりも技術的・詩的にすぐれた短歌をつくりうる散文作家とは、もう考えにくいのではあるまいか？　しかも中野重治氏は文字どおり歌に別れをつげたのであった。僕は内田百閒すらもその俳句ほどには見事な短歌をつくりえなかったであろうと思う。さて歌をつくるといえば、前田俊彦氏が田をつくるといういい方の根本的な背景を分析した文章を思い出す。そしてこれら両者には共通点があると、いま僕は気がつくが、猶予期間《モラトリアム》とはいうものの、やはりそれについてゆっくりここで検討しているいとまはない。ひとつつけ加えれば、太宰治の自殺においてひとつだけ奥ゆかしいところがあったと思うのは、技巧派としては最上の部類の言葉の専門家のかれが、その辞世としては自作のかわりに伊藤左千夫の歌を書きのこしたことである。三島由紀夫の筆名はほかならぬこの歌人に由来するということであるけれども、しかし当の三島の辞世を思い出すならば……

いったん俳句・短歌についてものをいい始めると、

たいていこんなふうに僕は、たちまち昂奮してとめどがなくなってしまう。さて幼・少年期からの僕のそのような俳句・短歌への特別な感情の中心にあったのは、わが同郷の天才、正岡子規の存在なのであった。およそ絵にも書にもとぼしかった僕の生家に、子規の肖像や墨蹟の写真版は幾種もあった。僕はかつて文学者の理想的風貌として子規の顔をあげて、それはかくいう当人の顔とはまったく似ていないと、ドナルド・キーン氏にからかわれたこともあるが、いまもこの考えをかえていない。そこで子規の風貌に新しく接しうる機会があれば、およそなんにでもとびつくけれども、一年ほど前にテレヴィの教育番組で子規があつかわれた際には、いささかショックをうけた。そこで解説的なことを話した人びとは、僕にはおよそ本気かと反問したいようなことのみ話した。たとえばある子規研究家は、碧梧桐の子規絶筆についての文章をよくは読んでいないことが明瞭だったし、またある歌人・劇作家は、演劇の分野における共同生活を知らなかったゆえの子規の欠陥などということをいいだすのであった。共同作業の組織者としてあれほどの天性をそなえていた教育家子規について、わが同郷の真に秀れた魂は、たとえば伊丹万作は、その点において確実に子規を理解し、子規に学んだ。もし死後にのこる魂があるものならば、かれの魂は、あの夜のテレヴィ番組を、もっとも簡潔・辛辣に批評したであろう。

俳句・短歌時代につづく僕の詩的経験には、大岡昇平氏にあたえられた契機をはずすことができない。子規や伊丹万作の学んだ中学の後身である松山の新制高校にかよっていた僕は、詩集編纂者としてその名を知ることからはじめた大岡昇平氏による、中原中也、富永太郎の詩集に大きい影響を受けたから。つづいて三好達治。それから日夏耿之介訳によるポー、深瀬基寛訳によるエリオット、オーデン。僕はそれらの総体の詩的牽引力に方向づけられて高校生活をすごした。大学では仏文科を選んだのであったが、しかし詩についてはつねに、英語が僕の黄金の言葉であって、もちろんフランス詩への熱中も周期的にくりかえされたけれども、いつも結局はオーデンの所に戻ってくるのであった……

いまも僕の暮らしているメキシコシティーのアパートのベッド脇には、オクタヴィオ・パスが編集し、サミュエル・ベケットが英訳した、すばらしい構成のメキシコ詩アンソロジーがある。序文においてオクタヴィオ・パスは、物質文明の進化していない地域にこそ詩が繁栄していることをいいながら、アイヌ民族についてもふれているが、僕は『ユーカラ』にあわせて『おもろさうし』についてもまた、このメキシコの巨大な詩人・文明批評家が知識を持っていたならば、と思う。僕はノーベル賞候補式の文学者たちを敬遠したい心が強く、メキシコに来るまでパスの評論集を読むことはなかった。しかしいまここでその英訳を読みはじめて(たとえばもう古典となった"The labyrinth of solitude")、この詩人がわれわれの時代の最良の知識人であるゆえんはすぐに納得されたのである。

このアンソロジーで、僕の感受性にもっとも深くふれてくるようであったのは、一九五八年初版のこの本で、ただひとりその時点の現存詩人としてあげられているアルフォンソ・レイエスの『タラフマラの薬草』という詩である。僕は自分のセミナーのために大学へでかけて行って、この詩人はすばらしいがどういう人間なのかと、アルゼンチン人の同僚にたずねた。礼儀正しくせんさいなこの日本文学研究者は、僕をすぐにもおそうべき恥の自覚がゆっくりやわらかに来るようにと気をつかいながら、たまたま僕らが立話をしていたエレベーター脇の、すぐ頭の上にあるブロンズを顎でさして、あれが、すなわちいま僕が職を得ているコレヒオ・デ・メヒコの創立者こそがレイエスなのだと教えてくれた。メキシコの作家が慶応義塾の客員教授として来て数個月すごし、福沢諭吉という明治の思想家はおもしろいが、あれはどんな人間なのかと同僚にたずねるたぐいではないか？

詩自体を、自由な散文のかたちで紹介することからはじめよう。タラフマラのインディアンたちが、山から降りて来た。それは凶年のしるし。高地地方の収穫のおもわしくなかったしるし。日灼けした裸のかれらが、恐怖のバネをかたく巻いてチワワの街に活気をあたえる。お前の顔は寒くないかと、互いに問いかけつつ。悪しき山地の年、大雪解けに人びとが荷をせおい逃げてくだってこなければならぬ凶年。……これらのインディアンは、スペインからの宣教師によって、カトリックに入信させられた、獅子の魂をもつ仔羊たちである。パンも葡萄酒もなしに、キリスト教の儀式を祝う、かれら独自の食物と飲み物によって。最良のマラソン・ランナーであるかれらは、鹿の若い生肉に養なわれて、われわれが五官の壁をとびこえる日、最初に勝利を告げに走る者らであろう。しばしば金製のものを路上にあきなうかれらが、今日は薬草を荷からとりだしている。数かずの薬草が列挙されたあと、詩人が思いおこすのは、メキシコの征服者たる王のひとりが、結局は無益にうしなわれたのであるけれど、原住民の薬草の知識によってそれらを千二百種も集めたこと。蟻の沈黙した忍耐強さをもって地上に数多くの薬草を集める。かれら生来《ナチュラル》の自然科学《ナチュラル・サイエンス》において完璧に。

このようなかたちで要約したのでは、本来の詩がそなえている美しさも鋭さも、その苦渋すらをもわずかにしかつたええはしまい。しかしともかくまずこのよらに要約して示すほかはない。そしてこの詩が僕にとっては、メキシコシティーの街を肉や野菜を買いに歩いたり、博物館や寺院に東京からの友人を案内して行ったりする間、つねに意識と肉体を、この詩のなかの言葉でいえば賑わせ《インライヴン》ているのである。僕はそのままに、この詩をあらためて読みとってゆきたい。

アジア各地の、普遍的でありながら民族的な本質をうしなわぬ学者・研究者・市民運動家たちを日本に集めた、徹底的に民間のものであった会議に、といっても僕はいくらか募金に応じ、そしてただ話を聴く側として参加していたのだが、主催者の小田実氏に僕がこうたずねた。こういう会議で興味深い話を聞けることはありがたいが、しばしばただ自分の話す声を聞くためにだけ話している人物もいるね、ああいう連中の長広舌を聞かされる場合、きみは頭の中ではどうしている？　巨大な躰に繊細な魂をひそめた憂い顔の行動家の答、同時通訳の練習をやっているね！　僕にはそのような語学力はないから、こういう時にはたいてい一篇の詩を思いだすことにしている。それをしだいに明瞭に、自分の意識と肉体のうちによみがえらせるようにして読みとりつづける。

そのような使用のための詩のストックを、僕は数多くたくわえているのでもある。このひそかな作業において、いま面とむかっている詩の細部によく理解しえぬまま残るところがあっても、むしろそのこと自体に、つづいて読みとりをおこなうよう誘う力があるのだから、それは支障にはならない。したがって僕は難解な詩について、かならずしも反感を持たない。もっとも分裂症患者の手紙のように、それ自体で閉じた詩は、生産的な難解さとはいえまい。

詩は、それを読むものに、ある一定期間のそれこそ猶予期間《モラトリアム》を、卵をかえすために牝鶏が腹の下に卵をかかえているような期間を必要とさせると僕は思う。宮沢賢治の詩のように明快な場合すらも、僕はそのいくつかを覚えこんで何年かすごした後、いや、十何年かすごした後、ある講演の際にそれを引用しようとして、あらためて全集版にあたり、自分がそのうちの一行をまるまるまちがった意味に解釈していたことに気づいた。

オーデンについては、その多くの作品が僕にはいまなお、ということはまるまる二十年以上読みつづけていまなお、謎の宝庫だ。エリオットの詩の、岩の上の建物と水のなかの河馬による、カトリック的なものと民衆への暗喩は、このメキシコシティーで地面に沈みこむようにして斜めに、しかしなんとも美しく自然な反・自然物として立っているカテドラルを見てはじめて、また祭壇にむけて膝行するインディオの女たちを眺めて、僕にもっともよく納得された。いったん読みとった詩の強いイメージを忘れることができず、その詩が印刷してあるはずのアンソロジーを幾たびも調べなおすが、それを発見することができず、気がかりでたまらぬということもある。それは十年前にアメリカの大学のセミナーの教室で読んだ作品である。現代英米詩のアンソロジーとして、それは編集されていた。短い詩だ。ある朝自分が、裏庭か、裏の畑で小鳥の死骸を見つけた時、initiation が始まった、というくだりをふくむはずのものなのである。もしかしたら僕は、知らず知らずのうちにホトトギスの卵をかえさせられてしまう愚かしい鳥のように、自分で思いこんでいるのとはちがう詩行の卵をあたため、それを現に一羽の鳥に育てあげてしまっているのかもしれないが……

さてレイエスの詩が僕を最初に感動させるのは、図作の山から降りてくるタラフマラ・インディアンにおける明確な呈示による。その直截な描写、かれらがかわす短い言葉、むしろ散文的な言葉の、詩的に厳密な構造へのくみこみ。かれらが結局は自分の土地でない街の通りを、行き来するその様子がなんと精妙にとらえられていることだろう。

slow and suspicious,
all the springs of fear coiled,
like meek panthers.

これらのインディアンの、自分たちにはなじみのない独自の美しさを見る、街なかの人びとは、決してかれらを排斥するというのではないが、ある反撥を感じないではない、とレイエスはいうのだが、いまメキシコシティーの街頭に坐って木の実や落花生を路上に並べて売っているインディオたちを見る時、僕にもタラフマラ・インディアンを自分たちの街路に見る市民たちの内部の、攻撃的にはならぬ不安、隠微な気がかりに思い到りうる気がする。詩を読みながらのその心の動きを追認してくれるように、レイエスはこれらのインディアンたちが、ニュー・スペイン、すなわちメキシコを征服した者らによって、カトリックに改宗させられたことをいうのである。僕はある深い谷間を見おろす山頂近くに建てられたピラミッドと、そこにあったじつに柔らかで量的な効果のある、石彫りの虎とを思い出す。そのピラミッドの石彫りを一部としていた神殿の、全体は破壊され、その石で建築したといわれるニュー・スペイン征服直後のカトリック寺院が、谷間に見えた。山地の凶作を、市街に降りて来ること自体で象徴しているインディアンは、そのまま世界全体の根本的な凶作を暗示して、詩人と市民たちに不安をよびおこし、かれらの歴史にかかわるつぐないがたい罪障感にも、あらためて眼ざめしめるものであろう。

つづいてレイエスは、地上を歩みつづけねばならぬ者みなの、すなわち人類に共通の苦悩をなぐさめるために、感覚を酔わせるものを飲むことをいう。そしてそれにつないで、一般の五官をこえたものの世界では、インディアンこそが文明人よりぬきんでていることに注意をうながす。そのようにこのインディアンたちを人類の運命にかさね、しかもインディアンの独自な力をつうじて、人類がその運命を乗り超えうるかもしれぬことに、思いをはせしめる。

they will be first with the triumphant news
the day we leap the wall
of the five senses.

つづいてレイエスは、日常的観察の現場に降りてくる。金製品を舗道に積んで売ってきたかれらが、今日は薬草を売る。レイエスによる薬草の効能の呈示は、微妙にファンタスティック、微妙にユーモラスである。しばらくはインディアンを薬草の山の傍に放置して、レイエスはわれわれの方に向く。注釈するように、ドン・フィリップ二世の侍医フランシスコ・ヘルナンデスの蒐集した薬草についてかれはいう。アルジェリア戦争の弾圧的な植民相ジャック・スーステルが書いた、しかし魅惑的な小著、『アステカ文明』にもそれについて書きこんであったから、それは誰もが眼にする史実なのであろう。またクロード・レヴィ＝ストロースが、西側にはつたわりえなかったこの薬草の分類体系と効用の知識が、フィリッピンにはつたわったむね、『野生の思考』でのべていることも興味をひく。

文明人はついにそれらの薬草を、むなしく滅びさせ、よく利用することができなかった。しかしインディアンたちはそれらの用途を、いまもなお記憶し、活用している。この文明論的な対比のあと、レイエスは象徴的かつ現実的なイメージを四行に呈示し、一挙に詩をしめくくる。

With the silent patience of the ant
the Indians go gathering their herbs
in heaps upon the ground—
perfect in their natural science.

僕はメキシコの歴史と人間について、ほとんど無知なままにここへ来た。ここへ来た上で、わずかずつメキシコとラテン・アメリカの全体について書かれたものを読みはじめているのが現状である。メキシコ人とは実体ではなく、歴史の謂だ、とオクタヴィオ・パスがいう。またかれはそのメキシコ論の営為を、批評的な想像力の仕事だという。僕はそのようなかれにひきつけられて、かれの著作を読み進め、そこに立って次の思想家へと展望を拡げようとする。そうしながらもこのレイエスの詩を一篇、注意深く読むうちに、このような歴史的なひろがりと宇宙的な観照とを、日常的な現実に展開した詩には、もしこの国に来ることがなければ真に出会いえなかっただろうと感じる。

おなじ経験は、メキシコに着いてすぐ、大学関係者との待ちあわせの場所に選んだホテルで見たリヴェラの壁画からも受けとめた。歴史的・宇宙的な全体を、日常的・具体的な感触とともに一挙に呈示される、その経験。それは宗教裁判の舞台でもあったアラメダ公園に面するホテルの壁画で、画題は『アラメダ公園の白昼夢』。実際、三角帽子をかぶせられ鞭うたれる受難の裸婦も描きこまれていた。それにしても、政治的な歴史把握のくっきりしたリヴェラの壁画の、そこに描きこまれている裸婦のいかにエロティックなことか？　ガブリエル・ガルシア・マルケスの表現する、ラテン・アメリカの孤独といういいかたにならえば、ラテン・アメリカの渇望とでもいいたいエロティシズムを、僕は見出したものだ。メキシコの歴史の様ざまな局面の、代表的な人物を描きこんだ大きい絵の中心に、花やかな骸骨と腕をくんで少年リヴェラが立っている。それが白昼夢であるかぎり、アラメダ公園の日常的な光景でそれがあるはずはない。しかもカーニバル的に誇張されてはいるが、ある一日の具体性そのものである光景。同時にメキシコの歴史の、多様な局面をうつし出す全景。そこにはリヴェラの死生観・宇宙観が、民族的根幹に根ざして表現されているのでもある。

　この壁画の前に茫然と立っていると、旅先の人間がよく感じとる、自分の生き方を洗い直す方向にむかっての反省がおこり、僕の未来の小説もこのようでなくてはならぬ、という教育的感銘にまで発展した。もちろん具体的にこのような小説をどう実現しうるのかが、いまの僕にあきらかなのではない。当然に絵は絵、小説は小説だ。僕はリヴェラのような民俗と歴史・政治意識と、そしてその表現技術とを渾然一体とさせた天才に、自分を比較しない。しかしあらためて一篇レイエスの詩を読み、リヴェラの仕事にかよう本質的効果を見出すと、文章を仕事とする人間として明確な励ましを感じとらずにはいないのである。

　メキシコシティーの下町をバスで通っていると、街角に混血《メスティソ》の人びとが集まって、なにごとか語りあっている光景に接する。そのあたりの二、三軒の人びとがすっかり、年寄りから赤んぼうまでより集まって。それを見ていると、いつも僕は、幼・少年期をすごした山村の午後遅く、夕暮にいたるまでの光景を思いだした。そして懐かしさと悲しみのこもったもの思いにとらえられた。すぐ近くに住んでいた畳屋は博奕打ちで、また灼熱した畳針で腫れものをつぶす医師でもあった。ある秋の夕暮、集落全体の大掃除の終った後、焚火の周りに大人から幼児までが集まった。畳屋が話の中心となり、話題を進展させてゆく。鼠はよく焼けば食えるという話になり、不運な家鼠が一匹、焚火の燠《おき》に埋められた。そして畳屋と、僕の弟とが一本ずつその腿を食った。ともあれ食料難の時代ではあったが！　そのような大人と子供のより集まりでは、まったくなにもかもについて話される。子供はさかんに教育される。生涯役にたつことはないが、しかしいつまでも忘れ得ぬカリキュラムによって。民俗的カリキュラム、または性的・宗教的禁忌のカリキュラム。すなわち周縁文化的カリキュラム……

そのような話のひとつが、これは僕の地方に限る話ではないと後日学んだが、人間は死にのぞんで生涯の全体を幻に見る、というものであった。しかもそれは、いま橋のたもとの家に死人が出ようとしているが、ちょうどその死に瀕している老人が、子供のころを思い出すといっているそうだ、若い時分を幻に再現させているそうだ、と情報をあたえられたのであった。われわれの小さな村では、人が死ぬというようなことがあれば、火事や洪水の際のように、すっかり暗くなるまで不安と昂奮をあらわす人びとの集まりが路上であった。この話にもっとも深く、僕は心を揺さぶられたのである。幾人の死者が出ても、幾たびそれを聞いても新しく。しかもひとつのジレンマがあった。それはこういう疑問なのだ。生涯が幻としてあらわれるとしたら、次つぎにそれを見てゆき、すべてを見終るまでには、ちょうどその人間の生涯と等量の時間が必要なのではないか？

それから三十五年もたって、リヴェラの壁画の前で、このジレンマに解決がもたらされた！　死にのぞんで生活のすべての経験を幻に見るかどうか、僕はそれをいまも知らない。すくなくとも幼・少年時におけるように確かな事実としてそれを信じているのでもない。しかし想像力《イマジネール》的な能力をよく訓練するならば、生涯のすべての時間にわたり、宇宙的規模にひろがるヴィジョン・個にかかわる精髄をすべてふくみこんだヴィジョンを見て、人は死ぬことができる。リヴェラの壁画のように。むしろ自分はそのヴィジョンを見ずにすますわけにはゆくまい、と僕は考えて、これまでに経験したことのない新しさの、死の恐怖に震撼された。

いくたびかすでに論及してきたが、ガルシア・マルケスの『百年の孤独』は、百年にわたってラテン・アメリカの一小村を覆う孤独の、そのヴィジョンを全体的に描いた小説である。僕は自分の猶予期間《モラトリアム》のあけた後の小説について、漠然と、しかし集中的に考えつつ、いま同じメキシコシティーに暮らしているマルケスを、小説を断念して政治に参加すると宣言しているかれのことを思う。かれはじつに自然なユーモアと優しさをあらわした、確固たるアイデンティティーの男として僕とデフォーの『疫病年代記』やラブレーについて話し、その翌朝キューバへ飛び立って行ったが。

詩のリズムとは、もっとも直接的に呈示できる文体である。僕は小学生の娘が「し」と注記して手紙に書いてきた制作に、確実に彼女の意識と肉体をあらわすリズムを見る。現に彼女の身ぶりを見ているように、僕は微笑する。路上で子供たちが叫びかわす遊戯の言葉にも、やはり文体がある。突発的に発せられた文体が、民俗的な伝承にもなる。それはいま窓の外から聞こえてくるスペイン語の叫び声、とくにこのアクセント、リズムの明瞭な言葉の叫び声においてはっきりしている。バフチンはラブレーの文体に、中世・ルネサンスの市場の売り子の叫び《クリ》の伝統を読みとった。わが国ではすでに死んでいるその叫び《クリ》を、メキシコのバスに乗るたびに、日常的なものとして経験する。新聞、雑誌、またチェス盤、ボタンなどを売るべく乗りこんでくる青年や、まだ子供の売り子たち。それぞれの商品のために準備されているらしいものを、リズムを生かして覚えこんでの叫び《クリ》、それをいかにも堂どうとまくしたてて、最後にはきまって定価と値引き価格とをいう。それはあまりにも安く、さきほどまでの叫び《クリ》の偉容を滑稽に感じさせるほどのものだ。このようにも調子よく発声できるスペイン語で書く作家は、それこそつまらぬ靴ブラシを売る叫び《クリ》のような、威風堂どうとしてパセティックな文体におちいらぬよう制禦する努力をしなければならぬことだろう。

　さて僕は、この《全作品》第Ⅱ期におさめる小説群においてとくに、最初の草稿を繰りかえし書きなおすことをした。そのようにしてイメージを確実にし、文体を整備するのに熱心であった。この書き方がイメージを堅固なものにする点で、効果をあげることは疑いをいれぬ。しかし文体そのものについてはどうか？じつは僕自身もそれをしばしば疑う。しかしいったん最初の草稿を書きあげると、第二稿、第三稿に向けて書きなおしはじめずにはいられない。書きなおしは、最初に書いた際の、意識と肉体の自然なリズムを破壊する。しかしそれは、最初のリズムを、ヤワな頼りにならぬものと反撥するゆえの、文体的訂正でもあるのだ。そこで、いったん不自然なリズムとなった文章を、あらためて意識的に選びとられ・構造づけられた、一次元だけ上の自然さへみがいてゆく作業が必要となる。それはしかし自分自身には、はっきりした価値判断のしにくい課題になる。なかば対自的、なかば即自的な、微妙なレヴェルに属する課題に。

時どき僕は、もう新しい作品を書くことはなくなった老作家たる僕自身の、書斎生活について自己嘲弄的に考える。あるいは夢想する。老作家は、ずいぶん若い時分から出版した数多い小説を、一つの作品につき二冊ずつページをほぐし、それを広い紙に張りつけて、訂正を始める。かれは言葉の過剰をけずってゆく。もしかしたらまるまる一ページが、ただ一行に圧縮されるほどに。そのように訂正した新しいテキストを出版しなおすという希望は、すでにないのかもしれぬのに……

しかし、とその老作家の幻に向けて僕はいう。いま人生のなかばの自分が、この小説を書いている時点において、その意識と肉体ぐるみ、これこそ文体だと感じている、その自分の文体によって書いてゆくほかにないではないかと。その現時点の自分の、意識と肉体の微妙なカンによる選択よりほかに、いかなる文体への尺度もないのだからと。

しばらく前、僕が文体とイメージの構造についてエッセイを発表した直後に、ひとりの言語学者から葉書が来た。それは永年の言語学研究の結果、そのもののいい方《ディスクール》が独善的になっていることをよく示す葉書だった。そして、古めかしい言語観の恩賜的な表明。僕にどのような返事の書きようがあっただろう？　やがてその言語学者が、極端に無礼なもののいい方《ディスクール》はなされぬのが通例の、ひとつの講座風のものに、こういうふうに書いていた。あの男の本が売れなくなれば、編集者がそっとこういうだろう、文体を変えるようにと！　この異様な下品さは、先の葉書の言語観よりもかれ自身について表現的だった。この言語学者の文学論の欠陥は、作家にとってその文体は創作時点におけるその意識と肉体に根源的にむすびついているのだということに、眼が向いていないことであろう。もっとも僕はいま構造主義者たちの言語研究の確実な進歩に教えられる。作家として言語学者一般にむけて不信をいうのではない。

あらためていう必要もないことかもしれぬが、専門の研究者、批評家と作家との関係は、おたがいにドライに批評的であることがもっとも望ましい。肯定、否定のいかなる評価であれ、そこに重くるしい感情移入の傾向がはいりこむと、生産的な意味があることは稀だし、きまって永つづきしない。僕の年代の作家たちは(しかもとくに僕はといっていいであろう)、平野謙氏からいかに多くの文学的な励ましを受けたかはかりしれぬが、それはつねにドライに批評的な文章によってであった。したがって作家の側からも、この先達にドライに批評的な文章によって反撃することができた。僕はもっとも感情移入のすくない言葉で、われわれの時代の真の文芸批評家に感謝をあらわしたい。愛によってであれ憎悪によってであれ、安物のブランデーで濡らした菓子のような批評は、あらためて新世代の批評家たちにそのやり方が頻用される事態を見るにつけても、厭な抵抗感がこみあげてくる。

さて、あらためて詩だ。詩はもっとも端的に自己告白的な構造においてつくり出される。すくなくとも実際の詩の作者でない僕の、外側からの観察ではそのように見てとれる。しかも秀れた詩ほど、つねにその作者から、独立・自立している。それはどのような構造の、文学的理由によるのであろうか? たとえばさきのアルフォンソ・レイエスの詩は、メキシコのヨーロッパ系市民による詩たる条件づけがその全体にきざみこまれていながら、いかに詩人レイエスの生身の存在から独立しえていることか!

しかしおそらくこのダイナミックな関係は文学一般についてみられるべきことだ。詩はつねに、文学一般の代表選手として走っている。僕はオーデンの、これまでもっともしばしば読んできた一節を、あらためて新しい光のうちに見出す。「人間」の声がいう、われらの狂気を生き延びる道を教えよ。そうだ、この詩はオーデン独自の文体によりつつ、かれ個人の声において発せられているのではない。それは「人間」の声において自己表現している。The voice of Man : 'O teach us to outgrow our madness.'

独裁者、人間すべてを覆う狂気のみなもと、韓国はもとよりラテン・アメリカで多くの場所にいまも見出さざるをえぬ独裁者。かれらが権力とともに老年にいたれば、なおさら尖鋭に自分を特別の個性とし絶対化する。スターリン、かれがどうしてかれより他の、すべてのロシア人とおなじ人間であることを望んだろう？　権力の頂上での老年の死がおとずれる日まで、自分が特別な個性であることを、若いランボーの言葉をひくなら Je est un autre であることを主張しつづける者のおぞましさ。清盛、かれは異様にドラマティックな舞台効果のうちに死んだが、地獄の鬼どもがそのような死をあたえることを準備してやってきたというよりも、かれ自身が最後の極限までドラマティックに個性を主張したかったがゆえの、その希求が招きよせた死に方では、あれはないであろうか？

作家という職業人は一般の生活者がかれ自身をかたる言葉の、その百倍にも及ぶ言葉で自己告白をする。しかもその究極の目標は、一個人がかれ自身をデモンストレーションするために語る仕事の、その限界をつき破ることとである。かれひとりの文体によりながら、かれ自身の個の名は人びとの海に沈めて、「人間」そのものの声が響くように語ること。ひとつの詩が詩人に深く根ざしつつ、詩人の個を越えた「人間」の声の表現となる。詩人にならって作家もまた、多くの言葉で嵩ばっているその散文を、かれ自身に根ざしながら「人間」の普遍的な声の表現たるものとしたい。その最終の目的にむけてこそかれは、イメージに文体に構成に、もしかしたらかれの思いこみにしか根拠のないような、新技術を導入する。その試みが成功するかどうかを、制作中の作家がどのようにして占ないえよう？　いま僕は自分がこれまでに書いてきた小説群を、毎夜眠る前にわずかずつ読むようにしてすごす。この猶予期間《モラトリアム》の、おそるべき騒音にみちたアパートで。僕はしばしば暗然と頭をふる。そして猶予期間《モラトリアム》の向うに、喉の火照るような思いで眼をむける。

slow and suspicious,
all the springs of fear coiled,
like meek panthers.

恐怖にさからう道化

村祭り。谷間を見おろす尾根にアンテナ塔をたててまで、テレヴィを普及させた現在の村で、幼・少年時に僕の経験した爆発的な村祭りはなおこなわれているか？　いまカーニバル的な気分と、それにからみあっている宿命的な暗さの共存を感じつつメキシコの街角を歩いていて、それを思うことがある。もと人類学者で、いまはインディオのための実践家である知識人を夫に持ち、メキシコの人間となった日本人音楽家。彼女は絶対的にその夫の言説の影響下にあって、日本からの短期滞在者には聞いているのが苦痛でもある言葉を発するが、ともあれ秀れた個性である彼女に、かれら夫婦が僻地の村のインディオに、自力で学校をたてさせる指導をした話を聞く。相手はもともと演奏家だから、こちらは写真を見ながら沈黙して聴衆となる。ふたつのメキシコがあるのだと、彼女は力をこめていう。すなわちこのメキシコシティーの消費生活的なメキシコと、それを未開の広い底辺で支えている、生産的なメキシコ。善き心と勇敢さをもって、音楽家はそれを理解させようとする。彼女の夫とその仲間たちの知的雰囲気のシニックさもわかる、剝きだしのきびしさで、メキシコシティーの上澄みの部分にしばらく教師として浮かんでいるだけの僕に。これまでも永く、そしてこれからはもっと永く、日本からの旅行者にそれをいいつづけずにはいられぬ彼女の、すでにメキシコ的な人間となりきった、すなわちラテン・アメリカ的な孤独を思う。そして僕は彼女の弾くヤナーチェックのレコードの美しさを切実な懐かしさで思っている。

……言葉はそうして日本人として受けとめようのないものを押しつけてくるが、突然に一枚の写真が僕を熱い感情でみたす。インディオの若い父親たちが小さい学校を建てている。その雰囲気は僕の集落の勤労奉仕、戦後でいえば共同作業の気分そのものだから。都市からやってきた指導者の子供の、すなわち音楽家とその夫の子供の脇に立っている、その子供の友達。おとなしく利発そうで、ユーモラスなところもありそうに見える、しかしこの村で暗いおもざしの大人になるほかはないであろうインディオの少年に、僕は三十年前の僕自身を見出した。僕もまた同じような写真を、自分のものとして持っている。藁草履をはき、陶器製(!)のボタンが二つだけ残っている苧麻《マオ》の上衣、胴廻りの二倍ある半ズボンは紐で袋のように縛って。その僕が、身ぎれいな恰好をした都会の少年の脇に控えめによりそい、微笑をいわば流産させている。しかも同じタイプの写真は、幾枚もある。古い順に、その都会からの少年は、村に赴任してきた医師の息子、満洲すなわち植民地として奪っていた中国東北から夏休みにきた親戚の子供、つづいて個人疎開の児童とかわってゆく。そして僕といえば、つねに同じだ。

戦時に旅順の工大へ戻る船がなくなったまま、戦後は学校そのものがなくなって、村にくすぶっていた唯一の知識人青年に、僕はたずねたことがあった。村へ来る優しい賓客たちに対して、どうも理由なく腹が立つことがあるが、あれはどういうことなのかと、永く煩悶した後で。つねに根本的に明快であった理科生のかれは、向うがおまえを土人のように感じているからだ、『冒険ダン吉』の土人のように！　と答えてくれた。いもと原住民は、心理的外傷《トラウマ》を複雑にきざんで、微妙な抵抗をつづけることになった。

あの大様な人格の、死んだ柏原兵三と大学構内で話をしていた時のこと。ドイツ文学科の学生だったかれは、その散文の特性でもあった、じつにゆったりとした時間感覚で、幼・少年時の思い出を話す。名うての革新官僚の息子である疎開児童のかれが、辺地の村においていかに善良で明るい客であったか。ところがそれを村で待ちうけていたガキ集団の悪質さ、とくに集団の頭脳役の徹底的な……　僕はただちに、ああそれが僕だよ、この僕の前身さ、といった。その後、たがいに酔っぱらって喧嘩になった際に、かれはあらためて僕のさきの言葉の実質を確認したはずだ。死者の思い出の真の苦さは、その思い出をもつ者もまた死者となるまで、償なうことはできぬのだろう。

柳田国男が近代化以前の農村の、晴れと褻《け》とについて分析した論理はこのメキシコでも知られている、僕の先任者の努力で。もっとも近代化の大いに進行した後の日本の、農村の子供だった僕には、もともとの分析をした柳田国男の観察対象は、かれが創設してそこに住んだ成城近辺の農村、すなわち都市に近い農村だっただろうと思う。かれが日本全国を微細に踏破した旅行家であったことは確実であれ、やはり日常的な持続の感覚に裏うちされた観察のみなもとをいうならば。柳田国男の嘆きよりもずっと後まで生きていた、辺境の村の祭り。それはしかし、いまやテレヴィによって日々の祭りをおしつけられている村の生活において、爆発的な力をなおも残しているだろうか？

恐怖と笑いこそが、村祭りの昂奮を支えるふたつの構造材だった。ふたつがからみあうことによって昂奮は躍動した。それはただ子供である僕のみの受けとった昂奮のダイナミズムだったろうか？　それはそうではないと、現在の僕が思う。祭りの日のみ出現する、村の舗道の雑踏。それ自体がめずらしいものである雑踏を押しわけ押しわけ、巨きい頭を突き出しつつ、牛《うし》鬼《おに》が走る。いったん牛鬼が去った後の人びとの渦の、大人をもふくみこんだどよめきにあきらかな恐怖のなごりと、それとからみあっている大笑い。自分の生命がいま暴力的な死におびやかされたところだという、しかもそれはゲームだったのだという、沸騰するような笑い。あのころすでに、そもそもの牛鬼がいったいなにをあらわしているか、民俗的に意味づけできる大人は村にいなかっただろう。それでも当の牛鬼の頭は、村のうちのどこにあれほどの表現力の主がひそんでいたのかと驚きをこめて思い出される。竹枠で組んだ巨大なパン状の胴体に若者らが入ると、墨の匂いのする牛鬼はたちまち奇怪な運動体にかわり、内部で吹きならす法螺貝の吠え声をあげ、ダダダダッと川上へ走り去った。そこかしこの休息ごとのふるまい酒に酔っぱらう担ぎ手たちは、突発的な進路変更もする。そこで晴れ着の娘たちが足袋はだしで逃げまどう光景も、なまなましく思い出される。それは僕のエロティシズムの原型を、すくなくとも一面で決定している。あのころの祭りには、死も暴力もエロティシズムまでもが、沸騰的に共存して、夜になると遠方の山腹の家からも、酔った人びとの哄笑がいつまでも響いた。

豁達《かったつ》な大知識人、オクタヴィオ・パスは、僕に『今昔物語』のキノコを喰った尼たちの話をした。古代インドの麻薬と宗教の話の奇妙なつながりの上で。そのオクタヴィオ・パスは、自由な形式のエッセイでアメリカ人と対比させながらメキシコ人を語るが、それはしばしば日本人である僕に、その対比構造のなかで自分をアメリカ人の傍らに見出させ、あるいはまたメキシコ人の傍らに見出さしめる。そしてとくに沖縄とその人びとについて考えさせる。たとえばパスは、アメリカ人が一般に、恐怖をもたらすもの・不愉快なものを偽善的に無視するのに対して、メキシコ人は次のようだという。《メキシコ人の性格のもっとも注目すべき特色のひとつは、恐怖をすすんで直視することである。それをあつかうことに慣れているし、満足してもいる。われわれの村の教会の血まみれのキリスト像、われわれの新聞見出しの死の舞踏的ユーモア、われわれの通夜、「死者の日」に骸骨のかたちをした菓子やキャンディを食べる習慣。それらはインディオとスペイン人から受けついだ慣習であるけれども、いまやわれわれの存在の切りはなしがたい一部である。われわれの、死への礼拝はまた生への礼拝である。愛が生への饑餓であるとともに、死への熱望であるのと同じように。われわれが自己破壊を好むのは、単にマゾヒスティックな傾向から来るのではなくて、ある種の宗教的な感情から引き出されているのである。》祭りの夜のかれらの激しい喜びには、生と死がからみあっているのだ、とパスはいう。

まことにこのメキシコでは、短期滞在者の眼にも右の事情があきらかだ。新聞の日曜特集の写真など、插絵としてここに印刷したいほどの血みどろな表現力である。そして僕は自分もまたメキシコの山村で、すなわちもうひとつのメキシコの祭りを見る機会をえたとすれば、もちろんそこに先祖代々住んでいる人びとの祭りの経験とは比較しえないけれども、やはり恐怖と笑いのないあわさった、生命的戦慄の一瞬を経験しうるのではないかと空想する。それに対してアメリカの、たとえばディズニーランドの昂奮は、およそ村の祭りの昂奮から遠い性格のものだった。

沖縄におけるほどの文化体系の明確さはあらわさぬが、四国の山村にも先祖の霊を送りむかえする祭りに、川原で食事をするということがあった。その日、死の恐怖は懐かしいもののようにわれわれの周りにあった。それは竹藪や茅原にひそみ、そこだけなお明るい夕空から、真黒に翳った山襞の雑木林を下降して来た。死を怖れつつ思うことは、子供の僕を身動きもむずかしいほどにしたが、しかし手造りの竈に燃える火の、なんと魂を湧きたたせたことだろう。あのような子供にとっての意識と肉体の全的経験は、テレヴィ文明の洪水になお押し流されていないか？　朝の光をあびて輝やく川瀬の眺めは、幼・少年時の僕の魂に、ほとんど毎日くりかえされる賦活作用の源泉だったが、二年ほど前に帰省してみると、そこには海の魚の頭が棄てられて、かつては見たこともなかった種類の放流魚が肥っている。魚どもは意地汚なく海の同胞の肉を喰ったのだ。この川はかつて増水して水死人を出すことこそあれ、そのように理不尽に汚されることはなかったのに……

この村祭りのさいに、突然その才能を光彩陸離とさせる者たちがいた。人を笑わせる特質をそなえた話し手たちの才能。祭りを都市工学風に図形化することは易しい。谷間の川筋の平坦地に住む者たちが在《ざい》と呼ぶ、山間部、川上、橋を渡った向う側の山間部、それらのいくつもの集落から、人びとが川筋の舗道に合流して氏神様の境内に向けて歩く。その雑踏。丈の高い老樹に覆われた境内で、素人相撲がおこなわれる。また在のクラスメートが、それは友達が突然ジプシーの恰好になったのを見る西欧人の驚きのようにとでもいおうか、ショックをあたえる赤い猿の扮装で踊っている。祭りの核心にあるものはただそれだけだから、雑踏は逆に流れて分散して行くだけだ。しかし集まってくるのと去ってゆくのと、二様の流れのそこかしこに、人びとのプールができる。そしてきまってそのプールの中心には、一杯機嫌の男がいた。とくに在から出て来た農夫が、奇妙な話をして周囲を笑いにどよめかせているのだ。かれはまぎれもなくその場の中心をなしていながら、しかし敬意をはらわれているのではない。むしろ誰からも軽んじられている。しかもそのように周囲を笑わせて、かれがなにかを得るというのではない。残暑の日なたにあって、しゃがみこむか電柱にもたれるかし、かれは皹《ひび》のような皺におおわれた顔をふりたて、ただしゃべりまくっている。かれは祭りの道化、それもあまりめだたぬ道化である。もちろんこのような性格の男は、よくよくの農繁期でもなければ、いつでも周りの人びとにしゃべりつづけていたのだろう。祭りの昂揚が、はじめて僕に、かれのいかにも祭りにふさわしい道化たしゃべりぶりを印象づけたのだったろう。

家庭の台所をあずかる者は祭りの客のために料理の準備で忙しく、土間になっている台所は内戦でも始まった現場のようだ。人に囲まれてゆったりとしゃべっていることなどはできない。僕の母親は祭りをそのように過ごしたし、また彼女は決して人前でしゃべったりする性格ではなかった。しかし僕は母親が、あの祭りの道化的な語り手と同じ才能をそなえていることを疑わない。高校生あるいは大学生であった僕は、地方都市や東京から休暇で帰ってゆくたびに、母親の語る道化話を楽しみにしていた。

　母親は、僕の不在だった間の谷間の出来事を話す。絶対に事実のみに立って。話は具体的な人物の行動にかかわり、当の人物を僕は知っているから、描写は必要でない。やがてすこしずつ僕の知らぬ人物が谷間にふえていってからは、また以前に親しんでいたのとは別の人間関係、勢力分布が確立されてからは、母親はこんなふうに説明をつけるようになったが。あの人を知っておいでたかな？　疎開してきたままこの村に住みついて、戦後、子供が生まれると、裕仁という名前をつけた人、というように。それ以上は描写をぬきにして、ただその人間がしゃべった言葉のみを、みぶり言語としてのわずかな声色とともにしゃべる。批評めいたコメントもぬきで。しかもいったん話し終えられた滑稽談は、全体これきびしい個人的批評である。ひとしきり僕を笑わせた後、むしろ悲しげな微笑を浮かべている母親は、もともと批評の意図などなかったような顔つきだけれども。ある新興の有力者がウォーター・プルーフの時計を谷間にもちこみ、川岸で雑談していた若者らに見せびらかした。冬の陽だまり、僕もその現場を思いだすことのできる、特定の深《ふか》んどの傍。水に沈めても浮かんでくる、それでウォーター・プルーフというのだ、と有力者は若者たちに託宣して、実験をおこなった。時計が水底に沈んで十分たつと、有力者は、といって母親はそれまでの声色を微妙に変化させた。＊＊やんよ、五百円で潜らんか？

　この道化話の才能を、母親から僕と妹とが受けついでいるように思う。この種の具体的な事実に立つ滑稽談になじんで、僕は少年期をすごした。高校で一緒だったし、上京してかれが広告の下絵を書いていた時分、僕は大学生で、しばしば会っていた伊丹十三君が、いつか僕について書いていた。あれは本来は滑稽な男なのだ。小説もその滑稽談の、すこし手のこんだ延長なのだと。それは的確なところのある批評だ。僕もひたすら笑いを喚起するためにのみ小説を書いているのではないが、ひとつのシーンに具体的な笑いを構造づけようと考える時、僕はもっとも生きいきと、作家の仕事を楽しむ。また旅先の鬱屈を自力で克服するために、おかしな作り話を構成するのも好きだ。自力で自分の鬱屈の王の、おかかえ道化となるように。

巨大な緊張感におしひしがれるようにして中国を旅行していた時、たまたま北京で日本美術展が開かれた。あのいつもサン・グラスをかけていた陳毅外相を会場入口で見かけた僕は、旅の仲間に、「陳毅の美術展評」を語った。日本の画家たちの絵は、デッサンは人民的なのだが、色彩がすこし暗いように思う。その後、この話が実話として、日中交流関係者の間で語りつがれている模様であることを知った……

僕がこの種の話を思いついても、あまり他人に話さなくなったのは、しばらくの間よく会う機会のあった新劇団の若い俳優たちが、こういう話をするとすぐ、憤慨に声を荒くして、嘘だ、と非難したからである。かれらのなんという生真面目な精神の持主だったことだろう。しかし道化的想像力の欠如している俳優たちとは、いったいどんな存在なのだろうか？　僕は学生の時分よく戯曲の習作をしていたが、この二十年のはじめのころに一篇の一幕物を書いたのみで、しかもその上演はことわってきた。僕はこのようなタイプの俳優たちと関係をもつことをうっとうしく思うのだ。もちろん僕の個人的な経験のかたよりに、もともとそれは発していようが。

作家の仕事は、道化の仕事である。悲しみについてもよく語る道化の。この職業的認識は年々強くなる。僕もまた集会で話をしなければならぬ羽目にしばしばおちいってきたが、指導者が命令するように語ったことは一度もない。実際に人前へ出る時には、ひとつふたつ道化めいたことをしゃべり、笑いをよびおこしてからでなければ本題に入れない。カート・ヴォネガット・ジュニアの講演が、小説とおなじくその切実な主題を深くきざみつつ、道化の演説に終始するのに対して、僕は感銘する。僕の性格のもうひとつの極をなす深刻癖、つねに悲劇的な思いこみから逃れられない癖が、結局は僕の、笑いで始めた講演を重くるしい緊張に移行させてしまうことを反省して。

作家の仕事が道化の仕事だということは、作家が指導者としてよりも、道化として演壇に立つ方がいいということにむけて、展開させうるにとどまらぬ、本質的な意味を持つ。トルーマン・カポーティーがいま『エスクヮイア』誌に分載している長篇は、まことに制禦された文体の知的な仕事だが、バスを待ちながら買って読んだアメリカ輸入のゴシップ誌に、そのカポーティーが、大学で講演する前後を描いた文章があった。暗くした演壇に、ピルーエットをやりながら出てゆく肥った小男。その様子が、カポーティーには気の毒なほどの凡庸な書き手によって紹介されている。かれと同年に生まれ、おなじく年少の鬼才として登場し、社会的存在《ソーシャル・フィギュア》としても同じく花々しかった三島由紀夫が、カポーティーのたぐいの意識化された道化であったならば、かれは死なずにすんだだろう。もっとも三島は、みずからの道化性の発見を、自他に対して禁圧するためにこそ、あの大仰に様式化された死を選んだのであったかもしれぬが。

道化としての作家。その特質としては、油断も隙もない、多面的な方向へはずむ毬《まり》のような諷刺を、まずあげねばならぬだろう。マルクスの諷刺、レーニンの諷刺、トロツキーの諷刺。それらは近代最良の諷刺だが、かれらのように、またかれらにつらなってゆく無数の政治的人間たちのように、実践的目標をかかげた者らの諷刺は、正確にその目標をつき刺さねばならない。その諷刺はあいまいでありえぬゆえに、一面的である。作家の諷刺は、政治的攻撃をおこなう武器の言葉としては、方向性があいまいすぎる。それはよく敵を撃ち倒しえたか疑わしいうちに、味方をまで一撃してしまう。スラップ・スティック映画の、前後左右に弾丸が噴出する機関銃のようなものだ。左様、前後左右に飛ぶ機関銃の弾丸は、なによりもまず作家自身の心臓を撃ちぬいてしまう。最初に作家が、自分の諷刺の餌食となる。かれ自身がまず諷刺され、欣然としてその嘲弄に協力しさえするところの者となる。小児にも笑われてしかたのない道化に。しかも笑われ、おとしめられつつ、同時にすべての他者を諷刺しうる者として、道化としてのかれの性格は明瞭になる。

政治目的の集会、あるいは市民運動の会議のテーブルにつく時、僕はいつも落着かぬ気分になった。テレヴィ出演の常連だったあるタレントが、生放送でいまにもむきだしの猥語をしゃべりそうな緊張感にとらえられると語り、そのうちテレヴィ出演を一時やめてしまった。かれが同じくテレヴィにでる女性タレントと性的関係を持っていて、しかも自分のテレヴィ出演にあたっては、むしろその種の放縦とは逆のタイプの人間に自己表出していたのが、そのジレンマのみなもとだと心理分析する情報通がいたが、会議における僕は、テレヴィで猥語を発することを惧れる男の緊張に似たものをこそ、感じてきたのだ。僕は会議の間に、参加者たちがこぞって敵とみなす存在に対して、諷刺の言葉をくみたててみる。そのうち、僕はその諷刺の言葉が、ほかならぬ当方の会議に出ているすべてのメムバーに、とくに会議をリードしている人びとに、むかってゆきうるものであることに気がつく。もちろん僕自身に対しても。そこで僕は放心してしまい、詩を自分のうちに喚起する楽しみに入っていったりして、結局会議の有効な構成員たることから脱落してしまう。

僕はかつて金芝河の諷刺と哄笑がそなえている特質を分析し、それが死をくぐりぬけて再生に向う方向づけをもつことをのべた。(「諷刺、哄笑の想像力」)しかももっとも注目にあたいする、その作品の性格として、『糞氏物語』の金芝河が、ほかならぬかれ自身を詩のなかに登場させ、異様に格下げし・引き落ししていることをあげた。それは金芝河が、詩人の道化としての特質をよく自覚していることを示すだろう。僕自身に、厳粛好みの傾向があることをあらためて認めつついうが、現在、金芝河が死刑か、獄中での謀殺の危険にさらされている以上、獄外の、しかもかれを縛るファシズム体制の外の人間であるわれわれは、やはり金芝河を厳粛な殉教者として把握する方向にかたむく。しかしあえて誤解されることを惧れずにいえば、政治的な殉教者よりも、道化の詩人のほうが、人間世界にとって、より大きい存在であることもある。そのように考えすすめると、金芝河が、その諷刺と哄笑にみちた長詩において、まさに道化たるかれ自身を呈示するそのしかたの、端倪すべからざる自由さにふれるたびに、僕は金芝河のためにアッピールする集会やハンストに入って行きやすく感じる。当の金芝河に、なにを日本の作家がと、自分の行為を嘲弄されるに終るにしても、もとより作家とは道化だと、おちついて答えられるから。

僕がいまメキシコで、一応は穏やかな猶予期間《モラトリアム》の日々を過ごすことができることにも、道化としての作家という本質につないで、自己診断できる要素がある。たとえば日航支店のような、あるいは安い日本料理屋のような、日本人の観光客・滞在者が集まることの多い場所に行きさえしなければ、この土地では、僕が作家として注目されることはない。大きい街筋を歩いている時、向うからやってくる日本人のつねに示す反応は、進行方向に見出した同国人からいかにうまく眼をそらすかの努力である。いまや世界じゅうにひろがって旅行している日本人に、その異邦の地で相互に同国人を認めあうことを拒む傾向がみられる。それはやがて、どのような文化論的結着にいたるだろう？　逆にいったん集団旅行となると、その徒党をかたく組みつづけて、世界を横行する日本人を、それにかさねて明瞭に分析する学者はあらわれぬものだろうか？

ともかく現在の僕は、日本で作家がおしこめられている社会的位置《ソーシャル・ステイタス》から、解き放たれているわけなのだ。すなわち道化であるべき作家が、いま日本で、その社会的位置にふさわしい厳粛な言動をもとめられる。むしろ外側からおしつけられる。その状態を離れて、道化は道化のままに、いまの僕は自然にしていられるわけなのだ。サーカスの道化にしても、休暇を楽しんでいる間まで跳んだりはねたりしているわけではない。かれは日常生活の自然な秩序にあわせて、生真面目にすらふるまっているだろう。仕事をしていない道化として、猶予期間《モラトリアム》の作家もまた、過剰な演技性を示す必要はない。社会でおこるありとあることどもに、ほとんど決闘立会人のようにして一言のべる責任を、マス・コミュニケイションにおしつけられた日常から、はっきり自由でいられるのである。そしてその自由さが、作家であることの原理的な生き方を再認識させる。

僕もまたあらためて日本に帰れば、政治目的の、または市民運動の会議や集会において、結局は文学とは無関係な社会的位置のみを利用しようとする者の、その呼びかけに応じるだろう。会議・集会の方向性に賛同するかぎり。しかしそれは、やはり作家としての原理的な生き方をはっきり見さだめての上でのことでありたい。また自分の内部に、あるいは陽気にあるいは悲しげに、しようのない行儀悪さで諷刺の言葉を繰りだしつづける、道化の存在を意識しながらのことでありたい。そしてその道化としての作家の特性を、僕がもっとも自由に広く深く発揮できるのは、書斎に閉じこもり鬱屈して小説を書きつづけることによってである。僕がそのようにして紙に書きつけた言葉のみが、ある瞬間、未知の読者の想像力を舞台に、道化の光彩をはなつのだ。

　道化の性格、役割については、林達夫氏から山口昌男氏にいたる、道化的宇宙の徹底的な考察家たちの仕事へ繰りかえし立ちもどらねばならぬ。そのようにして作家＝道化としての自己認識を深め、なお多面的にすべくつとめよう。ただここでひとつ考えておきたいのは、死と道化との関係である。その深い関係、歴史をこえていつまでも生きつづけている関係。さきにオクタヴィオ・パスの言葉を引いたが、メキシコ人がそれに慣れ親しみ、それを熟考し・正視する死が、カーニバル的な道化の仮装をまとっている死であることは、メキシコの市場をうろつくだけで納得される。紙塑人形の骸骨は、哄笑のさなかに死んだ人間のようだ。『アラメダ公園の白昼夢』の画面で、少年リヴェラがその腕をとっているのも、陽気に着かざった貴婦人の骸骨である。スタロバンスキーの著作に教えられたことだが、ヨーロッパの（そしてこのメキシコにもったえられている)アルルカンの祖型は、恐しい声をあげて暗い森の深みを通りすぎる、冥府からの者のイメージだという。アルルカンは、光と影、生と死の、ふたつの世界のどちらへも自在に通りぬける者の扮装をしていた。

死の前で笑う。死を笑うことで、ついには死すべき運命の自分自身を相対化する。逃れがたく絶対的にやってくる死の恐怖を相対化する。わが国でもフォークロアのうちに生き永らえている、死を笑いとばす主題。たとえば戦国時代の尻喰らえ孫市。かれの勇敢さと忠誠心よりなお根本的に、民衆を揺さぶったモティーフは、この武士がおおいに卑猥に死を笑いとばしたことこそでなかったろうか?

アルゼンチンの作家リカルド・グィラルデスが、パンパに暮らすガウチョを描いた『ドン・セグンド・ソンブラ』については、すでにわずかながらふれた。そこで伝説的に偉大なガウチョ、ドン・セグンドの語る寓話。「貧困」という名の老鍛冶屋と悪魔とのやりとりは、キリスト伝説にふちどられている。しかしガウチョたちのフォークロア的関心をかきたてるものは、じつはこの老鍛冶屋が、死を告知に来る悪魔を、どんなにさんざん嘲弄するか、という部分こそにあるにちがいない。寓話は、「貧困」が、天国からも地獄からも拒まれて、この現世にいつまでも居残るものとなるという、憐れなさびしさの味によって終るのだが。

われわれが、現代の人間に死をもたらしに来る力を寓話的に表現しようとすれば、それはガウチョの炉辺談のような調子であるわけにはゆかない。そいつを椅子に坐らせたまま立てなくしたり、胡桃《くるみ》の木に登らせて降りられなくしたり、そのあげく煙草入れにとじこめたそいつを鉄敷にのせて殴りつける構想の、対象にはそれはならない。われわれの時代を覆っている死の翳の巨大さは、ガウチョの暮らしを懐かしさとともにおびやかした死と比較を絶している。

しかしわれわれもまた、自分の時代のために、この種の寓話をつくることをめざしているのだ。とくに広い大衆規模の喜劇映画やナンセンス・SFに、巨大な死の脅威そのものを笑いとばそうとする、不撓不屈な道化の挑戦を見出すことがある。たとえば『ラブド・ワン』というアメリカ映画。それはわが国の一般劇場で公開されたか、されなかったのか。ともかくあまり多くの人間がテレヴィを視聴するのではない時間に、ひそかに映し出された。死者を宇宙に向けて撃ち出す葬儀屋のその着想は、人間をのせたロケットが月に向って飛行する時代の、人類一般をとらえる象徴的な死の恐怖、自分自身が宇宙をただよう棺桶の乗組員となるかもしれぬという恐怖を、暗喩として対象化し、笑いのめしている。

そのような月ロケットのイメージに発しての、宇宙船地球号という種類のイメージは、すなわち全地球規模の汚染と資源枯渇の認識は、ラテン・アメリカの孤独どころか、宇宙の暗闇をただよう全地球の孤独ということを、ひろくわれわれに感じとらせた。そのような超大規模の死とからみあう孤独の恐怖を、ただ悲しげに笑うことだけが可能であるゆえに、その方法で対象化しようというのが、カート・ヴォネガット・ジュニアの創作法である。このアパートに来てから読んだ『プレイヤー・ピアノ』の科学論の、モラリスト的生真面目さを思う時、こういう言葉が適切であるかどうかをためらいはするが、かれのナンセンス・SFのひとつにこういうのがあった。ある惑星に、稀少動物の絶滅《イクスティンクト》を仕事とする協会がある。一種の動物が地上からいなくなったと報告されるたびに、絶滅《イクスティンクト》！と叫んで乾杯する。その結果、生物界のバランスの崩壊から、大量発生した蛾だったかなんだったか、とにかくフワフワした虫の嵩ばった死体が全地上を覆い、人間を窒息せしめてしまうことになる。人類は絶滅する。その瞬間、宇宙のどこかで晴れやかな乾杯の叫びが響きわたる、絶滅《イクスティンクト》！

　文学的ペシミズムはもちろん無力だが、抵抗しがたく巨大な死の恐怖の前に開きなおり、笑いのめす道化的媒体ならば、それは単なるペシミズムの発明ではない。そこには再生をもとめる想像力の契機もまた、導入される。人間だけが、笑うことのできる動物だと、すでに先人が念をおしているではないか？　それが絶対的な破局であるにしても、その受容の過程を、笑いは相対化する。恐怖にとざされた人間の一面的な視界を多様に開く。生真面目な人間だとしか自分について考ええなかった人間に、その孤独な行きづまりで、ユングのいう第二の自我のように、突然道化的な自我を発見させる。そのような発見をした人間は、この世界をマス・メディア的情宣技術で支配する巨大な死の力、たがいに人類の半分、あるいは三分の一を人質にとって、それぞれに死の脅威をおしつけている核権力にとって、容易に支配しうる臣下ではなくなりうるであろう。

　現実世界において作家がいかにも無力であるとしても、すくなくとも道化的本質をバネとしての抵抗をもくろもうではないか？　作家の表面的な社会的位置による社会参加よりも(それがいくらかでも実効性をもてば、あえてその欺瞞をひきうける必要はあるが)、道化としての作家の八方破れの抵抗にこそ、文学の正統的な本質に立つところがある。

喚起力としての女性的なるもの

僕がメキシコシティーでおこなってきたセミナーの参加者たち、そのほとんどすべてが、ラテン・アメリカの国ぐにからの、なかば亡命して来た者たちといってよい人びとである。なかばと留保するのは、最初からかれらが亡命することを意志して国を離れた、というのではないからである。いったん正規の旅券をもって国を離れて、メキシコで、また東西ヨーロッパで勉強をはじめて幾年かたつ。そのうち、母国の政情のめまぐるしいような変化によって、帰国することが厄介になった人びとがその大半であるからだ。たとえば母国のクーデタ後、国外にあるチリ民主勢力の一環として活動をつづけているジャーナリストの夫人。彼女は寛容と不寛容の課題についてのセミナーの後で、質問に立った。このセミナーを、僕は渡辺一夫先生の一周忌にあたっておこなったのであった。バスコ・デ・キロガという不屈のユートピア指向のユマニストが、決して実をむすびはしなかったとはいえ、勇敢に悪戦苦闘した土地で。彼女は僕に反論して、こういったのだった。あなたが宗教戦争の時代から現代にいたるまで、つねに困難な課題だとする、誰に対して寛容であり、誰に対して不寛容であるべきか、そもそも寛容は不寛容に対してまで寛容であっていいのか、という疑問は、いま自分にはきわめて明瞭だと。美しく浅黒い卵型の顔を緊張させて彼女は主張した。革命勢力に対して寛容に、反動勢力に対しては不寛容に、というのが自分たちの原理です！ 僕は英語で講義するが、質問あるいは反論は、スペイン語―英語という協力者を介しての手つづきをとる。しかし議論の課題は確定されているのだから、彼女がスペイン語で叫ぶように強く話す間に、おおよその主張はわかってくる。チリの現代史にたって、痛ましいような矛盾をその生身で生きている女性に対して、僕はほとんどうなだれてしまいながら、その声を聞く。つづいて協力者に英語で説明を受けながらも、あらためて具体例を示してそれを反論することがなにになろう、と僕は疑う。そうだ、元気を出して、あなたがいま信じるとおりにがんばってください、というほかはないじゃないかと思う。

もとよりチリにおいて、寛容、不寛容の課題が単純であったはずはない。いまも単純であるはずはない。もしアジェンデ政権が、反革命に対して徹底的に不寛容であったならば、クーデタにまで肥大してゆく反革命の動きを、芽のうちにつみとることが可能であったかもしれぬ。しかしその時アジェンデ政権が、しだいにスターリン主義的な性格をあらわにしなかったとどうして保証しえよう？　また母国のクーデタ後、国外にある様ざまな革命勢力は、おたがいをそれぞれに革命勢力と認めあって、互いに寛容なのか？　分派があらわれた時、いったいなにを客観的な根拠に、その各派を革命的、反動的と規定しうるのか？　またクーデタ政権を承認した中国をどう把握するか？　その問題を呈示しても、本当に各派は、スムーズな統一をかちとりうるのか？　結局は僕から鬱屈したこういう問いかけを引き出した後、ついに生涯チリに帰国できぬかもしれぬ美しい日本研究者は、希望を語った。これから海外のチリ革命勢力を、われわれがなんとでもして統一し、反革命勢力には不寛容を、という原理をつらぬくのだと。僕はむしろ自分を励まされる思いがして、感銘のうちに黙ったのである。

もうひとりの女性は、いわゆるラテン・アメリカ的な情熱という漠然とした先入観とはむしろ対極にある人柄であった。知的な確かさに由来する、ある無関心さと憂鬱な優しさがからみあっている印象の彼女は、日本近代の地主制度を研究している。その母国のアルゼンチンの地主に比較すれば、およそリリパット国の土地所有者について研究しているのかと、日本の地主の規模を疑うのではないかと思われるのだが。われわれのセミナーの期間におこったクーデタが、彼女をもまた、故国に帰りがたくした。子供たちを育てながらの、メキシコシティーでの研究続行がしだいに困難になるままに、いま彼女はその夫が教職についている国へ行こうとする。同じラテン・アメリカの、しかし母国ではない国へ。夫と同じ大学で日本の歴史について教えるポストを確保し、その上で彼女自身の研究が続行できるように計画して。僕はやはり祈るような心になるのみだった。彼女がラテン・アメリカのいかなる国においてであれ、日本の地主制度研究のために必要な書物と、わが国の学界との連絡の道を見つけだしうるようにと。

ラテン・アメリカの全体を、もちろん彼女らは例外的なエリートであるけれど、このように独自な女性たちが、明確な方向づけにたって、しかも足踏みしたり廻り道にはいりこまざるをえぬ経験もしながら生き抜いている。それを考えることはラテン・アメリカに向けて襟を正させるとともに、女性一般への根本的な敬意を深めさせるものだ。さきにあげたメキシコ在住の、もと人類学者夫人たる音楽家についてもおなじことだ。僕はある日大通りで靴みがきスタンドに坐り、放心した具合にスペイン語の新聞を眺め、前首相田中、潔白を表明、という記事になんとも名状しがたい嫌悪と滑稽感とをいだいていた。そこへすでに若くはない、日本で様ざまな経験をつみ、外国でもまたそれに新しい経験をかさねていることのあきらかな日本人女性が近づいてきた。われわれはわずかな間ながら、母国語で会話をかわした。

　前年の国際婦人年にメキシコシティーに来て、そのままここで共同生活をしている、という彼女の話によれば、日本のウィメンズ・リブの運動家なのであろう。僕はその話題や、彼女の論理に格別のものを見出さなかったにもかかわらず、早くもラテン・アメリカの孤独にひたされてしまったというような彼女の、鈍くしかし大きく動く眼を印象にきざんでいる。その白眼の部分が、なんとも激しいなにものかへの渇望に赤く染まっていたのを。それはかつて僕が、パリやニューヨークで見かけた日本人女子留学生の眼つきとはちがうものであった。堀田善衛氏の卓抜な警句によれば、いったいなにをするのやら、なにをしたいのやらわからぬまま海外旅行に出ることを、自分の可能性をためすというのだという、その種の若い旅行者たち、海外の街並にあふれて日本人同士から眼をそむけあっている、若い娘らの眼つきとも、およそそれはちがうものであった。僕はこのような新しい種類の日本人女性が、自分自身のものである表現力をかちとれば、かつてなかった独自の日本人像をきざむだろうと思う。

　僕もまたおおよその作家たちと同様、自分がこれまでにめぐりあい、自分の生涯の経験を、その生涯の経験と交錯させたところの、独自の女性たちから影響を受けてきた。かならずしも、恋愛関係によってというのではないが。十年も前のことになるが、やはり外国に滞在している国籍のたがいにことなる者らのグループのなかに僕がいた。その仲間に属する女性のうち、もっとも女性的な優しさとつつましい美しさ、そしてなにより女性的なユーモアにおいて秀れていた人物がいた。僕は彼女と友達になったが、じつはこの人物が男性だったのだと二、三年へだてて知ったことがある。

そのようになんだか漠然たる経験の交錯もいれての話！

もっと直接的には自分の文学表現における女性像が、彼女たちの影響下にあることを認めぬわけにゆかない。想像力の言葉をつうじての表現であるゆえにこそ、なおさら自由に深い影響がきざまれる。あるひとつの作品と、それを書いている僕の意識と肉体の背景をなしていた現実的・想像力的経験がある。作品を書き終えて、その創作の現場・現時点から遠ざかりつつ、その作品を読みかえすと、しばしば新しく発見することがあった。自分はこのようにあの女性から、また別のあの女性から影響づけられていたのかと。それはテレヴィ・ニュースに一瞬あらわれた、女性犯罪者の像からであったりもするが。

それが映画や演劇をつうじての影響であることもあった。その際、まず最初にそれが僕を印象づけるのは、当然に声音や肉体の美しさによってである。しかしそのむしろ断片的な印象に発しながら、その女性的なるものが、人間としての全体的な存在の影響力に匹敵してくるのを経験することもあった。マリリン・モンローについて、メイラーが同じことを経験してゆく過程は、その長文の分析が裏書きする。ところが僕は、メイラーのこの書物に感動しながらも、テレヴィで見たモンローの生涯の記録で、ケネディの誕生パーティーで歌うモンローの、柔媚かつダイナミックなイメージから、モンロー自身及びケネディ家をみまった一連の暴力的な死をむすんでの、凶々《まが》しく甘美で、悲劇的とすらいいうるように思われる展開には、なおメイラーの散文が及びえていないと考える。ある老練のレコード鑑賞家は、モーツァルトの『トルコ行進曲附きソナタ』を弾くグレン・グルドについて、天才がジャストミートするといかに凄いものか、という嘆息をもらしていた。単にモンロー自身のというよりは、アメリカ総ぐるみのモンロー現象。なにもかもが悲劇的にジャスト・ミートした天才性を僕はそこに見出す。そしてその頂点にあの歌のシーンがあった。

僕は沖縄戦をめぐるアメリカ人の小説を気をつけて読むが、この戦争に遅れたくなかった少年を描く『刺青《タトゥ》』という長篇小説は、おおいに衰弱したハックルベリー・フィンの後裔ともいうべき凡庸な小説ながら、沖縄戦にまきこまれた民衆について、特異な肖像を描いてもいる。そこにはハックルベリーのあの絶対的な無垢さの影も、わずかながらさしている。この小説のヒーローのそれにかさなりあうような経験をしてきたのであるらしい作者、アル・トンプスンが、メイ・ゼッターリングにこの作品をささげているのに、もっとも僕は興味をひかれた。このアメリカ戦後世代の（少年期のなかばから海軍に入ったにしても、かれはやはりメイラーやジョーンズより一世代後の人間だ）、激しい現実経験の、女性的なるものにおける対応物としてのメイ・ゼッターリング。

女性的なるものとの意識と肉体をつうじての交感。その経験のゆたかな人間にとってはもとより、貧しい経験をしかもたぬ僕のような人間にも、すべての女性は、妖婦であるよりも、教師だと自覚される！

個人からの影響にならんで、共通した運命、というこの言葉が違和感をひきおこすかもしれぬが、やはり不条理な共通の運命を受けとめねばならず、また引きうけるほかなかった女性たちから受けた影響もあった。それは組織ではないし、構成メムバーも年々かわる集団なのであるが、それは僕に作家としての根本的な教育をあたえるものであった。猶予期間《モラトリアム》にあって僕はそれらを思い出す。

長男がまだ特殊学級からひとりで下校できなかった

ころ、僕は毎日自転車でかれを迎えに行っていた。視覚に異常をきたしたいまかれは、母親とともに学校へ行っている模様なのだが、その息子がこの一、二年特殊学級に上級生がいなくて、次つぎに新しく入ってくる、まだ集団生活になれない情緒不安定児たちのなかでの、深まる孤独を僕に書いてよこした。意味の分離がうまくいっていない文章ながら、それはかれの感じとっているところを正しくつたえる。《ぼくは五年間学校へ来ました。でも六年生はいませんでした。とってもさびしかったです。》校庭の隅で、おなじ特殊学級の子供の母親たちと下校時間を待っている。子供らに災厄がまたもや襲って来ぬかと不安がる性癖を、われわれは共有する。そこで誰もが予定時間より早く来て、待っているのである。

　われわれは特殊学級の教師たちに感謝している。しかし学校当局には不満があって、不満はおもに校長に向けられる。管理社会向きに準備すべく、上昇指向の子供らを教育する教育構造＝社会全体の構造では、特殊学級の子供の親にとって、文部省はじめあらゆる教育機関のありようが不満の対象である。眼の前にある学校当局、校長はその象徴にすぎない。しかし象徴とはいいながら先方は生身の存在だから、われわれの不満をやりすごしたりはぐらかしたり、にせの受けとめ方を示したり、その生身が傷つかぬように校長も工夫をこらす。とくに過度の責任を、すくなくともかれがその位置にあって過度と判断する責任をおわぬようにつとめる校長がいた。僕といえば、母親たちと校長の両側からの権謀術数を、つねに第三者の立場で観察してきた。なぜならすでにのべたような、作家の見せかけの社会的位置《ソーシャル・ステイタス》による干渉と受けとられるのが厭だったから。僕のみならず、あらゆる障害児の親が、学校当局への要求においてモデストでありたいと考えているのである、すくなくとも自覚的には。決して健康児より以上のあつかいをというのではない、しかし、というかたちでつねに発想しながら、不満を表出するのだ。そこでわれわれには最初から、フラストレーションがある。それを押さえこみつつ、われわれにとってのモデストな要求をいくつか出してみるのである。

典型的な例のひとつ。学校当局は、新学期から障害児が増えるみこみであるのに、かえって教師の定員を減らそうとした。抵抗してみても結果的にはもちろん、新学期があけると定員は減らされている。われわれ障害児の親の要求は、セナンクールの言葉を借りれば、抵抗シッツ滅ビルたぐいのものだ。しかしとくに母親たちは校長を攻略し、いかなる拘束力もないものにすぎぬのに、なんとか口約束をとりつけようと、憐れな努力をした。内心は激怒し、積みかさなるフラストレーションに苦しみ、しかし低姿勢で。『春さきの風』の赤んぼうの母親が、獄中の父親へ手紙でつたえる、わたしらは侮辱のなかに生きています、という言葉。国家権力すべてを、しかも義の人間たることによってかえって辱かしめられつつ敵に廻す、非合法共産党時代の党員の苦闘を、そのまま障害児の母親の苦闘にかさねるのではない。しかし知恵遅れの子供を持っている母親もまた、日々屈辱を経験しつつ、生きているのである。たとえばその子供をつれて、混雑する通学・通勤バスに乗り降りするだけで、どれほどのことを経験せねばならぬものか。それを具体的に想像してもらいたいと思う。

さて母親たちが、校長に向けて主張していたのはこういうことだった。教師の定員が三人から二人に減ると、特殊学級から行方不明になる子供らが出るかもしれぬ、それはこれまでの経験に立ってそういいうるのだと。校長はかれ自身としてはいかなる根拠も示さず、母親たちの呈示する具体的な根拠は笑いとばして、いやそういうことはないと保障していた。そのうちパンを買いに行く訓練をしているうち、二人が行方不明になった。母親たちは連絡しあって協力する。深夜になってやっと、二人は発見された。かれらはパン屋の前を通りすぎ、そのままはてしなく歩いて行ったのだ。そしてかれらは郊外電車の駅をいくつも過ぎたところまで行って、たまたまそこのパン屋でパンを買った。しかしそれは教師によって買ってくることを命じられたものであるから、食べてはならない。夜が更けて終電が通り過ぎ、不審がられて発見されるまで、かれらは駅前で餓えて震えていた。

この事件に対して、校長は驚くべき仕方で対応した。まずかれは迷い子になった子供らの母親から話を聴取した。われわれのような障害児の親は、他人から子供の話を聞いてもらうことをつねに期待する。たとえばいまこのように書いている僕も例外ではないだろう。とくに学校当局から、個人的に話を聴いてもらえるのだ。誘い水しだいでとめどなく母親は話し、そこでフラストレーションのいくらかを解消させる。賢明な実際家の校長は、まずこのようにして、有効な施策をおこなった。現在の教師の数ですら授業中に迷い子を発生させたのだから、教師定員を減らすことは思いとどまるべきではないか、という直接的な問いかけを延期させえたこと。母親たちが集まれば、すぐさまその問いかけが決議されるはずである。その母親たち全体から、迷い子の母親ふたりを切り離したこと。

つづいての校長の活躍。迷い子がどのような道筋をたどって、その発見された地点にいたったかの追跡調査に、かれは興味を示した。子供らが実際にパンを買った遠方のパン屋までかれは見に行きさえした。そのパン屋が、学校の傍のパン屋と似た構造になっているからこそ、子供らがそこへパンを買いに入ったのではないかと仮説をたてて。実際これは、障害児の親であるわれわれには、侮蔑的なほど無意味な実地調査であった。子供が学校の近くのパン屋へ行く、それでさえ迷ってしまう。その事態が問題なのだ。したがって訓練中遠方から見守るか、その時間やむなく他の子供を見ていても、ある規準時間を過ぎて子供が戻らなければ、すぐさま探しに出る、それだけの注意を払いうるだけの数の、教師が必要なのだ。学校の傍のパン屋に似た構造のパン屋が、かつて行ったことのない遠方にある。そこへ行ってみようじゃないかと子供らが意図した、とでも校長は考えるのか？　そして具体的な事態の解決策として、東京じゅうのすべてのパン屋を異なる構造にせよ、とでも提案するのか？　知恵遅れの子供らが目的のパン屋を他のパン屋とまちがえぬように。そうしたとすれば確かに学校の傍のパン屋を行きすぎた子供たちが、決して他のパン屋へ入りうることはないであろうが……

校長の意図は、母親たちの意識を、もっとも具体的な解決策、すくなくとも定員を減らさない、という単純明快な解決策からそらすということのみにあった。それにしてもかれはなかなかの役者だった。そのまま口約束はせず新学期にかれは学校をかわり、後にのこされた特殊学級の定員は縮小された。いったんそのような結果に接すると、母親たちはもうあの校長の術策のことはいわない。あらためて特殊学級の新学期について、フラストレーションをうちにひめた小規模な希望を新しい校長に示すのみである。

しかしそのような母親たちが内に深くひそめている、あの校長に侮辱されたという遺恨の念は、簡単に薄れてゆくことはない。そのような遺恨を積みかさねつつ、彼女たちは生きているのである。僕はそのような、決してあからさまにされることのない絶対的な遺恨をいだきつつ生きている母親たちを知っているのだ。ある種の社会学者や文化人類学者のように、後進地域の事態を分析し説明するのみで、決して実際の解決策は呈示せず、むしろそれをあいまい化し、権力のために責任逃れの道を準備してやる者たちに対して、その侮辱に逆の側から抵抗する、どのように暗く大きい根本的侮辱の念を彼女たちがひそめているか。

知恵遅れの子供が生まれ、恢復の期待を日々裏切られつづけて、現にその子供とともにいま生きている。その母親の苦い経験が、彼女をそのような人間にしているのである。僕は自転車の脇で息子を待っている校庭で、われわれの子供のような子供を持つ母親たちの、様ざまな知的・感情的レヴェルの、しかし一様に決然とした、ある根本的な遺恨を学んだ。あの校長のようなタイプの人間にもまた、かれ自身の位置をまもりぬく自由があり、文部省から政府全体＝社会の構造すべてが、かれの権謀術数を正当化する方向づけにある以上、僕はひとりの人格の卑小な狡猾さとして、それを非難することはしない。しかしあの母親たちの独自な遺恨については、僕はそれをいつかはよく表現したいとねがう。それは根本において悲劇的な人間の特質をあらわすものだ。

いま日本から着いたばかりの総合雑誌を読むと、アジアの緊張がわが母国を核にして、それも中心の核にしてというのではなく、いくつかの核のひとつにして、あらためて鋭く重く浮かびあがっているのを感じる。もとよりその緊張に触発されたはずのものながら、弛緩した論文もある。いったいなにをいうために書いているのか、むしろなにもいわぬために書いているのではないか？ あるいは過去数年の自分自身の政治的ありようを、別なふうに粉飾するために書いているのか？　そのように疑われる論文や、さきにのべたあの校長の奮闘のタイプの論文もある。しかし雑誌全体として、それは熱中して読むにたえるものだ。ところが一緒に着いた文芸雑誌についていうと、そこにそそがれた編集者の苦しい努力はあきらかながら、もしこれが日本語で印刷されているのでなければ、これはいったいどの国の雑誌なのかと不思議に思えるほどなのだ。わが国の文学者たちは、近代化以来はじめての危機的な状況として、マス・コミュニケイション状況のなかにいると僕は思う。それをわれわれはよく自覚しているだろうか？

純文学という言葉が、もっとも手っとり早く僕のいおうとするところを伝達するであろうから、この言葉を使うのであるが（じつは文学と非文学しかありはしない！）、われわれの純文学は、マス・コミュニケイションの波のうちに沈没し・解体する危機にあると僕は思う。次の十年のうちに、日本の現代文学とは、新聞小説と小説雑誌の現在の水準にあるものとそれ以下のものを、内容のすべてとすることになるかもしれない。編集者が、新しい作家たちが、そして読者たちが、文学をそのようなものとみなすようになりそうである以上。すでにそうなってしまった局面もあるのかもしれぬが、すぐにそれは全体の構造におけるわが母国語の文学の品質低下に向けてひろがろう。日本語における真の文学の、生産停止ということになろう。わけ知りめいたジャーナリスト的才能が、自分は通俗小説こそを（かれはもちろん小粋にエンターテインメントというが）、政治的挑発のパンフレットとして書く、などという。若い編集者たち、読者たちがその安手な挑発にいそいそとのっかってゆく。もちろんいかなる政治的なメッセージの伝達・展開もそこにありはしない。

その上自分は易きについているのではないか、という反省も、深刻めかせた新手の宣伝によって免除され、若い世代が奔入する。その種の通俗小説の洪水のあと、わが母国語の真の文学は、絶滅《イクスティンクト》！ということになるのかもしれない。われわれは二葉亭たちがつくりだした近代百年の文学の、行列の最後について歩く恥多き者たちか？

その大きく暗然たる寂しさとともに、再びさきの総合雑誌に戻ると、わが母国語の近代百年に立ちあった作家の名が見える。『百年の孤独』に描かれた一家の生成と潰滅の全体に立ちあった母親にもたとえられるような人物の。すなわち漱石の弟子として出発し、いくつもの戦争をこえて仕事をつづけ、なお現役の作家である野上弥生子氏の談話がのっているのである。彼女は学者として出発した文部大臣が（かれは現在の僕の職場＝コレヒオ・デ・メヒコの、有能だった先任者でもあるのだが）、首相とともに「お伊勢参り」をしたことによって、いちはやくかれに見きりをつけたことを的確に語っている。そこには端的に、日本語近代百年の、真の文学に根ざした批評の力がある。それはまた明治・大正・昭和にわたって日本人として秀れた知的生活を持続してきた人間の、いまなお「お伊勢参り」か！という痛切な絶望があって、読む者を粛然とさせる。

信教の自由を保障した憲法を、教育責任をになう閣僚が、「お伊勢参り」というデモンストレーションで侮辱する。とくに外交面・文化面でのあざといような、天皇家を利用してのデモンストレーションと、それはつながっている。憲法の天皇条項に対するこの種の拡大解釈・ねじまげ適用は、わが国の在外公館における天皇家のとりあつかい方においてきわまるものだ。わが国の民主主義を外側からしだいに枠に入れる機能、それをはたせしめるために意図的に、それらすべての根廻しをおこなう。そのようなわが国の支配層に対して、いわゆる文化的レヴェルではむしろそこに入るべきひとりである野上弥生子氏が批判する。僕もまた年の始めの新聞のために、永い時間にわたって氏と対談したことがあった。そして氏の考えの全体を大摑みにつかみえたと思う。

さきにものべたが群馬県北軽井沢の山荘に、僕と家族が夏休みをすごしに行く、通称大学村の生えぬきの住人で、土地の人びとから最も敬愛されているのが野上弥生子氏である。氏の鬼女山房の脇の大きい朴の落葉のつもった道を、僕はそこから熊川へ降りるために通りすぎる。滞在のあいだほとんど毎日、夕まずめとすっかり昏れてから、すなわちヤマメ釣りの行きかえりに。たまたま雨もよいの夕暮で、今日こそはといきごんで急ぎ足に鬼女山房前まで来かかると、真暗になった空から雹が降りそそいで、頭をかかえて逃げ戻ったこともあった。そのような夕暮にも鬼女山房には早くから燈火がつき、そこで百年に近い勉強の持続が、また一日つみかさねられていることがうかがわれた。

この近代百年について、文学の領域だけにかぎっていっても、それをわれわれの母国語によって築きあげてきた人びとの遺産を、われわれはうけつがねばならぬ。もとよりなお生きつづけている巨人から(野上弥生子氏はじつに小さい躰の人だけれども)渡されるバトンをしっかり握りしめて、たとえ非力であるにしても走りはじめるのにためらってはならぬだろう。

僕はいまこの猶予期間《モラトリアム》に、メキシコシティーのアパートで自分の小説のいくつかを読みかえし、かつて自分が描いた女性たちが、具体的であるよりは象徴的だと考えた。質の高低は別にして、むしろ神話的だとも。十七、八歳のころから僕の意識と肉体に住みついていている詩句をかりていえば、自分自身を救助しようとして、こういってみるのだが。どのようにも苦い批評の言葉は、これまで僕の描いてきた女性像について、沢山ありうるだろう。僕は自分の小説のなかに、女性像の日常的な実在などもとめはしなかった。その女性像が僕に驚きをあたえる瞬間をのみ、とらえようとした。そこで彼女たちはつねに象徴的・神話的な身ぶりと言葉をもってあらわれる。

　そこであらためてふりかえってみると、僕にとって女性が想像力にあたえてくるもっとも決定的なインパクトは、驚きであったように思われるのだ。幼・少年時の僕は、女性的なものとの様ざまな出会いにまったく驚いてばかりいたものだ。女性の美しさに驚いたし、醜さにも驚き、その無垢の優しさに驚いたし、いやしい残酷さにも驚いた。僕の青春はその続きだった。僕はやはり根本的には驚きをもって、女性的なものとの新しい出会いを自分にきざみつけた。もしかしたらそれがつづいているのみなのであるかもしれないのだ、現にこの中年の猶予期間《モラトリアム》においてすらも！

　僕がいま、文学によってあたえられた女性的なものによる感銘の原型とみなすのは、アフリカの民俗的象徴性・民俗的神話性につらぬかれたエイモス・チュチュオーラの小説のうちの、その巨大な肉体に、自分の部族の人間を、大人も子供も男も女もみなキノコのように寄生させている女部族長《メイトリアック》である。部族民たちがそのまま飲み食いをし排泄をするものだから、女部族長は躰じゅう汚れに汚れて、異臭をはなつ。僕はいつかこの原型にそくして自分自身をもまた分析してみなくてはならぬだろう。死の表現に関わらせてはすでにそれについてのべたが、メキシコに来て躰じゅうに多くの死人の頭蓋骨をまといつかせている巨像を見た時にも、じつは深い甘美さをともなった戦慄をおぼえた。

それもまた僕自身を心理分析すれば、母親的なるものとの関係において意味づけられるもののように思えるのだが……

心理分析といえば、心理学者のなしとげた女性についての発見のうちでその具体的な正確さにもっとも僕が感じいるのは、ユングの第二の自我の考えを女性に適用してみる時である。あるひとりの女性になんらかの驚きを見出す時、それからまたしばらくたつとあらためて僕はまた当の彼女から、新しい驚きをあたえられた。それは彼女の第二の自我にゆきあたることによっての驚きだった。女性について、およそ武装解除してしまってのように、こうしたナイーヴな事実を書きしるす僕を、たとえばいま青春のさなかにあり、美しい娘たちを自己の威力になびかせる自信を持つ若い読み手たちは、憫笑の思いでもって見るにちがいない。そういう若者には、客観的な例として、モーツァルトの『ドン・ジョバンニ』を示したい。それは崇拝してきた女性の第二の自我に、深く驚かされた経験から出てきているように思うんだがと、憐れな中年男の、若者たちへの異議申し立てとして。かつて僕は、ユングが自伝でのべているとおりのかたちで、母親の第二の自我に面とむかってショックを受けたし、小学校の初年級の自分の娘の第二の自我に出会いそうにもなって、鋭い驚きの予感にみまわれる始末である。

要約するようにいえば、僕が女性において、まずその自然なありようの彼女に驚きとともに様ざまな発見をし、ついでその第二の自我に驚かされるというのは、そもそも僕が女性的なるものを、こちらを批評する主体として把握してきたことを意味しよう。女性はつねに、僕にとって自分には思いもつかぬことを批評しかけてくる存在であった。僕はつねにその批評に、意識と肉体をつらぬかれるように感じた。

て女性を考える時、まことに女性たちは僕の教師である。

そこで子供の時分から、僕が身辺の女性たちに対して持ってきた一般的な態度は、道化として対することなのだった。小学校の同級の女の子たちの前で、僕がもっとも安全な気持であったのは、彼女たちの評価に道化としての自分が定着した時であり、中学、高校から大学にいたるまで、つねにそれはおなじであったような気がする。いまもなお僕は、それぞれに日本やイスラム、印度、中国についての専門家、あるいは専門家になりつつあるラテン・アメリカの様ざまな国からの女性たちを前に、道化めいた挿話を話さずにはいられない。僕はそのようにして彼女たちの笑い声のアーチをくぐりぬけてでなくては、しばしば鬱屈したものとなる、わが母国の戦後思想史の講義に入れない。根本的な作家の特質としての、道化たることについてはすでにのべた。しかもその作家たる僕を、なお具体的に道化たらしめる強力なファクターとして、あらため

危機的な結び目の前後

猶予期間《モラトリアム》のうちにあって、それもひとり暮らしていれば、死について考えぬわけにはゆかない。しかも僕がその猶予期間《モラトリアム》を生きている舞台は、さきにオクタヴィオ・パスの言葉をひいたとおり、死にかかわるものがくっきりと表面に出ているところである。ここでやはりその猶予期間《モラトリアム》を永くすごしたのであるらしいマルコム・ロウリィーの憂鬱な、しかしじつにメキシコに根ざして美しい小説『火山の下で』は、「死者の日」にはじまる。短期滞在の外国人として僕がメキシコで感じるフラストレーションは数少ないが、やはり郵便事情は悪いこの国で、いったん買いためた本を郵送しながら、それを失った経験をしばしば聞かされたことがその種子のひとつである。本より他はほとんどなにも買わず、しかも買った本はすべて飛行機でもちかえりたい。しかし容量の上限はしれたものだ。そこでメキシコにおける死について、多様に語っているにちがいない書物を一冊だけ、と探しているうちに、徹底してメキシコの死について網羅している画集があった。それは買わぬわけにゆかぬ。『死《ラ・ムエルテ》――ひとつの謎についてのメキシコの表現』、それは科学と美術にかかわる当地の大学博物館が、一九七四年暮から翌年春にかけて開いた、総合展の記録として、作られたのであるらしい。前《プレ》スペインの古代、植民地時代、現代、それにあわせて民俗的な表現、という多様な美術のアンソロジーで、この本はあるわけだが、実際の展覧会の期間にはそれより他の美術分野の人間も活動し、討論会もかさねられたようだ。その期間、巨大な壁画にかざられたあの大学都市は、さながら死者の国とダブル・イメージをなしているようだったろう。ホセ・ガダルーペ・ポサダの、剽軽《ひょうきん》な骸骨《カラベーラ》たちによる市民生活の版画に、とくに僕は魅惑される。あわせて買わないでいられなかったかれの画集には、単に剽軽といっただけではすませぬ、現代のメキシコの新聞の自動車事故の写真にあいつうじる版画もあるが、……これは別の主題としていつか語ることにしよう。ポサダから受けた影響への感謝の心を『アラメダ公園の白昼夢』にあらわしていたリヴェラの、もうひとつの「死者の日」の壁画。吊りさげられた骸骨人形がマリアッチをかなでる下で、子供らが骸骨のマスクをかぶって遊んでいる、市場の雑踏。このマスクにつらなる様ざまな民衆芸術。

すくなくとも、これらの喚起的な契機に接するたび、僕はそれこそオクタヴィオ・パスのいうように、進んで死という恐怖を熟考し始めている。ポサダによる骸骨たちの市民生活は、明るいおかしみとともに死について考えさせるし(さきにのべたようにその諷刺的な観察力は、僕をまた別の方向へともみちびきうるのであるが、そして明敏・総合的なパスが、すでにポサダのそのような絵にもとづく独自の分析をしているが)、リヴェラによってカーニバル的に輝やかしく示される死には、決して陰気さも危険さもない。むしろエロティックな情動すらもが、それを見る経験にしのびこむ。また、死にかかわる民芸品は、僕もひとつそれを買ってきて始終眺めてみるのだが、自分にしてもそれを子供の時分に親からあたえられておかしくなかっただろうと感じる。いま自分の眺めているそれらを実際に子供への土産にすれば、かれらはある懐かしいもののように、この死のイメージを受けとめるのではないかという気がする。

僕の祖先たちの墓は、いまとなってはつきとめがたい理由から、幾代にもわたってしだいに山の奥へとかれらが入り込んだために、判明している最も古い墓地は若い中江藤樹のいた城下町にあり、そして墓地の軌跡はそこから平野をさかのぼり山峡をぬけて、谷間に向っている。僕は猶予期間《モラトリアム》があけた後、このメキシコの高原からそこへ辿りつく長い旅をするように、谷間の墓を観察に帰りたい。できるものならセスナ機をチャーターして、谷間の上を旋回したいとも思う。

さてその谷間の墓地は、僕の祖父がそこに埋められた時まで、つねに土葬であった。僕の父親と、かれ自身の死の直前に死んだ祖母とは火葬に附されたが、自分の死を数個月後にひかえた父親が、その母親の骨壺を墓地に埋めた日のことを、僕はよく覚えているのである。いまの僕にはまさにポサダの匂いがそこに感じられるのだが、突然に父親が奇妙なユーモアを発揮したのである。それより他の思い出のなかの父親は、つねに鬱屈した顔をしているから、あの日は死こそがかれを、ポサダ流に陽気にしていたのだろうと思う。父親は、保存状態の良い頭蓋骨を次つぎにとり出すと、濡れた赤土の上に古い順に並べて、八歳の僕にこんなシック・ジョークに類することを語りかけた。ほら時代をさかのぼるほど頭蓋骨のかたちがよく、大きいだろうが？　うちの家系はこんな以前から下り坂だよ！

僕は陽気にそういいかける五十歳の父親の、頭のかたちをうかがってみずにはいられなかった。そしてそれ以後ずっと、鏡を見るたびに、僕はなにより自分の頭のかたちと大きさを気にかけずにはいられなかった。はじめて生まれた子の頭蓋骨に欠損《ディフェクト》があると知らされた時には、父親の奇態なユーモアの言説が、あの赤土の上に並んだ頭蓋骨を前にしての、いま起こっていることへの予言であったのだと、これまた奇態な確信をいだいた……

さて、たとえ猶予期間《モラトリアム》であるにしても、というよりエリクソンの全体的な分析・表現によりそっていえば、猶予期間《モラトリアム》であるゆえになおさらに、それが無事すぎさりはすまいと、僕はそう考えていた。そもそもの僕の、現実観の根柢にひそむ性来のペシミズムのせいもあって。もっとも青春をすぎ中年にいたって、そのペシミスティックな固定観念はなお残っているが、いまはそれに加わってもうひとつの要素がある。さけがたく厄介事はおこるにしても、なんとか切りぬけることができるという、新規の固定観念が、さきの固定観念同様根拠なしに、僕のうちにすみついているのだ。様ざまな危機を生きぬいたマルローの言葉のうちに、もっとも恐しい死は、拷問され暴行され、そのまま殺されてしまう死だというものがあった。政治状況においていえば、結局マルローの側の人間だといわねばならぬ者らが、その後アルジェリアで数多くのアラブ人たちを拷問し暴行し死にいたらしめた。ファノンがもっとも正確に証言している。

肺癌におかされた渡辺一夫先生を癌研に見舞うと、先生は同じ病室に入られた数年前の印象をその時点と比較されて、この前とはまったくちがう、部屋の天井や壁の眺めがちがい、時間の感覚がちがうといわれた。先生は簡明率直に、自分は苦しみつつ死のうとしている、回復のみこみなし、と僕に伝えようとされたのだ。僕はその言葉を正面から受けとめる勇気がなく、わざわざ先生の言葉をはぐらかすようなことをいい、そこで先生はそれに同調してくださった。僕は生前の先生にかずかずの幻滅をあじわわせたにちがいないが、これが最後の幻滅として先生にあっただろう。自分が死について教育しようとしている時、この生徒の反応はどういうことかと……　僕は自分の死の床にのぞむにあたって、この経験を思い出すにちがいないと思う。

その時のためにも、先生が僕に問いかけられ、僕がそれに答えることのできなかった、ギリシアの時間論について勉強しておかなければならぬ。

　もっともいまの僕は個人的な小さなこと、すなわちこの猶予期間《モラトリアム》の終りがけに体験した苦痛について書こうとしているのだ。それは当然ながら死にいたるほどの苦痛ではなかった。現に僕は、むしろその微細な残滓を懐かしむようにして、これを書いているのだから。僕はこの二週間、歯の痛みに苦しんでいただけだ。しかし肉体的な苦痛というものは、やはり特別なものではないか。過去の痛みを具体的に思い出すことはできない。あれだけ徹底的に、それに没頭して経験したところのことを！　また現在の痛みがなお拡大深化する恐怖こそはっきり感じとるものの、未来の痛みについては、そいつが実際にやってくるまでキョトンとしている。痛みは、この現在に自分を串刺しにする！　痛みを発しているところ、このあいだの僕の場合、右側下の歯茎全体と三番目の臼歯にむけて、意識と肉体の中心点が移動するかのようだった。痛みが消滅したいま、あらためて僕は現在の意識と肉体の中心点はどこにあるかと探ってみるが、それはあいまいなままである。健康時の意識と肉体は特別な焦点などもたぬ、それだけ完全な構造としての全体なのだ。痛みの経験の通過がこの単純な知恵を確実にする。

　さて、歯茎と三番目の臼歯を中心に、そこで痛みによって現在に串刺しにされて、僕はなにを夢想したか？　それよりも前にいっておくべきことがある。これまで僕は、やむなく歯医者に行かねばならぬ羽目になると、ひとつのトリックを使っていた。メキシコで坐った日系人歯医者の椅子とは比較にならぬ、超モダーンなドイツ製椅子に坐るたびに、僕は憐れにも無力に口をあけて、こんなふうに考えてみていたのだ。自分はマゾヒストであって、これから痛みをあたえられることに喜び・快楽を感じるのだと。そしてヨーロッパの、歯の痛む人間および歯医者の共通の守護神である、聖女アポロニアのような、ひとりの女性像を呼びおこそうとするのだった。そして彼女に、超モダーンなエア・タービンによって僕をさいなむ役割を仮託する。しかしこの種のトリックとしての妄想は、即物的な痛みによる意識と肉体の現在への串刺しに、今度の場合なんらの効果もあげなかった。僕は理想的にサディスティックな美女のイメージをまとめてみることさえできず、痛みに茫然として、横たわったり、横たわっていることさえできずにグルグル歩き廻ったりして過ごした、毎日、毎日を。

そして僕はこのような痛みが人間の常態であって、生まれおちるやいなやこれが始まり、死の時のいたるまでこれがつづくのだとしたら、どうだろうかと考えた。つねにその瞬間、瞬間に痛みとともにある以上、いかにも具体的にそれを考えることができたし、かつ現在の瞬間への、これ以上自分にはありえぬところまでとぎすまされた感覚に立って。もとよりそれは『往生要集』の記述にもとづく夢想だ。そこには人間の生まれつきの意識と肉体が、そのままでいかに徹底的に、現世を苦痛と感じるはずのものかが、記述されていたから。しかし僕は医者が後期の癌を発見して病床に横たわらせる前の、苦痛と闘いつつ岩波文庫版『ガルガンチュワとパンタグリュエル物語』の翻訳・注釈に力をそそいでいられた渡辺一夫先生の思い出にもっと影響づけられて、この夢想にいたったのだったと思う。

この最後の版の完成を記念して出版元から招かれた小宴において、二宮敬氏とともに僕は先生を囲んだのだったが、その間も先生が苦痛に耐えていられる様子だったこと、しかもその苦痛が実際にどのように激しいものであったかを知りえないで（それはいまは、その後急速に進んだ病状からおしはかることができるが）、僕が先生に向けて軽薄なことをいった。それに応じての先生の答、それに僕は、夢想の間じゅう頭上を覆われていたのだ。テーブルの話題は、先生がしばらく前から背と胸腔の奥に痛みを感じながら、しかし医師には決して相談しにゆかぬという点に集中していた。とくに夫人を中心とする同席者の、敬愛の念のこもった、かつからかいの気分もある、あのつねに先生をめぐっての会話の主調音であった雰囲気。そこへむけて僕が割りこんだ。自分の躰の痛みであるから自分にはよくわかる、と先生はいわれるけれども、ただその痛みが自分の躰に属するという理由を絶対化して、専門の医師の意見より上に置かれるのは、日ごろの先生のユマニスムに関わる態度に反する、いわば思いこみ的な行為じゃありませんか？

表面にはそれとあらわされぬものの、しかし確実に腹を立てていられる時の、あの徹底した論理性において、先生はすぐさま答えられた。医師に相談に行って病患を発見されれば、それはもう絶対にダメな病患なのですから、僕は医師に相談に行かないで、仕事をつづけることができる間、仕事をします。そしてその言葉どおりに、じつに穏やかに勇敢に生き、仕事を終えて、ある日ついに先生は担架で運ばれて入院された。それから毎日、僕は先生の苦痛と、それが続いたまっすぐ向うでの死、という思いにとりつかれて畏怖し悲しみつつすごした、実際にやってきてしまった先生の死の日まで。あの経験がどうして僕に影響をあたえないでいようか？　先生の死について書くことからはじめたこのひとつながりの文章を、やはり先生の死について書くことでおわらずにはいられぬのも、……いやもともとこのメキシコでの猶予期間《モラトリアム》の設定こそが、根本において先生の死に発しているといまの僕には自覚される。

たとえ歯の痛みなどという小っぽけなものでも、そいつがそいつなりに猛威をふるっている間は、現実のその現在時に、意識と肉体が釘づけになっている。そしてその間、僕は一行の文章も書きえぬのであった。もしかしたらそれは、文章を書く行為が、現在時から過去と未来へ向けて、意識と肉体を貝の足のように滲み出させて、行なうべきものであるからかもしれない。

ある文章を書いている際、われわれはその書きながらの現在時に閉じこもっているわけにゆかない。未来時へ向けて方向性をもった、ダイナミックな運動の感覚が、その文章を書いている人間の、「時」の把握である。過去にしっかり根ざし、未来時へ向いている方向性をもった「時」の感覚をよくあじわうために、すなわちより確実に生きるためにこそ、われわれは文章を書くのであるかもしれないのだ。方向性を持った「時」の内的な経験、それこそが、この世界に生きていることのあかしなのだから。そしてこの感覚を強く把握している時、死もまた相対化できるようにわれわれは感じるのだから。

そこで、死を相対化する力を確保するために、作家としてはまずその仕事をつづけてゆかねばならぬ。渡辺一夫先生の最晩年の闘いは、意識と肉体とを現在時に釘づけにする痛みを押しかえして、その翻訳・注釈の仕事をつづけること、そのようにして、過去から未来へのはっきりした方向性を持つ「時」を経験しつづける闘いであっただろう。そのようにして死を相対化することであっただろう。そしてすべての仕事が終了した時、苦痛によってついにその現在時に釘づけにされた先生は、あらためて生をも相対化して、ギリシア以来の「時」の感覚について夢想しつつ、その生涯の最後の数週を終えられた。

　僕にはとうてい自分がそのように徹底した生涯をまっとうしうるとは思えない。中年にいたりながら、子供じみた歯の痛みに二週間も釘づけになって途方にくれている僕には！　しかしこの猶予期間《モラトリアム》において、自分が真に生きていることを実感するためには、やはりその猶予期間《モラトリアム》の後の、自分の文学の仕事について考えてゆくのでなければならなかった。実際僕は、すこしずつ歯の痛みから自由になるにつれて、中年のはじめの猶予期間《モラトリアム》のあと、自分の老年にむけてつみかさねてゆく仕事の漠然たる輪郭について考えはじめていた。

　すでにのべたが、僕はこれから書くべき小説をつねにひとつ持っているのみだ。すくなくともこれまでの所、ある小説を書き終ろうとすると、次の小説の構想があらわれて来た。友人夫妻と、ティオティワカンの太陽と月のピラミッドに向って歩いていた。正方形のか長方形か、そのなかにいてはわからぬが、ともかく石積みの広場を突っ切ってゆく。眼の前には次の平面への石段があって視界を遮ぎるから、いったんその石段を上るまで、その上になにがあるのかはわからない。自分たちが、その石段によって、ふたつのピラミッドに囲まれた「死者の道」へ上ってゆくのか、あらためてもうひとつの、方形の広場へ上るのみであるのかがわからない。幾たびも幾たびも、その石段の壁面にいっぱいくわされる。広大な規模の迷宮。狭い通路にではなくて開かれた空間の大きさによってまどわされる迷宮。そして僕は自分がそのような具合に、ひとつの小説を通りぬけることのみが、次の小説への展望を開き、かつその次の次の展望までは開いてくれぬ、ということを経験してきたと思った。小説においても僕はついに、右前方に太陽のピラミッド、正面に月のピラミッドをひかえる、壮大な「死者の道」に出ることができるのか？　しかしその向うにはもうなにもないところの究極の道。

僕はそのような漠然たることを考えつつ月のピラミッドに昇って、思いがけず夕顔のような花が咲いて蟻がそこにかよってきているのを見た。その僕に、インディオの少年が碧玉の小さな像を売りつけようとする。断わるかわりにいくらかのペソ貨をあたえて、かれが誇りを傷つけられたような、しかし幾分かは満足したような顔をするのを、すなわちインディオの少年商人としての自恃をあきらかに示す様子を見もした。友人は僕の永年の同志的編集者のひとりであって、その朝われわれは『ピンチランナー調書』の最終稿を検討したところだった。その仕事の後、蒼空のもとを長い道のりを歩くのは苦行であったにもかかわらず、いまかれは夫人と太陽のピラミッドの上にあり、僕は月のピラミッドの上にあって、お互いに古風にも厄落しのつもりなのだった。二十代の始めに出会ったわれわれは、いまやおたがいに中年の厄年をむかえているのであったから……

それから月のピラミッドの上の僕は、まったくその場所にふさわしくない話だが、はるかに離れた大洋の向うの小さな列島の、そのまた小さな一部分の島、四国中央部の、谷間の村を幻視してみたのだ。しかもそれは僕が生まれて育った村、そのままの村をというのではない。それを契機として、僕のこれからつくりあげようとしている想像力的な村だ。百年を越える過去に向けて滲み出し、かつまたある未来の時へ向けて、構造的なイメージを示す村。確かにそうだ、僕は構造としてのその村を、幻視していたのだ。あの構造主義者たちが明瞭にした意味あいでの構造。たとえば人間の肉体がその最良のモデルであるような構造。それはひとつの閉じた体系でありながら、外側と関係しあう。

膜のような、独自に選択的な器官の支えている、微妙な生きた構造。……ピラミッドの上で僕はそのように構造の性格について考えはじめ、あいまいな知識の穴ぼこにすぐ足をとられて、この小説を書きはじめる前の読書のリストを、あらためて構造主義を中心に組みたてねばならぬと反省した。学生時代の夏休み前の昂揚感をあらためて思い出すようにして……

僕の幻視の村の構造的な眺めは、メキシコに来て見た様ざまな壁画にあきらかに影響づけられているのであった。オロスコ、シケイロス、そしてとくにリヴェラ。壁画的なものの特質を僕がどう理解しはじめているか、それについてはさきにのべた。またこれからはその小説の具体的な構想と展開にしたがって、あらためてその理解を明確化してゆかねばならぬ。そうすることが、小説のための水先案内人を確保することにあいかさなるのでもあろう。あまり早く自分の想像力的な進路を限定しないことにしよう。性急な人間でありながら僕は、小説を書く際にかぎってはいつもそのようにゆっくり、新しい想像力的な資産を自分のものにしようとしてきた。

さてこのように書きつけながら、僕は猶予期間《モラトリアム》が終りかけて、次の仕事へのありとあるものが醸成される、新しい時期が始まりつつあるのを見る。二十年間、作家としての生活をかさねるうちに、僕にとってはやはり小説をどのように書きはじめ、書きつづけ、書きおわるかということが、現実生活の軌道の折おりの、もっとも端的な岐れ道となっている。

もちろんひとつの小説、とくに長篇小説が、それまで白紙だった意識と肉体の上に、突然進行しはじめるのではない。しばらく前から小さな泡のような契機が、その小説を予告するように湧き出してくる。それが、さきの小説の仕事の終りがたに、泡は泡なりに、泡でつくられた形象とでもいうように、ひとつの構造体をなす。むしろはじめは、批判的な検討の叩き台にとして僕はそれを見すえる。こんな漠然たるものにむかって三年も四年も、あるいは六年すらも、ひとり紙に字を書いてすごすのかい？　というのがその叩き台への、僕の最初のつぶやきだったものだ、きまっていつも！　しかし叩いているうちにそれは、自由にかたちをかえ、細胞的に増殖し、拡大される。しかもそれはしだいに磁力をそなえてきて、周辺をただよっている新しい泡を吸収する。新規のそれを触媒にして別の構想が生まれ、その上で、さきの構想と発展的に合体することもある。ともかくその基盤に立って、しかもつねに基盤そのものをつくりかえながら、一行、一行、小説を書きすすめてゆく仕事が始まる。

いま猶予期間《モラトリアム》の後に書きはじめようとする小説のもとの、最初の泡つぶはいつ発生したか？　僕はそのはっきりした時点を覚えているのである。実の所それは、僕がすでに大筋のきまった構想にそって『洪水はわが魂に及び』を書き進めていた時のことだから、さきにのべた、作品がひとつずつ想像力的な視界にあらわれて来るという説明と矛盾するといわれるかもしれない。そこであらためていうならば、この最初の泡つぶをなすものは、いわば時間軸を無視して湧きおこるものなのだ。本を読んだり、音楽を聴いたりしている時、また人に会ったり、逆にひとり森の下草を踏んで渓流にくだって行ったりしている時。それらはすぐに記憶の底に沈む。そこで朽ちはてていたような泡つぶが、ある時期をへて確実によみがえるのである。

さてその時、僕は印度を旅行して、たまたまベナレスの英国風のホテルにいた。そして同宿の堀田善衛氏から、あのなにごとにも執着しない表層の裏に、なにごとにも執着してやまぬ心をひそめたような声音による電話を受けた。いまＢＢＣ放送を聞いていたところでは、三島君が……とその自殺について。そして僕がどのように感じ、考えたかに関しては、ベナレスの次の滞在地シンガポールで、四迷の墓に詣でた僕の口から、二葉亭よ、助けてください！という祈りの声が出て来てしまったことについてかつて書いた。その二葉亭と同じ忌日に亡くなられた渡辺一夫先生に対して、その生前、僕は、助けてくださいといったことはないが、これから先いくたびもそういうであろうという思いもまた、それを押さえることができない。それを思えば五月十日は僕の守護聖人の日ということになる……

僕はその時、東南アジアを日本に遡行するように旅しながら、やはり同志的友人のひとりたる編集者に、仮に『同時代』と呼ぶ長篇小説を書きたいという手紙を出した。三島由紀夫の自己演出による死が、われわれの同時代に絶対天皇主義の光を投げかけ、そこいらいちめんを血にそまった菊の色あいに輝やかせるヴィジョン。そいつに僕は、嫌悪とともにとらえられていたのだ。そして僕はその同時代を、逆に民衆において自発する光によって表現しなおすことを希望した。もとよりそれは具体的な構想に先行する、契機の泡つぶのひとつである。現にいまの僕は、シンガポールの悪しき夜々のようには、三島由紀夫の死のヴィジョンに追いつめられていない。あらゆる民衆におけると同様、日本人にも、民衆独自の平衡感覚はあるだろう。もっともさきの大戦時の、絶対天皇制指向が再現されぬとは、信じきれるものでないが……

それでも印度から東南アジアを横切って、しだいに暗くなる道をゆくような日本への旅で、僕を揺さぶりつづけていたあの契機は、これから書こうとする小説の構想において、まったく死んでしまうことはないであろう。作家がかれの同時代に根ざして生きることは、このような外界からの契機から自由であることができぬということである。そしてその契機の泡つぶなりと、それを自分の構想に有機的に組みこむ時、あらためてかれは想像力的に、その同時代を生きるのである。

メキシコシティーでの二十週間の猶予期間《モラトリアム》。そのあいだにこれまでの自分の表現をめぐって考えようとした、この一連の文章をしめくくろうとする。およそいかなる猶予期間《モラトリアム》においても、そのもっとも危機的な瞬間は、その期間の終る直前にあらわれるだろう。この現世の生が、より天国的な、あるいはより地獄的な、次の段階への猶予期間《モラトリアム》にすぎないのではないか？　そういう疑いがおこることもあるが、その場合にはこの猶予期間《モラトリアム》のもっとも危機的な結び目が、ついにおとずれて来る死との、勝負のきまっている苦しい闘いである。その苦しい闘いを、もっとも美事に闘って、あちら側に行かれた渡辺一夫先生が、しばしば引用されていた言葉に次のようなものがあった。ある種の言葉には、あの人がこのような時引用したということによって、もっとも完全にその意味を理解できる言葉がある。このセナンクールの言葉もまた、渡辺一夫先生に関わってそうではないか。《人間は所詮滅びるものかもしれず、残されたものは虚無だけかもしれない。しかし抵抗しながら滅びようではないか。そして、そうなるのは正しいことではないというようにしよう。》これは人類一般の滅亡について語る言葉であるとともに、死という滅亡をさけがたい一個人についての含蓄をもまた、はらんでいよう。僕はそのように、この言葉を受けとめてきた。

具体的にはまだ僕のメキシコでの猶予期間《モラトリアム》は続いてゆく。その真のしめくくりにあたって僕は、いまは予見することのできぬ、歯痛などとはくらべられぬほどの辛い経験をするのかもしれない。それがあまり重荷であることがないように僕は望むが、しかしその経験のないままに飛行機に乗る日が来てしまえば、僕はわが母国に戻って、その上であらためて猶予期間《モラトリアム》をしめくくるにたる経験にたちむかわねばならぬだろう。この文章を書きつつ、僕は講義を準備し、本を読み、日帰りの旅行に出たりしてきたが、現にいまはコルテスの征覇の同行者、ベルナール・ディアスの回想をペンギン・クラシックスで読んでいる。この古典はじつになまなましい戦闘の残酷を、なんともゆったりした文体で叙述する。インディオの大群に囲まれて多くのスペイン兵士たちが殺傷される。正確無比なインディオの弓矢。そこへ突然に蟬が描かれる、蟬の多くいる茂み。飛びたつ蟬かと思えば矢であり、矢かと怯えれば蟬である。矢を蟬とまちがえた兵士は、そのまちがいに気がついた時、すでに遅すぎるのだが。後方に海をひかえた草原の戦闘を囲む蟬の声、これはそのままわが国の、中世の戦闘を思わせる。新《ニュー》スペインの征服に向うべく、隊長に選ばれたコルテスが、基地キューバの総督と教会に向う。道すがら、コルテスはその任でないと嘲弄する道化があらわれて、つきまとう。それは逆に、およそわが国ではみられぬ道化の、危機的自己表現である。民衆文化的にそれと同質のものを発掘して、われわれの文化を全体化させるべくつとめることと。それも次の仕事のために泡つぶのように湧きおこって、しかし具体的な手だてはなおはっきりしない契機のひとつなのだが。僕はこの古拙のおもむきのある散文を読み進み、このようになおいくつもの泡つぶ的な契機を、ほかならぬ自分の次の作品にむけて読みとってゆく。

そのように十六世紀人の書いた本を読みつつ、きみは自分の書いている本が、自分の死後も読みつづけられると思うか、という問いをみずから設定して、正直に答えてみることにしよう。それは自分の表現についての自分自身であらためて考えることをしてきたこの文章を閉じるにあたって、おそらくふさわしかろう。さきにふれたあるジャーナリストの、小田実氏と僕とを罵倒する文章には、おまえたちは死後に残る作品を書きえたのか、といどみかかる一節もあった。それを読んだ時、実際僕はそうしたことをまったく考えたことがないのに気づいたのであった。僕は自分が生きているところの、この同時代に向けてのみ文章を書いていると思う。僕は自分の出版する本を、すくなくとももともとは良い保存がその目的であったはずの、特装版に造ったことはない。他人の本の美しい特装版を、それだけの金の余裕がある時、自分で買うのは喜ばしい体験だ。しかし自分自身のために特装版を造ろうとは決して考えず、文庫版こそが最上の形式だと、僕は考えている。この《全作品》版も、むしろ文庫版の変型としてのシリーズを考えて、おなじく同志的編集者のひとりと造りだしたものだ。したがって僕は、自分の死後まで自分の本が残ってゆくように意図しての出版はしていないという資格を持とう。逆に批判については、生きているうちにすべて受けとめて、これに答えたい。

僕はそのように感じ、考え、書いてゆく表現者として、この二十年仕事をしてきた。避けがたい個の死の前に、いまこのように書いてきた意識と肉体がいかなる特権をも持ちえないように、自分の表現したものについて、同時代の状況に根ざして生き死にするより他の、いかなる特権も僕は望まない。

〔一九七七—七八年〕

未来へ向けて回想する
——自己解釈(八)

大江健三郎

1

僕の書くものについて、小説に関するかぎりは、しばしば積極的な評価とともに指摘されてきた、幼児性。それはもとよりエッセイあるいは現実に生きている僕の日常の態度についていわれる時、あからさまな批判の言葉とかわるのでもあった。自分の表現と、その表現の根拠にある幼児性。それはなかば自覚しえているものと、そうでないものとにわかれる。両者はおおいにあいかさなってもいるのだろう。

すでに中年にいたっての、ある時期、僕はこの幼児的なるものについて、意識的にとらえなおすことにつとめていた。そしてそのさなかに、谷川俊太郎に向けて次のように語ったことがある。

《僕が小説を書くにあたって、肯定的な力をあたえるのは子供たちで、それも村で暮していた自分と同時代の子供たち仲間を再現するように書く。それは僕が小説を書きはじめてとくに十年間くらいの間の——肯定的な人物像です。あとの十年間では白痴の子供が生まれてきて、その子供が肯定的人物像をかたちづくりますけれども。ともかく肯定的人物像として、子供のことをずっと書いてきている、それはどういう意味なんだろう？　それを書くときには、自然発生的に書いたわけですね。しかし実際に自分でそれにできれば理論づけがしてみたい。

そこで参考になるように思うのが、別のところでも話したけれど、ユングとケレーニイが童児神、童女神を分析した『神話学入門』(昌文社刊)です。ケレーニイが神話学の立場から、ユングが心理学の立場から書いているのだけれども、そこに幼児元型――キントアルケティプスというのだそうだけれども――それの分析が整理されているのです。

人間を救う救済者が、次つぎにわれわれの世界に現われてくるのだけれども――そのために神がいろいろに形を変えて現われる。「神々の変身」という言葉も引いてあるけれども――そうした存在が繰返し現われて人間にいろいろなことを教える、救済の手だてとなる。そのあらわれにおいて、かれらがどうして子供の形をしているのだろう、ということの分析ですね。

ユングの結論としては、僕たちがみな共通に持っている集合的な魂というものが、意識化される前に無意識の全体性としてある、その元型が幼児の形をとって現われるのだ、ということのようです。

その分析の手つづきの上で、幼児神の要素として四つ条件をあたえている。一つは幼児の「遺棄」、見捨てられ拒まれる幼児。幼児神は見捨てられた形で出現する。自分たちがどういうふうに子供だったかの、その状態を思いだして、それに重ねてもいいでしょう。赤ん坊はお母さんから切り離される。ときにはお母さんを危機に陥れすらもして出てくる。そこで遺棄され、拒まれるものとして感じる。

それから同時に、空白の恐怖《ホロール・バツキユイ》というのだそうですけれども、自分が生みだされた背後へ、もういちど呑み込まれるかもしれないという恐怖心。無意識から生まれてきた以上、それは確たる理由があって生まれたというより、遊戯みたいな形で生まれたのであって、おなじく遊戯のように破壊されるかもしれないという気持。この幼児遺棄という性格づけは、谷川さんのいわれた子供の無力さということ、母親が失われたらどうなるかということを、説明するように思うんですね。

ところが逆に、幼児の無敵さということもある。僕は『芽むしり仔撃ち』に大人たちが逃げ出して行って疫病がはやってる村に取り残された子供たちを描きました。それは、幼児の「遺棄」ということですね。しかし同時にその村を、子供らだけで運営していくことができる。疫病に立ち向うこともできる子供のことも僕は書いたと思うのですね。

それをユングは幼児の無敵さといっている。なぜ無敵か。僕たちの意識を越えた、無意識の母胎という根底から幼児は現われているのだから、意識的なものより強い。意識が一面的なものであるのにくらべて、無意識の全体性を擬人化したようなものが子供だから、子供の神様は無敵なんだという。

三番目に、幼児の両性具有性というのがあるそうです。ヘルマフロディートスというか、幼児には両性を具有しているようなところがある。その結果、異なった対立物を、統一する力を持った人間として、幼児が現われてくる。いろいろな葛藤に対して、葛藤のままにそれらを克服して、人間を救う存在として、幼児の両性具有性ということがでてくるという。僕のはじめのころの小説には、いつも「弟」が出てくるのだったけれども、この「弟」は両性具有的でした。兄にとって恋人みたいなものです。その理由が意識化できたと思う。

最後に、子供は「初めと終り」を表わしているという。幼児は新しい子供として生まれかわってくる、新しいものですね。しかし最終のものでもあると、ユングはいうのです。それは人間が死んだあとの生命を、生きているうちに先取りしたような無意識性でもあるという。無意識の全体性から生まれてきたものとして、初めを表わしているし、また終りを表わしている。

それが僕には、自分の小説で白痴の子供を書くことによって、将来の世界が終末に向うのか、あるいは救われるのかということを手さぐり的に表現しようとしている意味を、やはり教えられると思うのです。》

いま自分がユングとケレーニイから読みとったところを要約している言葉を読みかえすと、僕にはそれが積極的な力としての幼児性について、まことに必要かつ充分な分析をあたえてくれているものに思える。とくに僕の小説に関して、そこで幼児、子供の果たす役割のほとんどすべてを、僕はこの分析を介して、あらためてとらえなおすことができるように思うのである。

もっとも僕のこのような感じ方は、僕の小説のかならずしも冷淡ではない批判者から、僕の作家としてのありようの滑稽な欠陥として、しばしば効果的にあげつらわれてきたものなのであった。つまりは隣接諸科学からのヒントに、およそナイーヴすぎるほどの態度で反応する作家として、僕は揶揄されてきたものだ。そして僕はこの種の批判、揶揄を、あらかた正当なものとみなすのでもある。ただ僕は、そのような隣接諸科学からの直接的な影響をこうむるあまりに、もし僕の小説が失敗を繰りかえすものだとしても、しかしそれは隣接諸科学のせいなのではなく、僕の作家としての内ぶところの奥行きの浅さに由来するはずだと、いいかえすことをしたいと思う。そしてたとえ批判者たちのいうとおりに、ある作品が失敗であるとして、しかしいったん書きあげられた失敗作とは、作家にとってむしろなにものにも代えがたい資産なのであって、かれはその失敗の経験に立ち、かならずや真正な作品を達成しうるはずのものだともいいたい。それもその失敗した作品の、いわゆる失敗ともくされるゆえんが、ほかならぬ方法的な仕組みにある時、作家にはもっとも明瞭かつ具体的に、欠陥の乗り超えの道は見えているのだ。

　さて、右の場合の隣接諸科学からのヒントとしての、ユングとケレーニイの著作。一九七六年のメキシコ滞在中の、およそ徹底して孤独であった、したがって自己点検にはまことに恰好であった時期に僕の書いた『わが猶予期間《モラトリアム》』。そこでも僕が言及しているように、心理学者の仕事として、僕はユングとエリクソンに（この両者をあわせて名ざすことには、奇妙な響きをたてかねぬところがあるが）、はっきりした影響を受けた。しかし僕は隣接諸科学のひとつとして、心理学につねづね刺戟を受けながらも、フロイトやライヒをもふくめて、かれらに深入りすることはなかったのであった。それをいかにも端的に説明するならば、――文学と心理学？　それなら僕は、文学を選ぶ、というかたちで、ごく若い時から心理学に距離を置きつづけるところが僕にあったからなのだ。いまいったことをよく理解してもらうためには、当然さらに多くの言葉がいるはずであるし、僕のこの経験に立つ確信は、じつは心理学への無知にのみ由来する、根拠のないものであるかもしれぬとも思う。もっとも、いまや中年を過ぎて、――文学と心理学？　これまでの永い思いこみはあやまっていた、僕はいまむしろ、心理学を選ぶ、といわねばならぬようなことにはならないのを希望しもするけれども……

　したがってさきの分析について、僕はそれをかならずしも、ユングよりケレーニイに重点のかかっている論考と受けとめるつもりはないが、僕としては神話学的な幼児の意味、幼児の力の分析にもっとも強く揺さぶられたのであった。そしてそれは、幼児から道化という方向に発展する。そのようにして、僕は作家として仕事を始めてから、もともと潜在的にあった要素の顕在化といいうるものではあるが、もっとも重い意味をもった、文学的主題の転換を経験することになったのであった。幼児的なるものから、道化的なものへ。それは僕の小説の人物たちを森のなかの谷間の、閉じられた神話的世界から、宇宙論的に開かれたところへと解放した。もとよりその宇宙論的な永い射程の向うに、新しい相貌をおびて、ほかならぬ森のなかの谷間が再現してくる、ということにもなったのであるけれども……

2

僕が神話学の光のなかで道化の役割に眼を開かされたということは、直接トリックスターの方へ、つまり文化人類学のいう文化英雄としての道化の方へ、関心をみちびかれるということでもあった。その過程では、アメリカ・インディアンのトリックスター神話についてのポール・ラディンの研究に、さきと同じケレーニイとユングの組み合せが加わり、邦訳版では山口昌男が解説した書物が、まことに有効なガイド役を果たした。山口がこの「両義性の人格化《パーソニフィケーション》」について定義する言葉が僕にあたえた活性化のショックは、すくなからぬ破壊力をもあわせ発揮して、作家としての僕の仕事の方法と主題に影響をあたえたのであった。

《道化＝トリックスター的知性は、一つの現実のみに執着することの不毛さを知らせるはずである。一つの現実に拘泥することを強いるのが、「首尾一貫性」の行きつくところであるとすれば、それを拒否するのは、さまざまな「現実」を同時に生き、それらの間を自由に往還し、世界をして、その隠れた相貌を絶えず顕在化させることによって、よりダイナミックな宇宙論的次元を開発する精神の技術であるとも言えよう。》

僕のそもそもの精神的傾向には、およそひとつの現実に執着するというところがある。たとえば僕はいわゆる戦後民主主義に執着する。そして戦後の憲法の現実化ということについて、つねに「首尾一貫性」を同時代に読みとることをねがってきた。憲法前文と第九条についての、あからさまに逆行する現実の進み行きには、それをつねに意識に重荷として載せながら。しかも僕はこの態度を、未来にかけて放棄しようとは思わぬのでもある。その意志をかためつづけることが、すなわちこのように生きてくる経験でもあったのである。

そのような僕に、自分のなかで憲法状況についての一箇の道化＝トリックスターを喚起してみる操作が、いかにも生きいきした思考を誘ったのであった。「両義性の人格化《パーソニフイケーション》」としての道化＝トリックスターのしるし《いい》をおびたもうひとりの自分が、僕のしばしば硬直する顔つきを笑いのめす。――お前の行為につきまとっている、ひとつの現実への執着の仕方には、未来に向けて展開する生産性において、どうにも不毛なところがあるようじゃないか、と。――お前はたとえ口に出さぬのであれ、「首尾一貫性」のモラルをつらぬくことを自他に求めている。そこでまずほかならぬお前が、ひとつだけの現実に拘泥することになる。したがって状況へのお前の言葉は、しばしば怨みっぽい嘆き節におちいるようではないか？　それが現実をよく生きようとする者らに、いったいどのような効用を持つのかね、と。

自分に由来する声によって、このように批判され哄笑される僕自身。しかしそのようにして僕のうちに共生しはじめた道化＝トリックスターが、「転向」をすすめているのではないことも、さきの山口昌男の文章の後半が教えていた。なぜなら、もし僕が「転向」をやりおおせるとして、それは根本において当の精神傾向のかわらぬ人間の「転向」として、ただ単に、もうひとつの現実に執着し、もうひとつの現実に拘泥しはじめることにすぎぬのが、あらかじめ見えているのであるからだ。「転向」した者の、かれ自身の血の匂いもする、もうひとつの「首尾一貫性」。

僕はそのようなところへ落ちこむことを拒否するために、様ざまな「現実」を同時に生き、それらの間を自由に往還し、そしてほかならぬその行為をつうじて、世界をして隠れた相貌をたえず顕在化させるべくつとめよ、と励まされているわけなのであった……

現実生活における僕のありようの、実際的な細部に、それがどのように実現されているか？　もとよりそれを見つけ出すことは、自分にも困難なことにちがいない。いったい実現可能な、それは転換であるのか？ポール・ラディンの蒐集したインディアンの神話においても、トリックスターはおおいに楽しいめをみるとともに、なんとも苛酷な境遇に落ちざるをえないではないか。しかしこの道化＝トリックスターの精神の技術に眼を開かれたことで、現実生活を生きるにあたっても、僕がある根本的な自由の感覚を獲得したのであることは確かに思える。僕は未来に向けて、それをたとえすこしずつであれ、しかし着実に現実化してゆくことができるだろう。そしてその過程をつうじて、過去の僕の生の総体についても、新しい光を投げかけて、その意味をとらえなおすことをなしうるであろう。つまりはこの手つづきを介して、僕はついに死を直前にひかえた人間の、老年の自己同一性《アイデンティティー》を達成するのではないかと予感するのである。

そしてその予行練習として、小説を書く作業がある。すなわち現にいま僕のはじめている作業として、僕はおおいに様ざまな「現実」を同時に生き、それらの間を自由に往還し、世界をして、その隠れた相貌を絶えず顕在化させる試みを、小説を書くことにかさねうるのである。

僕がメキシコ滞在中に完成した『ピンチランナー調書』や、おなじ滞在が成立に具体的に影響している『同時代ゲーム』は、そのような小説である。そしてこれらの小説を、自分がそれまで持っていたよりダイナミックな宇宙論的次元を表現するためにこそ、僕は書いたように思う。そのための精神の技術を、小説を書く人間として、とくに小説の方法にひきつけて整備しようとも、僕は考えた。それを一冊の方法論としてまとめたのが、『小説の方法』(岩波現代選書)にほかならない。

そしてこの巻におさめた文学論としてのエッセイ群は、僕のなかでそのような方向づけの考え方が成立してゆく過程での、現場からの報告とみなしうるものである。メキシコ滞在中に、《大江健三郎全作品》第Ⅱ期のために書いた『わが猶予期間《モラトリアム》』は、おなじくそのような考えのしだいに発酵してゆく時期を、ひとりメキシコシティーのアパートで暮した僕自身について、よく表現しえているものと僕には思える。

3

韓国の民主化運動の有力な推進者のひとりとして、僕は金芝河という名をまず意識にとどめた。つづいて僕は金芝河の詩を、日本語への翻訳で読むことになった。またそれと時期をかさねて、この詩人が朴体制のもとで獄につながれ、ついには死刑に処せられようとするのへ、実際の有効性はおおいにあいまいだったのではあるが、数寄屋橋でのハンストをふくめて、いくらかの運動に参加することにもなった。このハンストについては、いわゆる文壇とその周辺をいうかぎり、僕に対して直接に感想がつたえられることは、ただひとつの例外をのぞいておよそなかった。おもに匿名の揶揄は様ざまなかたちで眼にしたのであったが。

　そのただひとつの例外が、故武田泰淳のもので、氏は文士がハンストという行為をすることは良い、といわれた。文士に似たところの境遇にある者として、僧侶が托鉢をする、おおいに恥かしいめにあわねばならぬようにしてそれをすることが、かつて意味を持っていた。それと同じことで、いまの文士が街頭で腹をすかせて坐っているのは、意味のあることであったと、わずかながら酔ってのことではあったが、氏はいわれたのであった。このハンストのテントへ、在日朝鮮人の作家高史明を父とする少年があらわれたこととあわせて、僕にこのハンストの記憶としてそれは残っている。明るく不思議な印象の、短かい詩を遺して、少年は自殺した。

　金芝河の詩についての僕の読み方は、もしさきにのべた道化＝トリックスターの精神の技術について眼を開かれることがなかったとしたら、とくに政治的な条件づけの表面にある時期に読んだこともあり、ひとつの現実にのみ固執する、硬化した読みとりになったのではなかったかという気がする。詩の翻訳が、たとえどのように秀れたものでも、原語のそなえている多義性をうつしかえることまでは不可能であることを思えばなおさらに。詩人こそは、言葉の芸術家のうち、もっとも「両義性の人格化《パーソニフィケーション》」という名にふさわしい表現者であるのだが。

　金芝河の詩やそのための覚書は、翻訳をつうじても、しかし、そこに一面的にあらわれている意味を超えたものへと、われわれの想像力をいざなうような喚起性があった。しかもそれを読みとる僕に道化＝トリックスターの精神の技術への教示があたえられていたことと相乗効果をあらわして、僕は金芝河を豊かな両義性のうちにとらええたように思う。それにはまた、この時期、僕にとってバフチンの仕事が強く働らきかけてきていたことも関係する。それがどのように直接的な力として、僕の金芝河読みとりに効果をあげたかは、「諷刺、哄笑の想像力」「道化と再生への想像力」にあきらかに示されていよう。

したがって、いまここに僕にとってのバフチン経験の進みゆきをなぞるように書き記すことは必要であるまい。しかし僕はさきの文章の、とくに後者においてあきらかな再生という主題が、未来に向けての僕の文学の仕事について、また根本的に現実の生活自体の方向づけについても、さらに重要なものとなるであろうことを確認しておきたい。それはまた僕の幼・少年時へさかのぼる、新しい見方をそなえている眼が、やはりもっとも重要な主題としてくっきりと見てとるものなのである。

僕はさきにその名を記したふたつの小説において、再生する人間のイメージを表現したが、当のイメージの形成に役立った幼・少年時の経験と夢想は、道化＝トリックスターという精神の技術やバフチンのいうグロテスク・リアリズムのイメージ・システムの脇に置く時、その意味が、それもしばしば両面価値的《アンビヴァレンツ》な意味がもっともあきらかとなるものなのであった。この春、森のなかの谷間の村へ帰って、幼児たち同士の会話の声に耳をかたむけていたことがあった。かれらの言葉はいまやテレヴィジョンの言葉に覆いつくされている。またこの谷間からいまでは車で一時間ということになった(かつては陽のあるうちに往復することは難かしかったと思い出されるのだが)、地方都市で出会う言葉のスタイルにも影響づけられている。かつては森のなかの谷間の村の言葉ではなかった、そのような言葉の海のなかに、しかし時おり、これは決して他の場所から移しいれられたのではない、村本来の言葉だと、しるしが見わけられるような言葉が浮びあがることがあるのだ。それを聴くと一挙に時をつらぬいて飛びかえるようにして、僕は自分の森のなかの谷間の村の日々に戻った……

　谷間の村は、子供の僕にそれ自体でまったきものとして閉じている、卵のような小宇宙であった。そしてその外側には戦争のつづいている場所、海と平原と山地とがあった。山と山とに限られて長方形の空が夕焼けると、僕は異国の戦場がそこに映るように、なかば幻想し、なかばそのとおり実際に見た。僕の想像力の基本形のひとつは、その赤あかとした鰯雲が、戦場でいましも斃れようとする村出身の兵士にかわってゆく、その動く光景である。僕はいま戦場で起ったことを見たとして、出征兵士の家族のところへ報告にゆきたかった。しかもまた僕はそのようにして異国で死ぬ村の兵士たちが、森の奥か、あるいは森と村のさかいめの、われわれの集落のある所からいえばへりの場所で、もう一度生きかえり、村の人間がそのことを知っているようでもあり、知らぬようでもある、あいまいな事情のままに戻ってくることを想った。そのうち村での生活のうちにいつかもとどおりの、これはもう疑いもなく再生した人間として、かれがいることになるという確信のような想い。

　僕の幼・少年時の、このように現実生活と想像力のからみあっていた経験を、あらためて把握しなおすには、僕にとって小説という方法よりほかにはなかった。小説の言葉の多義性、小説のイメージの、意識の一面化を超えた両面価値的《アンビヴァレンツ》な力、それらがはじめてこのような経験をまるごとよみがえらせうるものであった。そして道化＝トリックスターやカーニヴァル的なグロテスク・リアリズムのイメージ・システムは、僕がこれまで小説を書くことでのみ近づきえていたところへ、論理の梯子をかけることも可能としてくれるものであった。そこではじめて僕には、小説の方法についてのもっとも核心にあることを、科学的な言葉で語ることができるようになった。それは小説の読みとりをおこなう際、もっとも端的にその有効さが見える。積極的に自分もそこに参加しながら小説を読みとること、またその読みとりの仕組みを第三者につたえうること。それは自分にとっても第三者にとっても、つづいてつくり出されるべき新しい小説のために、もっとも有効な教育となろう。

ここに文化の記号論という言葉をみちびきこむなら、そのような科学によって語りつくすことのできる小説は、ただそれだけのものではないか、という反撥はあきらかに予測できる。そうした科学の言葉によって説明可能なところを乗り超えて、はじめて小説独自の力があらわれるのではないかという、とくにわが国の作家たちが、隣接諸科学の専門家たちに対して、つねに保ちつづけてきた拒否の態度が、あらためて出現することはありうるはずのものだから。たとえば僕の『ピンチランナー調書』や『同時代ゲーム』は、まさにその論理に立つ批判をこうむりもしたのである。

しかしそのような批判が実際にあたっているとしたら、それはあらためていうが、おおいに僕の作家としての能力の不足によるのであって、文化の記号論の側にその責をおわしめうる、いかなる理由もないであろう。僕はさらに多様な文化の記号論によって、自分の個としての作家の視野狭窄、一面的な思いこみを打開するための、方法論的教示をあたえられたい。それによって新たに光のあてられた所を見わたし、そこに立ち、なお暗いまま残る所へ向けて、小説の言葉を押し出すようにしたい。そして小説の言葉、小説のイメージが持つ、個としての作家の意識を超えて表現しうる力によって、文化の記号論の専門家たちに向け、かれらの方法論的な分析の作業を、それ自体活気づかせるような、新しい素材を提供したい。そのようにして、かれらから得たもののおかえしをしたいと思う。そのようなありようこそが僕にとってもっとも望ましい、未来の文学者の仕事の仕方である。

4

ソルジェニーツィンはソヴィエトにとどまって作家活動をつづけることを国家権力に拒まれた。つづいての誰かれの運命におこったことの後、アクショーノフもソヴィエトを出国するほかなくなった。かれの母親ギンズブルグの、スターリン時代の受難を描いて、なによりソヴィエトの女性知識人への敬意を湧きおこらせた自伝も、各国で原典と翻訳が出版されていはするものの、彼女としてもっとも読んでもらいたいはずの同朋のための出版は、なおなされぬままなのらしい。そのうち彼女は癌で死んだ。ソルジェニーツィン、アクショーノフの世代をつぐ若い作家として、最近邦訳も出たラスプーチンは、それが単なる町の暴漢による襲撃であったかもしれぬのではあるが、大怪我をしてなお後遺症のもとにあるという。これらもまたわれわれが、未来の文学者のありようを考える時、視界からはらいのけることのできぬ予兆であるだろう。

金芝河は朴大統領が殺害された後、全斗煥体制による光州の血まみれの弾圧と、金大中死刑判決後の減刑によって、一応の国際関係の修復がなされはじめたのと時期を同じくして、釈放された。金芝河が新しく書くものを発表しうるかどうか、それはなお将来の問題として見守らねばならぬことではあるが、ともかくもかれはいま釈放されて、母国のうちに住みつづけることができている。その点について、ソルジェニーツィン、アクショーノフの祖国と対比し、評価するのでなければフェアとはいえぬだろう。金芝河が今後どのような作品を発表しうるか、また韓国の民主化運動が、その切実な表現者としてさらにどのように新しい芸術家を生むか、そこで作家、詩人がどのような役割をはたすかにも、未来の文学者の運命を示す予兆のもうひとつがひそんでいるだろう。

僕はソルジェニーツィンがソヴィエトでこうむっている事態に対して、日本の作家として抗議する運動に加わりもした。そしてその成果は、あがることがなかったといわねばならぬ。もう片方での韓国の民主化運動と、それを背景にして浮びあがる作家、詩人たちの受難への救援運動について、自分がやってきたことの、僕としてしばしば苦痛の思いとともに認めねばならなかった、現実的な効果をはたしえたかどうかへの疑い。また自分らは言論の自由の認められている場所で、つまりは安全圏にいて、きみたちはあるいはソヴィエトに、あるいは韓国に、抗議の言葉を発しているだけではないか、という批判にも、それを正確にあたっているところのある言葉として僕は引きうけたいと思う。しかも僕はこれまで発してきた抗議の声の発展としての言葉を、さらに発しつづけてゆくつもりだ。自分の耳にまず最初に響く、偽善的な身ぶりとしての要素を可能なかぎり切りとってゆくことをめざしながら。

抗議の、あるいは救援の運動、それも当の運動が効果を実際に持つとして、マス・コミュニケイションをつうじての増幅作用に期待するほかにはない運動。いったん個《ヽ》としてそれに加われば、運動全体の声に唱和して声を発せねばならぬ。そしてそれを自分から進んでするのでもある。しかしそのようにして発した声のはねかえりの波は、やはりすべて、運動の全体においてというより、個としての自分において引き受けねばならない。それが僕の経験に立つかぎり、そのような運動をつうじての作家の生き方である。しかしそのように自分が集団のなかで発した声と、それへの反響を個として自分に引きうけなおす、そのたいていは苦渋の味のする労役をおこなってゆくうちに、それ自体が、自分を待ちうけるべき次の状況のなかでの、作家としての生き方の自己訓練ともなっていることに気がつく。それはついに表現の手段をすべてうばわれてしまうのでもあるかもしれぬ、未来の文学者としての自分の生き方への自己訓練、という思いにゆくのでもある。

僕にとっての、たとえば文化の記号論のような隣接諸科学に触発されながらの、とくに小説の方法について考える仕事が、つまりは一応状況とは切りはなしえるはずの仕事までが、当の文章の書き手としての自覚では、今日から明日に向けての現実のなかで、どう生きるかという主題とつねにかさなることの根拠。僕はそれを、この巻におさめた文章のそれぞれにおいて表現していると思う。

―〔一九八一年四月〕―

初出一覧

喚起力としての女性的なるもの …………… 同4 一九七八年一月一〇日
危機的な結び目の前後 ………………………… 同5 一九七八年二月一〇日

・本書は一九八〇―八一年に小社より刊行された「大江健三郎同時代論集」(全十巻)を底本とし、誤植や収録作品の重版・改版時の修正等に関してのみ若干の訂正をほどこした。
・今日からすると不適切と見なされうる表現があるが、作品が書かれた当時の時代背景や文脈、および著者が差別助長の意図で用いてはいないことを考慮し、そのままとした。

ブックデザイン　鈴木成一デザイン室
装画　渡辺一夫

新装版 大江健三郎同時代論集 8
未来の文学者　（全 10 巻）

2023 年 10 月 26 日　第 1 刷発行

著　者　大江健三郎《おおえけんざぶろう》

発行者　坂本政謙

発行所　株式会社 岩波書店
〒101-8002 東京都千代田区一ツ橋 2-5-5
電話案内 03-5210-4000
https://www.iwanami.co.jp/

印刷・三陽社　カバー・半七印刷　製本・松岳社
カバー加熱型押し・コスモテック

ISBN 978-4-00-028828-6　　Printed in Japan

4* 沖縄経験

I 沖縄の戦後世代／すべての日本人にとっての沖縄　II 沖縄ノート　III 核基地の直接制民主主義／文学者の沖縄責任／再び日本が沖縄に属する

5* 読む行為

I 壊れものとしての人間　II アメリカ旅行者の夢　III 渡辺一夫架空聴講記

6* 戦後文学者

I 同時代としての戦後　II 中野重治の地獄めぐり再び／林達夫への侏儒の手紙／高橋和巳と想像力の枷／他

7* 書く行為

I 出発点を確かめる／II 文学ノート

8* 未来の文学者

I なぜ人間は文学をつくり出すか　II ソルジェニーツィン『収容所群島』の構造／表現された子供／全体を見る眼／他　III 諷刺、哄笑の想像力／道化と再生への想像力　IV わが猶予期間《モラトリアム》

9 言葉と状況

I 受け身はよくない／言葉によって／力としての想像力／他　II 状況へ　III にせの言葉を拒否する

10 青年へ

I 青年へ　II 「人間」と滅亡を見つめて／その「戦後」のひとつ／宇宙のへりの鷲／他　III 読書家ドン・キホーテ／『海上の道』解説／悲劇の表現者／他　IV 核時代の日本人とアイデンティティー／明日の被爆者